OMEGA

OMEGA

Geraint V. Jones

Argraffiad cyntaf: Tachwedd 2000

Rhif Llyfr Safonol Rhyngwladol:
0-86381-659-2

Cyhoeddwyd dan gynllun comisiynu
Cyngor Llyfrau Cymru.

Panel Golygyddol y gyfres:
Ben Jones
Elin Mair Jones
Marian Roberts

Dymuna'r cyhoeddwyr gydnabod cymorth
Adrannau Cyngor Llyfrau Cymru.

Argraffwyd a chyhoeddwyd gan Wasg Carreg Gwalch,
12 Iard yr Orsaf, Llanrwst, Dyffryn Conwy, LL26 0EH.
☎ 01492 642031
🖷 01492 641502
✆ llyfrau@carreg-gwalch.co.uk
Lle ar y we: www.carreg-gwalch.co.uk

Carwn ddiolch i Gyngor Llyfrau Cymru
am gomisiynu'r gyfrol hon;
i Wasg Carreg Gwalch am roi cystal diwyg arni;
i Elfyn, fy mab, am ei anogaeth gyson dros y blynyddoedd
ac am sawl awgrym a chyngor gwerthfawr.

I
Elfyn a Sian
ac
Iwan a Nesta

Rhagair

Omega ydi nofel ola'r drioleg sy'n cofnodi helyntion Sam Turner. Yn ddilyniant i *Semtecs* (1998) ac *Asasin* (1999), mae hi'n adrodd rhagor o hanes cythryblus y gŵr arbennig hwnnw.

Er iddo adael catrawd arbenigol yr SAS sawl blwyddyn yn ôl bellach a mynd yn blismon i ardal ddiarffordd yng ngogledd Cymru, eto i gyd nid yw ei orffennol am roi llonydd iddo, ac unwaith yn rhagor, yn y nofel hon, mae'n cael ei dynnu'n ôl i helyntion terfysgol y Dwyrain Canol.

Fe geir cyfeirio anorfod yma at gymeriada ac at ddigwyddiada y bydd y darllenydd cyfarwydd wedi dod ar eu traws o'r blaen, fwy nag unwaith, ond gan fod rheini, efallai, wedi mynd yn angof bellach, dyma restr i atgoffa, yn ogystal â chydig o wybodaeth ychwanegol:

Sam: Samuel Tecwyn Turner *alias* Semtecs. Ganed 18fed Gorffennaf 1967. Ei fam yn ferch ffarm o Fôn. Ei dad, cyn iddo ymddeol a mynd i ofalu am fusnes cyfrifiadurol y teulu yn Lincoln, yn *Squadron Leader* yn yr RAF. Mae Sam, neu Semtecs fel y caiff ei adnabod gan amryw, wedi etifeddu hanner y cwmni hwnnw ar ôl ei daid, yn ogystal â swm sylweddol o arian. Etifeddodd ffortiwn fach hefyd ar farwolaeth y taid arall ym Môn. Oherwydd natur gwaith ei dad, derbyniodd Sam ei addysg gynnar yn ysgolion arbennig y lluoedd arfog mewn gwledydd fel Sawdi Arabia, India, Kuwait, Israel a'r Almaen. Er iddo gychwyn ar gwrs Astudiaethau Islamaidd ym Mhrifysgol Leipzig, gadawodd y coleg ar ôl dwy flynedd er mwyn ymuno â'r fyddin ac yna'r SAS. Mae ei gefndir wedi rhoi meistrolaeth dda iddo ar nifer o ieithoedd, gan gynnwys Arabeg a Hebraeg. Gadawodd yr SAS bedair blynedd yn ôl bellach a dewis gwaith fel ditectif-gwnstabl yng ngogledd Cymru. Rhai o helyntion y pedair blynedd hynny a geir yn *Semtecs* ac *Asasin*.

Trwy ddylanwad Gordon Small, ei gyn-sarjant yn yr SAS, cytunodd (yn y nofel *Asasin*) i weithredu ar ran y Swyddfa Dramor ac MI6. Daeth hynny â fo i gysylltiad â Maffiosi'r Eidal ac â'r Mafiozniki yn Rwsia, ac wyneb yn wyneb hefyd efo un o derfysgwyr perycla'r Dwyrain Canol. Fe'i taflwyd i ganol cythrwfwl yr ardal honno ac i gwmni gŵr o'r enw Marcus Grossman, aelod o'r Mossad, sef yr uned arbenigol yn Israel sy'n cyfateb i'r SAS. Rhyngddynt, llwyddodd y ddau i ddrysu cynllunia terfysgwyr i greu *Jihad*, sef 'rhyfel sanctaidd', yn erbyn yr Iddewon.

Mae *Omega* yn dod â rhai o'r cymeriada hyn ynghyd unwaith eto.

Rhian Gwilym: gwraig Sam

Tecwyn Gwilym (Semtecs Bach): mab teirblwydd Sam a Rhian

Caroline Court: Ysgrifenyddes breifat yn y Swyddfa Dramor

Julian Carson: Dirprwy Gomisiynydd Scotland Yard

Syr Leslie Garstang: Dirprwy Gyfarwyddwr MI6

Marcus Grossman: Arweinydd tîm y Mossad

Tomas Rosenberg, Leon, Josef: Aelodau o dîm Grossman

Zahedi *alias* **Yasir Benir** *alias* **Carla Begh** *alias* **Yunus Kikmet:** Terfysgwr rhyngwladol sydd â'i fryd ar greu gwlad gydnabyddedig i'w bobol, sef y Cwrdiaid, yn y Dwyrain Canol

Reza Kemal *alias* **Saqqiz** *alias* **Rehman Bey:** Cwrd a therfysgwr arall. Darpar olynydd i Abdullah Ocalan, cyn-arweinydd y PKK yn Nwyrain Twrci

Mustafa Mardin *alias* **Karel Begh:** Myfyriwr ifanc ym mhrifysgol y Sorbonne ym Mharis

Cwrdiaid: Cenedl o tua 20,000,000 o bobol sydd ar chwâl trwy wledydd y Dwyrain Canol. Mae oddeutu eu hanner yn byw yn Nwyrain Twrci, a'r gweddill yn Iran, Irac, Syria, Georgia ac Aserbaijân. Roedd Cytundeb Sèvres yn

1920 yn addo iddynt eu gwlad a'u ffiniau eu hunain yn Nwyrain Anatolia, ond yng Nghytundeb Lausanne, dair blynedd yn ddiweddarach, fe aeth cynghreiriaid y Gorllewin yn ôl ar eu gair a chaniatawyd i Twrci, o dan arweiniad Ataturk, ddal gafael ar y tiroedd. Byth oddi ar hynny, mae'r Cwrdiaid wedi bod yn ymladd am gyfiawnder, gan wynebu llawer o ormes hefyd yn Iran ac Irac.

PKK: Plaid Gweithwyr Cwrdistán, sef mudiad terfysgol yn Nwyrain Twrci sy'n brwydro am wlad gydnabyddedig i'r Cwrdiaid gael byw ynddi yn y Dwyrain Canol. Yn Chwefror 1999 fe ddihangodd Abdullah Ocalan, arweinydd y PKK, i Kenya i geisio lloches gwleidyddol (*political asylum*). Fe'i dilynwyd yno gan uned gomando o wlad Twrci ac efo rhywfaint o help honedig gan awdurdoda gwledydd Groeg ac Israel fe'i arestiwyd yn Nairobi a'i gludo'n ôl i garchar yn Nhwrci. Yno y mae o hyd, yn aros i gael ei ddienyddio.

Pennod 1

'Mae pobol yn magu plant y dyddia yma yn union fel taen nhw'n magu cŵn.'

Roedd Ifor ap Llywelyn wedi codi mymryn ar ei lais, yn union fel ag y gwnâi yn y King's Head pan oedd o wedi cael peint neu ddau'n ormod a phan oedd o isio sylw cwmni ehangach na'i griw ei hun.

'Wel diolch iti, Ap!'

Ddwylath i ffwrdd, ac yng nghwmni'r cyn-arolygydd John Rogers a'r cyn-sarjant Bill Meredith, gwenodd Sam Turner wrth glywed Rhian, ei wraig, yn smalio sŵn-wedi-cael-ei-brifo.

'Duw, duw! Nid siarad am rai fel chdi a Semtecs Bach ydw i, siŵr dduw! . . . '

'Am bwy 'ta?'

'Wel am . . . '

' . . . Ydyn, mae petha wedi newid yn arw.' Geiria Rogers oedd gliria iddo rŵan wrth i rwdlan Ap gael ei foddi yn y llanw siarad o'i gwmpas. Roedd stafell fyw Hen Sgubor yn llawn o bobol yn mwynhau eu hunain, efo diod mewn un llaw a phlataid o fwyd bwffe yn y llall. Diolch i'w daldra, gallai Sam weld yn o lew pwy oedd yno i gyd.

Yn bella oddi wrtho, wrth fwrdd y diodydd, safai Berwyn a Lis Davies yn sgwrsio efo Meleri James a Pat Lessing. Criw'r cwmni drama gynt yn hel atgofion! Ni allai beidio sylwi bod golwg lewyrchus ar Berwyn a Lis, tra bod Meleri druan yn edrych yn blwmpan ffrymplyd yn ei du rhad. Doedd ond pythefnos ers i honno gladdu'i mam a doedd hi ddim eto wedi dechra derbyn ei phenrhyddid, na chwaith wedi arfer digon efo'i galar i fedru ymlacio rhyw lawer yn hwyl yr achlysur.

Syniad Rhian fu gwahodd Pat, a hynny'n groes i ddymuniad Sam ei hun. Nid oedd wedi torri gair â hi ers tair blynedd a mwy, ddim er y noson honno yn nhŷ

Berwyn a Lis pan gafodd le i'w hama o fod wedi cynllwynio efo Gilbert Carrington i lofruddio'i gŵr ei hun. Bu'n teimlo'n bur chwerw tuag ati am fisoedd ar ôl y digwyddiad hwnnw, nid yn gymaint am iddi osgoi cosb y gyfraith, ond am iddi ei dwyllo i'r fath radda. Ond er ei chwerwedd, gwyddai Sam, wrth syllu arni rŵan, nad dyma'r Pat Lessing a adwaenai gynt. Roedd gwyneb hon yn feinach ac yn welwach, a'i gwallt a'i gwisg yn llai ffasiynol o lawer, ac er ei bod hi yma heddiw i ymlacio ac i fwynhau ei hun, eto i gyd roedd ei holl ymarweddiad yn cyhoeddi mai nyrs oedd hi bellach – a honno, fel y clywsai Sam ganwaith, yn nyrs oedd yn uchel iawn ei pharch ymysg teuluoedd y cleifion lleol oedd yn marw o gancr. Yn dilyn marwolaeth erchyll Andrew, ei gŵr, ym Mhlas Llwyncelyn dros dair blynedd yn ôl, a chyfnewid tŷ efo Berwyn a Lis er mwyn cael symud i'r pentre i fyw, roedd Pat wedi cael ei dymuniad o swydd fel nyrs Macmillan yn y cylch. Roedd yn hysbys i lawer o bobol hefyd ei bod hi wedi cyfrannu'n sylweddol o'i chyfoeth tuag at ehangu'r hospis lleol. Arian cydwybod, falla! meddyliodd Sam yn chwerw.

Gefn yn gefn â'r grŵp drama, safai Ken Harris – Ditectif Sarjant Ken Harris erbyn hyn – yn sgwrsio efo'i gyd-sarjant, Brendan Cahill, a Cradog Owen, ffarmwr Y Gamallt. O fod yn nabod Cradog Owen cystal, a gwybod am y ffordd ddiflewyn-ar-dafod oedd gan y ffarmwr o'i fynegi'i hun, gallai Sam ddychmygu pam fod gwên yn llenwi gwyneba'r ddau blismon. Roedd Sally Owen, gwraig Cradog, wedi cael ei gwasgu allan o'r grŵp braidd, ac yn sefyll ar y cyrion yn gwenu'n amyneddgar gan sipian gwydraid o seidar melys. Yn eu hymyl, roedd Menna Howells a'i chariad, na wyddai Sam hyd yma ei enw, yn mwynhau cwmni Carol Harris gwraig Ken, a Gwerfyl ffrind Rhian. Mewn grŵp bach arall gwelodd Glyn Davies, arweinydd Côr Meibion Trecymer, ac Arwyn Ellis, y cadeirydd.

' . . . Maen nhw'n gneud ffŷs ar y diawl ohonyn nhw am chydig amsar ac yna'n gadael iddyn nhw grwydro'r stryd fel y mynnan nhw wedyn . . . ' Roedd pregeth Ap i Rhian, a'i gymhariaeth rhwng cŵn a phlant anystywallt, yn dod yn glir i'w glustia unwaith eto. ' . . . Yn union fel mae cŵn yn baeddu'r palmentydd, mae'r diawliaid bach difanars yn cael rhwydd hynt i lygru strydoedd y dre efo'u rhegfeydd a'u digwilydd-dra . . . '

Gwelodd Sam ei wraig yn taflu'i phen melyn yn ôl i chwerthin, gan amlygu llond ceg o ddannedd gwynion cymesur.

' . . . Ia, chwertha di! Ond diawl erioed, Rhian, rwyt ti'n gwbod o'r gora 'mod i'n deud y gwir . . . '

'There's a lot in what he's saying.' Roedd geiria Ap wedi dal clust Rogers hefyd erbyn hyn.

' . . . Dwi'n deud wrthat ti! Does gan y rhan fwya o rieni heddiw ddim blydi syniad sut i *ddechra* magu plant. Yn y lle cynta, maen nhw mynd allan o'u ffordd i'w dysgu nhw . . . i'w *dysgu* nhw, cofia! . . . sut i regi, fel tasa hynny'n uffar o gamp. Mae deud clwydda a dwyn a smocio – a hyd yn oed ymhél â chyffuria – yn dderbyniol gan rieni erbyn heddiw, a wnân nhw ddiawl o ddim i ddisgyblu'u plant pan mae angan hynny . . . '

'Hear, hear!' Cefnogi o dan ei wynt yr oedd Rogers o hyd.

' . . . Y drwg ydi, cheith uffar o neb arall eu disgyblu nhw chwaith, hyd yn oed os ydi'r diawliaid bach yn cyfarth ac yn brathu ac yn amharchu pwy bynnag lician nhw! Dwi'n beio Ewrop! A be mae'r blydi Llywodraeth *New Labour* yn Llundain yn 'i neud? Taflu'r cyfrifoldab ar yr ysgolion! Disgwyl i'r athrawon ddad-neud y drwg . . . '

'Quite so! I never realized the man was so level-headed.' Roedd sylwada Ap yn taro tant annisgwyl efo'r cyn-arolygydd.

' . . . A be mae'r polîs yn 'i neud ers blynyddoedd?

Uffar o ddim! Eu hanwybyddu nhw! Troi pen, cau llygad, a gadael i'r ffernols bach dyfu i fyny'n grumunals go iawn; yn broblem i gymdeithas gyfan orfod diodda o'i herwydd hi.'

'*Hm! He would have to go over the top!*'

Cuddiodd Sam ei wên wrth gofio nad oedd y cyn-arolygydd Rogers erioed wedi bod yn or-hoff o eithafwyr fel Ap.

' . . . A pham, meddat ti? Wel mi ddeuda i wrthat ti pam! Am fod plismyn heddiw ofn pechu yn erbyn y *tough guys* sy'n rheoli'n strydoedd ni.'

'Esgusoda fi, Ap!' Roedd geiria Rhian yn llawn chwerthin. 'Dwi'n gaddo cael gair efo'r gŵr 'ma sy gen i, i'w siarsio fo i neud ei job yn well. Yn y cyfamsar, mi fasa'n well imi fynd i neud yn siŵr fod y corgi bach 'na sy gen *i* yn bihafio. Mi ddyla fo fod yn hogyn da i'w daid a nain, ond fedri di byth fod yn siŵr efo plant yr oes yma, sti.'

Chwarddodd Ap hefyd, cystal â chydnabod mai Rhian oedd bia'r gair ola ar y mater. Gwyliodd hi'n diflannu rhwng pobol, i ben pella'r stafell, yna trodd i chwilio am glust arall i'w ffraethineb.

Trodd Sam hefyd. 'Esgusodwch fi, Inspector . . . Sarjant! Rhaid imi gymysgu tipyn efo'r gwesteion eraill.' Roedd yn falch o gael gadael y ddau. Siarad siop y gorffennol oedd eu sgwrs nhw, ac roedd rhywbeth yn drist, yn bathetig hyd yn oed, yn y ffordd roedd amser wedi eu gadael ar ôl, a hynny mor fuan wedi iddyn nhw ymddeol. ' . . . Dwi'n gweld dy fod ti mewn ffôrm, Ap! Clywad, yn hytrach!'

'A! Y ffrwydrol ei hun! A sut deimlad ydi bod yn gaeth?'

Gwenodd Sam. Dyma cyn agosed ag y deuai Ap i'w longyfarch ar ei briodas y bore hwnnw.

'Roedd hi'n hen bryd iti neud hogan risbectabl ohoni! Diawl erioed, Semtecs! Dach chi'n byw mewn pechod ers . . . faint?'

'Dyro'r gora i dy lol, Prùns! Fasat ti'n licio deud wrth 'i mam a'i thad hi yn fan'cw nad ydi'u merch nhw ddim yn risbectabl? A thra wyt ti wrthi, fasat ti'n licio deud wrth y ddau arall 'na sydd efo nhw nad ydi'u mab nhwtha chwaith ddim yn ddigon parchus gen ti?' Cyfeiriodd Sam, efo'i ben a chyda gwên, at y pedwar-mewn-oed a rannai'r bwrdd isel ac a lanwai'r unig gadeiria yn y stafell. Roedd Rhian yn gwmni iddyn nhw erbyn hyn, yn cyrcydu yn ei ffrog briodas liw hufen sidanaidd ac yn gneud ei gora i gael Tecwyn Gwilym – Semtecs Bach, chwedl Ap – i gymryd rhywbeth i'w fwyta, tra gwingai hwnnw'n anfoddog ar lin ei Nain Pwllheli.

Chwarddodd Ifan ap Llywelyn yn uchel. '*Touché*, Semtecs! *Touché!* Wna i ddim mentro llid y Gwilyms na'r Turners.'

Nodiodd Sam eto i gyfeiriad ei rieni a rhieni Rhian a gwelodd y pedwar yn gwenu'n ôl arno. Dyma'r tro cynta i'r un ohonyn nhw ymweld â Hen Sgubor, ond roedd y briodas heddiw wedi cyfiawnhau'r siwrna bell o Lincoln ar y naill law a'r un lai pell o Ben Llŷn ar y llaw arall. Ac eithrio nhw ill pedwar, yr unig rai eraill i gael gwahoddiad i'r gwasanaeth yn eglwys Trecymer yn gynharach, oedd Ken Harris, gwas, a Gwerfyl, ffrind Rhian, morwyn. Dyna un peth a fu'n ddymuniad gan y priodfab a'r briodferch fel ei gilydd, sef mai seremoni fer a dirodres oedd hi i fod, a hynny am hanner awr wedi deg ar fore Gŵyl Ddewi.

Ifor ap Llywelyn gafodd y cynnig cynta i fod yn was priodas, wrth gwrs, ond roedd y Tywysog wedi gneud rhes o esgusion brysiog i guddio'i gynnwrf. 'Ew, na, Semtecs 'rhen foi. Dwi'n gythral o ddiolchgar iti am gynnig ynde, ond . . . ond dwi ddim yn . . . ddim yn foi cyhoeddus fel y gwyddost ti . . . a dwi . . . dwi ddim yn . . . yn nabod ffrindia na . . . na theulu'r un ohonoch chi . . . a dydw i ddim eto wedi . . . wedi gwella'n iawn ar ôl yr hen driniaeth gas 'na ges i . . . '

Gwenu oedd o, Sam, wedi'i neud. Aethai dwy flynedd heibio ers i Ap gael trin y cancar ar ei chwarren brostad, a daethai cadarnhad ers tro bellach fod y driniaeth honno wedi bod yn llwyddiant. 'Dallt yn iawn 'rhen ddyn! Ond mi ddoi di i'r *reception* yn Hen Sgubor, ar ôl y gwasanaeth?'

'*Reception* o ddiawl! Brecwast priodas fyddwn ni'r Cymry yn ei gael. Neu neithior os lici di.'

Gwenu fu raid neud wedyn hefyd. 'Iawn 'ta, Ap. Os na ddoi di i'r *reception*, mi ddoi di i'r neithior, siawns?'

'*Wouldn't miss it for the world*, Semtecs 'rhen foi! *Not for the world*. Diolch iti am y cynnig.'

A dyma fo rŵan, ar ôl sawl peint o gwrw, yn bygwth tynnu'r gwesteion eraill yn ei ben.

'Dim ond iddo gadw'n glir oddi wrth Cradog Owen wedi i hwnnw gael wisgi neu ddau arall,' meddyliodd Sam yn obeithiol, gan wthio'i ffordd yn ymddiheugar i gyfeiriad ei rieni a'i rieni-yng-nghyfraith, 'neu Duw'n unig a ŵyr pa fath o ddadl fydd yn codi rhwng y ddau.'

A barnu oddi wrth y siarad brŵd a'r chwerthin a lanwai'r stafell, roedd pawb yn ymlacio'n braf. Syniad Sam fu cael Gwil, tafarnwr y King's Head yn Rhiwogof, i gyflenwi'r bwrdd diodydd; syniad Rhian oedd gofyn i gwmni Siwgwr a Sbeis o Lanrwst ddarparu'r wledd.

'Llongyfarchiada, Mrs Turner.'

Sythodd hitha i'w wynebu gyda gwên gwraig ifanc oedd uwchben ei digon. 'Diolch yn fawr. Ond llongyfarchiada am be? Am rwydo'r enwog *Mr* Turner . . . o'r diwadd?'

Clywodd Sam y ddwy set o rieni'n chwerthin tu ôl iddi. Fe wydden nhwtha, fel pawb arall yn bresennol, mai dewis Rhian, a neb arall, fu aros tan rŵan cyn priodi. Fe gymerodd fisoedd iddi benderfynu ei bod hi isio treulio gweddill ei hoes fel Mrs Semtecs.

'Ia!' meddai Sam, gan ymuno yn ei hwyl hi. 'Llongyfarchiada mawr am lwyddo i neud peth felly, wrth gwrs, ond a deud y gwir wrthach chi, Mrs Turner, rwbath arall oedd gen i o dan sylw rŵan. Isio'ch llongyfarch chi oeddwn i ar eich syniad ynglŷn â'r bwyd. Mae pawb o'r farn eu bod nhw'n cael gwledd a hannar.'

'Os felly, paid â meiddio sôn gair wrthyn nhw am Siwgwr a Sbeis! Gad iddyn nhw feddwl mai fi ydi'r cwc!' Roedd ei direidi a'i hapusrwydd yn ddisglair yn ei llygada glas. 'Ac mi geith pawb feddwl mai o dy selar di y mae'r holl ddiodydd 'ma wedi dod hefyd.' Cododd i flaena'i thraed i roi cusan sydyn iddo.

Ar yr eiliad honno, torrwyd ar y llanw chwerthin a'r siarad gan sŵn llwy yn curo'n daer yn erbyn potel wag.

'Gyfeillion! Ga i eich sylw chi am chydig funuda?' Ken Harris oedd yn hawlio gwrandawiad. 'Fel y gwyddoch chi, fi gafodd y barchus arswydus swydd heddiw o fod yn was priodas i'r enwog Dditectif Gwnstabl Samuel Tecwyn Turner, *alias* Semtecs . . . Peidiwch â chwerthin! Dyna'i enw llawn o, ynde, ficar? . . . '

O ble safai, wrth dalcen y bwrdd diodydd, nodiodd hwnnw'r mymryn lleia ar ei wyneb coch, gan roi'r argraff fod ei ben yn rhydd o fewn ei goler gron.

' . . . Sut bynnag, yn rhinwadd y swydd honno mae disgwyl imi ddeud gair neu ddau ar achlysur mor . . . mor anghyffredin . . . '

Torrodd cloch y ffôn ar ei draws a brysiodd Rhian, orau allai rhwng y gwesteion, i'w ateb.

' . . . Be 'di'r bet mai Inspector Humphreys sy'n ffonio? Isio i Sam a finna . . . a Menna Howells yn fan'cw . . . fynd i solfio rhyw gês pwysig arall.' Chwarddodd nifer a gwenodd y gweddill. ' . . . Dwi'n deud wrthach chi, dipyn o boen ydi'r inspectors 'ma wedi bod erioed . . . '

Chwarddodd pawb rŵan wrth i Ken anelu'i eiria i gyfeiriad Rogers, tra bod hwnnw wedi mwy na'i blesio gan y sylw cellweirus.

' . . . Sut bynnag, fy ngwaith pleserus i ydi cyfarch y ddau sydd newydd briodi, ac yn y lle cynta fe hoffwn i longyfarch Rhian am ei llwyddiant, nid i fachu Sam dwi'n feddwl – *fo*, nid hi, wedi'r cyfan, sydd wedi cael y fargan ora! . . . '

'Clywch, clywch!' oddi wrth Ap, a rhagor o chwerthin cwrtais gan bawb arall.

' . . . ond am iddi lwyddo, yn gynta, i'w gael o i siafio ben bora . . . ' Chwerthin eto, yn enwedig oddi wrth y rhai oedd wedi arfer gweithio efo Sam bob dydd ac yn gwybod am ei anhoffter o eillio'i wyneb.

' . . . ac yn ail, am iddi lwyddo i'w gael o allan o jîns a lledar ac i mewn i siwt smart am unwaith.' Arhosodd Ken nes i'r hwyl dawelu eto. 'Dwi'n deud y gwir wrthach chi. Pan gyrhaeddis i'r eglwys bora 'ma, a gweld boi mor daclus, mor olygus ac mor ddiarth yr olwg yn aros amdana i wrth yr allor, wel, mi feddylis 'mod i wedi gneud camgymeriad, a 'mod i yn y briodas ròng! . . . '

Yng nghanol yr holl chwerthin, prin y sylwodd neb ar Rhian yn dychwelyd.

'I ti, Sam.' Roedd hi'n ôl wrth ysgwydd ei gŵr ac yn hanner sibrwd i'w glust, rhag torri ar araith Ken Harris. 'Y ffôn.'

'Pwy?'

'Wnaetha fo ddim deud. Llais diarth i mi, beth bynnag. Neb o'r wlad yma yn reit siŵr.' Roedd glas ei llygaid wedi cymylu. Cydiodd yn ei lawes wrth iddo droi i'w gadael. 'Cofia'n bod ni'n gadael ben bora fory ac na fyddi di ar gael am wythnos o leia.'

Cyfeirio'r oedd hi at y mis mêl, a drefnwyd fel gwylia yn fwy na dim arall. Chydig ddyddia o sgio yn y Tirol yn Awstria, a chyfle yn y cyfamser i Nain a Taid Pwllheli ddifetha tipyn ar eu hŵyr bach.

Nodiodd Sam a throi cefn ar Ken Harris a oedd wrthi erbyn hyn, ac er mawr ddifyrrwch i bawb arall, yn disgrifio rhyw dro trwstan neu'i gilydd a gafodd y priodfab rywdro efo hen ferch go adnabyddus tua Threcymer.

'Helô! Sam Turner yma!'

'Mae'r diafol ar droed eto.'

Synnwyd ef gan yr iaith yn fwy na chan ei neges, ac yna adnabu'r llais.

'Grossman? Marcus Grossman? Chdi sy 'na?'

'Sut wyt ti . . . Semtecs?' Roedd yr Iddew yn cofio'r llysenw.

'Iawn. A sut wyt ti?' Yna'n fwy petrus, fel pe bai rhyw rybudd wedi gwawrio arno, 'Be uffar wyt ti'n feddwl, *"Mae'r diafol ar droed eto"*?'

Pennod 2

'Be wyt ti'n feddwl – *fedrwn ni ddim mynd*?'

Roedd pawb, ac eithrio rhieni Sam, wedi hen adael, a'r stafell wedi'i chlirio ar ôl y dathlu. Bob a Nan Gwilym, rhieni Rhian, oedd y rhai ola i adael, gan fynd â Semtecs Bach efo nhw am ei wythnos o 'wylia' ym Mhen Llŷn. Roedd hi bellach yn tynnu at hanner awr wedi un ar ddeg ac roedd Colin ac Elen Turner, mam a thad Sam, newydd noswylio, gyda'r bwriad o gychwyn yn ôl am Lincoln yn gynnar drannoeth.

'Atab fi, Sam! *Pam* na fedrwn ni ddim mynd? *Deud* wrtha i! Pwy gythral oedd ar y ffôn 'na gynna? . . . Dwi'n dy rybuddio di rŵan, Sam! Os wyt ti'n styried gneud gwaith i'r Swyddfa Dramor 'na *un* waith eto . . . dim ond *un* waith! . . . yna fydda i ddim yma pan ddoi di'n ôl . . . Waeth iti heb â sbio arna i fel'na! Dwi'n ei feddwl o! Fe ddaru ti addo i mi . . . fe est ti ar dy lw . . . na fasat ti'n peryglu dy fywyd fel'na byth eto. Damia unwaith!' Roedd hi'n tynnu i ryddhau ei braich o'i afael. 'Pa hawl sydd gen ti? Pa blydi hawl sydd gen ti? Be wnaetha Semtecs Bach heb dad? . . . ' Roedd ei llais yn gawl afresymol o ddicter, o ansicrwydd ac o ddychryn.

'Gad imi egluro, Rhian.'

' . . . A rŵan, oherwydd bod rhywun yn y blydi Swyddfa Dramor yn Llundain wedi codi'i fys, rwyt ti'n deud na chawn ni ddim hyd yn oed fynd ar ein mis mêl!'

'Nid rhywun o'r Swyddfa Dramor oedd ar y ffôn . . . '

'Wel pwy 'ta?'

'Dyro amser imi egluro, wir dduw!' Arhosodd nes i'r styfnigrwydd lacio yn ei braich ac i'r gwrid ddechra cilio o'i gwynab. 'Marcus Grossman oedd ar y ffôn. Efo fo oeddwn i yn Aserbaijân, os cofi di. Roedd o'n ffonio o Baris. Gwranda, Rhian! Mi fues i'n gwbwl onast efo chdi ynglŷn â'r busnas 'na yn y Dwyrain Canol llynadd, ac mi fydda i'n berffaith onast efo chdi rŵan hefyd.' Arhosodd iddi ollwng ei hun yn ara i'r gadair o'i flaen. 'Wyt ti'n cofio imi sôn wrthat ti am y dyn hwnnw efo'r creithia ar ei focha?'

'Zahedi? Hwnnw laddodd y teulu 'na yn Naples, lle buost ti'n aros? Teulu Maria Soave yr actores?' Roedd rhywfaint o'r dychryn yn ôl yn ei llais. Rhyfeddai Sam ei bod hi'n cofio enw'r Cwrd.

'Ia.'

'Be amdano fo? Be oedd Grossman isio?'

'Mae Zahedi ym Mharis.'

Syrthiodd distawrwydd llethol rhwng y ddau am rai eiliada, efo'r cwestiyna mud yn ymddangos o un i un yn llygada Rhian, tra bod Sam yn gneud ei ora i ymddangos yn ddigynnwrf. Yna, o'r diwedd, 'Be sydd a wnelo Zahedi â ni, beth bynnag?'

'Mae Grossman yn ama y gall o fod ar ei ffordd i Brydain.'

'I be?' Doedd dim posib osgoi treiddgarwch ei hedrychiad.

'Mae Grossman yn ama ei fod o isio dial.'

'Dial? Dial ar bwy?' Yna, wrth weld Sam mor amharod i ateb, 'Arnat ti? Arnon ni? . . . Ai dyna wyt ti'n awgrymu, Sam?'

Gallai weld rhyw orffwylledd yn corddi yn nyfnder ei llygad. 'Go brin, ond bod Grossman jyst yn chwara'n saff trwy fy rhybuddio i.'

'Chwara'n saff! Chwara'n saff? Blydi hel, Sam!'

'Cadw dy lais i lawr, Rhian, neu mi fydd mam a 'nhad yn clywad ac yn meddwl ein bod ni'n ffraeo ar noson ein priodas.' Ceisiai wenu a gneud yn fach o'r broblem, ond doedd dim arlliw o wên ar ei gwefusa hi.

'Os ydi Zahedi ym Mharis, ac os ydi Grossman ym Mharis, yna pam na neith Grossman ei hun ddelio efo'r broblem, yn lle ffonio fa'ma i'n hypsetio ni ac i ddifetha'n gwylia ni?'

Cymerodd bum neu chwe eiliad i Sam bwyso'i eiria

cyn ei hateb. 'Dyna oedd o wedi obeithio'i neud. Roedd o wedi gobeithio cael . . . cael gwarad â Zahedi ym Mharis. Wedi bod ar ei drywydd ers tair wythnos medda fo, ac wedi'i ddilyn o i Cairo, wedyn Prague ac Innsbruck, a rŵan Paris. Ond mae'r Cwrd wedi bod gam ar y blaen iddo fo bob tro, yn anffodus. A rŵan, mae o wedi'i golli fo eto. Dyna pam y ffoniodd o fi, pnawn 'ma. Am ei fod o'n ama fod Zahedi wedi croesi'r Sianel, neu ar fin gneud . . . '

'I chwilio amdanat ti?'

'Falla.'

'Uffar dân, Sam!' Roedd hi'n methu celu ei rhwystredigaeth. 'Sut y gŵyr o hynny?'

'Mae'n debyg fod Zahedi wedi trio dial ar Grossman lai na mis yn ôl. Wedi bod yn cynllwynio i neud hynny ers misoedd, mae'n beryg, byth ers y busnas 'na efo'r arfa yn Aserbaijân.'

'Be ddigwyddodd?'

'Mae system ddiogelwch y Mossad cystal â dim un y gwn i amdani hi, ond fe lwyddodd Zahedi i osod bom o dan fonat car Grossman tra oedd o'n treulio chydig ddyddia efo'i ffrindia yn Jeriwsalem.'

'A ddaru'r bom ddim gweithio?'

'O! Mi weithiodd yn olreit.'

'Be? Mi gafodd y car ei chwythu i fyny?' Chwarddodd Rhian yn chwerw. 'Hy! Yn wahanol i ti, dydw i ddim yn meddwl llawar o'u system diogelwch nhw!'

'Mae'n debyg fod y bom wedi cael ei gosod yn broffesiynol iawn y tu mewn i fatri car a bod hwnnw wedi cael ei gyfnewid am y batri yng nghar Grossman. Car ar rent oedd o, gyda llaw, pe bai hynny o bwys. Un tro i oriad tanio'r injan ac fe aeth y cwbwl i fyny'n belan o dân.'

'A Grossman? Sut ddaeth o allan o'r uffern yn groeniach?'

'Trwy lwc a dim arall. Mae'n debyg fod dau lanc – dau Foslem, yn eironig iawn! – wedi trio dwyn y car. Car gweddol hen oedd o, mae'n debyg, a doedd dim problem i'r hogia fynd at y gwifra o dan y *dash*. Mi fedri ddychmygu be ddigwyddodd iddyn nhw.'

Arhosodd Rhian yn dawel.

'Sut bynnag, fe lwyddwyd i ddal y dyn ddaru gyfnewid y ddau fatri, ac i'w groesholi fo. Roedd o'n cyfadda iddo dderbyn cildwrn go dda am ei waith budur, ond yn taeru'r du'n wyn mai gosod batri newydd yn lle un oedd wedi mynd yn fflat oedd o wedi'i neud, ac na wydda fo'r un dim am fom. Sut bynnag, o'r disgrifiad roddodd o, fe sylweddolodd Grossman mai Zahedi oedd yn gyfrifol a'i fod o'n trio dial arno. Fe roddwyd y Mossad ar waith yn syth, wrth gwrs, a dyna sut y gallodd Marcus ddilyn Zahedi i Cairo ac o fan'no ar draws Ewrop. Pan gyrhaeddodd Innsbruck fe ffeindiodd fod Zahedi wedi gadael am Baris ddeuddydd ynghynt.'

'Ydi Zahedi'n sylweddoli fod Grossman ar ei wartha fo?'

'Erbyn rŵan, ydi, mae'n siŵr. Fydda fo ddim wedi gadael Jeriwsalem heb yn gynta gael bod yn llygad-dyst i'r bom yn ffrwydro, felly mae'n fwy na thebyg ei fod o wedi gweld be ddigwyddodd efo'r car a'i fod yn gwbod, felly, bod Grossman yn dal yn fyw.'

'Ond be sydd i'n rhwystro ni rhag mynd i ffwrdd ben bora fory? Fydd gan Zahedi na neb arall ddim gobaith dod o hyd inni yng nghanol mynyddoedd Awstria.'

'Paid â bod mor siŵr, Rhian. Roedd Zahedi yn Innsbruck yn ddiweddar, cofia! Lai na hannar can milltir o Scharnitz, lle'r oedden ni'n bwriadu mynd! Cyd-ddigwyddiad oedd peth felly, dwi'n gwbod, a go brin, fel rwyt ti'n deud, y medra fo'n dilyn ni yno . . . '

'Ond . . . wythnos oedden ni'n bwriadu bod yno, neno'r Tad! Fedra fo byth ddod o hyd inni mewn cyn lleiad o amsar.'

'Na fedra, mae'n siŵr, oni bai iddo ddod i Drecymer – cofia fod dynion Yakubovitch wedi llwyddo i ffeindio'r lle 'ma llynadd! – a chael gwbod rywsut neu'i gilydd ein bod ni ar wylia. Matar bach wedyn fasa iddo fo, Zahedi, holi *travel agents* y dre, nes cael gwbod manylion ein gwylia gan Cymer Travel. Na, os oes raid imi 'i wynebu fo, yna mi fasa'n well gen i neud hynny ar fy mhàts fy hun yn hytrach nag wedi 'nghornelu yng nghanol eira mewn rhyw ddyffryn cul yn y Tirol. Wyt ti ddim yn meddwl?'

Roedd yn amlwg na wyddai hi ddim be i feddwl. 'Ond . . . fedra fo neud hyn'na i gyd mewn wsnos?'

'Go brin. A falla na ddaw o byth. Falla nad dyna'i fwriad. Ond fedrwn ni gymryd y risg? Dychmyga sut y byddwn ni'n teimlo wrth ddod 'nôl i fa'ma, i dŷ gwag, ymhen yr wythnos, heb wbod a fydd o'n aros amdanon ni ai peidio.' Roedd yn gas ganddo'i dychryn hi fwy nag oedd raid, ond gwell hynny na gneud yn fach o'r broblem. 'A beth petai o'n mynd ar ôl Tec bach, a ninna mor bell i ffwrdd?'

Os oedd unrhyw amheuaeth yn aros yn ei meddwl, fe ddiflannodd yn llwyr rŵan. Dechreuodd igian crio.

'Os digwyddith rwbath iddo *fo*, Sam, yna paid â disgwyl imi fadda iti byth. Wyt ti'n dallt?' Llusgodd eiliada trwm heibio. Yna, 'Cheith o ddim bod allan o 'ngolwg i. Dwi'n mynd i lawr i Bwllheli heno 'ma, ac yno y bydda i'n aros nes i'r busnas yma gael ei setlo, y naill ffordd neu'r llall.' Yna, fel pe bai hi'n sylweddoli arwyddocâd ei geiria ola, dechreuodd grio o ddifri. 'Ti'n gwbod be dwi'n feddwl, Sam. Dydw i ddim isio colli'r un ohonoch chi. Pam na chawn ni'n tri fynd i ffwrdd yn ddigon pell, ac aros yno nes i Grossman, neu rywun arall, ddelio efo Zahedi?'

Rhoddodd Sam ei fraich am ei chanol a'i gwasgu. 'Cheith y broblem mo'i setlo fel'na, gwaetha'r modd. Y peth gwaetha fedra i 'i neud ydi gadael i Zahedi ddod i chwilio amdana i. Rhaid i *mi* fynd ar ei ôl *o*, yn union fel mae Grossman yn ei neud.'

'Rwyt ti'n croes-ddeud dy hun yn barod! A ni? Tecwyn bach a finna? Be amdanon ni?'

Roedd tinc edliwgar ei llais yn mynd at ei galon.

'Ar ôl rhoi'r ffôn i lawr ar Grossman pnawn 'ma, fe ffonis i Whitehall a chael gair efo Caroline Court yn fan'no. Mae hi wedi gaddo y bydd MI5 neu *Special Branch* neu rywun yn cadw golwg ar betha yn fa'ma . . . '

'Ar betha? Be wyt ti'n feddwl *cadw golwg ar betha yn fa'ma*? Pa betha? A be am Tecwyn a finna?'

'Dyna dwi'n olygu, siŵr dduw! Cadw golwg arnoch chi'ch dau. Ond mi fydd raid ichi symud.'

'Dwi wedi penderfynu hynny'n barod, Sam. Dwi'n mynd at Tec bach ym Mhwllheli.'

'Iawn. Mi gân nhw'ch gwarchod chi yn fan'no, felly.'

'A chdi? Be ddaw ohonot ti?'

'Paid â phoeni amdana i, Rhian. Siawns dy fod ti'n sylweddoli erbyn rŵan fy mod i'n ddigon tebol i edrych ar f'ôl fy hun. Ond paid â meddwl y bydd raid imi ddelio efo'r cythral bach mileinig 'na ar fy mhen fy hun. Mae Whitehall ac MI6 yr un mor awyddus â finna i gael gafael ar Zahedi. *Interpol* hefyd, yn ogystal â Grossman a'r *Mossad*.' Caniataodd i wên ledu dros ei wyneb. 'Does gan y diawl bach ddim gobaith gwybedyn yn nhân Uffern! Amdano fo y dylet ti boeni!' A throdd y wên yn chwerthiniad oedd yn rhy sych i gynnig llawer o gysur iddi.

Pennod 3

Yng ngwyll y wawr, methai Marcus Grossman yn lân â rheoli ei rwystredigaeth. Edrychodd ar ei wats am y canfed tro. Deng munud i saith! Fe ddylen nhw fod yn ôl bellach! Drwy'r drws agored a gysylltai'r ddwy lofft yn y gwesty, gallai glywed Tomas yn anadlu'n drwm ac yn rheolaidd wrth iddo ddwyn orig o gwsg haeddiannol.

Lai na phedair awr ar hugain yn ôl, roedd o wedi bod uwchben ei ddigon. Yn dilyn deuddydd o ymholiada manwl a blinedig roedd o a'i ddynion – pedwar ohonyn nhw, ac yn aeloda o'r Mossad – wedi medru cadarnhau fod gŵr Dwyrain Canolaidd ei wedd, ac efo craith fechan gron yn anharddu pob boch, tebyg iawn i'r person yn y llun a ddangosid ganddynt – wedi glanio ym maes awyr Orly bedwar diwrnod ynghynt, oddi ar awyren Air France o Innsbruck. Yasir Benir oedd yr enw ar ei basport. Roedd yr un gŵr wedi teithio wedyn mewn tacsi i ardal Bagnolet ar gyrion dwyreiniol y ddinas ac wedi cymryd stafell mewn *pension* bychan rhad ar y Rue St Fargeau. O holi'r *concierge* yn fan'no, fe gawsant wybod fod y cleient, yn ôl ei arfer, wedi gadael y gwesty'n gynnar y bore hwnnw ac nad oedd disgwyl iddo ddychwelyd tan yn hwyr yn y min nos. Roedd wedi talu wythnos ymlaen llaw am ei stafell ac wedi rhoi'r argraff i'r ofalwraig y gallai dreulio wythnos arall yno hefyd, pe bai ei fusnes yn y brifddinas yn llwyddiannus. Na, doedd o ddim wedi rhoi unrhyw awgrym iddi o be allai'r busnes hwnnw fod.

Weddill y dydd, a gydol y noson honno – echnos erbyn hyn – fe gadwodd y pedwar lluddedig olwg ar y *pension* o hirbell gan ofalu peidio gneud dim a allai rybuddio Zahedi eu bod yno. Ond er y gofal, ddaeth y Cwrd ddim yn ôl i'w stafell a gwyddai Grossman, ym mêr ei esgyrn, fod dealltwriaeth wedi bod rhyngddo a'r *concierge*, a bod honno, rywfodd neu'i gilydd, wedi cysylltu efo fo i'w rybuddio i gadw draw. Roedd Zahedi naill ai wedi'i llwgrwobrwyo hi efo swm sylweddol o arian neu wedi'i bygwth hi efo dial erchyll, neu, yn fwy na thebyg, efo'r ddeubeth.

Doedd y siom ddim yn ddiarth i Marcus Grossman erbyn hyn. Rhywbeth tebyg fu'r profiad yn Cairo, ac wedyn yn Prague ac Innsbruck. Chydig ddyddia fu Zahedi yn y llefydd hynny hefyd, a doedd dim posib gwybod pam ei fod wedi galw yno o gwbwl, na pham ei fod wedi gadael mor swta bob tro. Roedd Grossman o'r farn mai torri ei siwrna er mwyn cymhlethu'r trywydd a wnaethai'r Cwrd, rhag i rywun geisio'i ddilyn. Fe wyddai, mae'n siŵr, am fethiant ei fom yn Jeriwsalem, ac fe wyddai hefyd y byddai'r Mossad yn ei ddilyn i ben draw'r byd pe bai raid, er mwyn dial arno. A rŵan, ym Mharis, diolch i'r *concierge* felltith 'na, roedd o'n gwybod i sicrwydd fod y dial hwnnw'n agos.

Er holi a stilio gydol y dydd ddoe, mewn niwl a glaw mân a mygdarth ceir, methwyd â chael unrhyw wybodaeth bellach. Eu hunig obaith oedd fod Zahedi yn dal yn y brifddinas. O leia doedd yr un o'r cwmnïau hedfan ym meysydd awyr Orly a Charles de Gaulle yn cofio gwerthu tocyn i neb o'r enw Yasir Benir nac i neb tebyg i'r gŵr yn y llun. Ond doedd hynny ddim yn golygu, meddai Grossman wrtho'i hun rŵan, nad oedd y Cwrd wedi defnyddio rhyw faes awyr llai, neu ei fod wedi gadael y brifddinas trwy ryw ddull arall o deithio. Prydain, fe deimlai'n siŵr, oedd cyrchfan y dyn bach. A Sam Turner, alias Semtecs, ei darged! Felly, sut fydda fo'n croesi'r Sianel? Fydda fo byth yn rhyfygu hedfan i Heathrow neu Gatwick, na chwaith i Birmingham neu Fanceinion. Feiddia fo fentro Stanstead, tybad? Neu'r Rhws yn ne Cymru? Go brin. Fydda fo byth yn mentro sefyllfa lle galla fo fod yn cerdded yn syth i drap, fel llygoden at y caws. Ac am yr un rheswm, feiddia fo ddim defnyddio'r fferi dros y Sianel chwaith.

'Pe bai'r un broblem yn dy wynebu di, Marcus, be

fyddet ti'n ei neud?' Llogi cwch bach a chroesi i ryw borthladd dinod yn ne Lloegr? Seaford yn Sussex, falla? Na, go brin chwaith. Rhy ara. Rhy hir ar y dŵr. Gormod o risg. Llogi awyren ysgafn a glanio yn un o'r dwsina o feysydd awyr bychain oedd i'w cael ar hyd a lled Prydain? Hwnnw'n bosibilrwydd gwerth ei styried. Ond nid heb ei risg chwaith! Hedfan 'ta i rywle fel Amsterdam neu Copenhagen neu Oslo – Shannon hyd yn oed! – a dod i mewn o'r cyfeiriad hwnnw. Ar fferi, o bosib! Uffar dân! Roedd y posibiliada'n ddiddiwedd.

Dyma'r meddylia a dyma'r anobaith a barodd i Marcus Grossman godi'r ffôn bnawn ddoe i rybuddio Sam Turner fod *'y diafol ar droed eto'* ac iddo fod yn barod amdano. Roedd hefyd wedi penderfynu yn y cyfamser mai ailgysylltu efo Sam oedd y ffordd sicra oedd ganddo ynta o ddod o hyd i Zahedi unwaith eto. Ymuno â Semtecs, ac aros nes i Zahedi eu ffeindio nhw. Heddiw, felly, roedd yn bwriadu mynd â'i griw bach o filwyr elitaidd drosodd i Brydain a pharatoi yn fan'no. Ond yn gynta byddai'n rhaid aros am adroddiad y ddau a fu allan y rhan fwya o'r nos yn chwilio.

Neidiodd yn ei sedd wrth deimlo llaw ysgafn ar ei ysgwydd. Rhaid ei fod wedi slwmbran er ei waetha. Ers ymuno â'r fyddin, ddeunaw mlynedd yn ôl, dyma'r tro cynta iddo beidio clywed rhywun yn sleifio i mewn i'r un stafell â fo. Mewn un symudiad cyflym roedd wedi neidio i'w draed gan droi yn yr awyr yr un pryd a chodi braich mewn ystum i'w amddiffyn ei hun tra bod y llaw arall yn crafangu am y gwn yn ei gas.

'Sori, Marcus! Doedden ni ddim wedi bwriadu dy ddychryn di.' Ond roedd y wên chwareus ar wyneba'r ddau yn deud stori wahanol. Nid yn amal y caen nhw gyfle i gael y gora ar yr enwog Marcus Grossman!

'Josef! Leon!' Edrychodd ar ei wats. Deunaw munud i saith. 'Lle uffar dach chi wedi bod? Unrhyw wybodaeth?'

'Dim byd pendant . . . '

'Os felly, mi fyddwn ni'n cychwyn am Lundain ymhen dwyawr.'

' . . . ond mae gynnon ni gyswllt posib.'

Gwenodd Josef unwaith eto wrth weld y bywiogrwydd yn erlid y blinder o lygaid ei uwch-swyddog.

'Be ddigwyddodd!' Gorchymyn yn fwy na chwestiwn.

'Fe aethon ni'n ôl i'r *pension* i gael gair caredig efo'r *concierge* . . . '

Doedd dim angen egluro arwyddocâd yr ansoddair.

'Ac wedyn . . . ?'

'Roedd hi'n barod iawn i gydweithredu, a deud y gwir.' Leon oedd bia'r sylw yma, ei oslef yn rhoi ystyr cwbwl groes i'r gair 'parod', yn ogystal ag awgrymu dau ddehongliad posib i'w gymal ola.

'Be oedd ganddi i'w ddeud?'

'Roedd Zahedi wedi gadael rhif iddi ei ffonio fo pe bai rhywun yn dod i holi'n ei gylch. Dyna wnaeth hi ddoe ar ôl i ni fod yno.'

'Damia'r bits! Gawsoch chi'r rhif?'

'Do.' Estynnodd Josef damaid o bapur iddo. 'Mobeil . . . ffôn mudol ydi o. Ddaru mi ddim mentro trio cysylltu. Chdi sydd i benderfynu hynny, Marcus.'

'Iawn. Ond be arall fuoch chi'n neud?'

'Wel, ar ôl inni fygwth galw'r *gendarme* am iddi helpu terfysgwr mor beryglus, roedd y *concierge* yn fwy parod fyth i gydweithredu. Mae'n debyg fod Zahedi wedi talu teirgwaith cymaint ag oedd angen iddi am y stafell, ond bod hynny'n cynnwys addewid o gyfrinachedd lwyr o'i hochor hi. Sut bynnag, pan estynnodd o bres i dalu iddi, mae'n debyg bod tamaid o bapur wedi syrthio o'i boced. Pan blygodd hi i'w godi mi gipiodd ynta'r papur o'i llaw a gofyn yn chwyrn iddi be oedd hi wedi'i weld. "Dim," medda hitha. "Ches i ddim amser i weld dim." Ond mi *oedd* hi wedi cael cip ar un gair, sef Bineau, ac roedd hi'n meddwl mai rhan o gyfeiriad oedd o.'

Tra oedd Josef yn egluro, roedd Leon wedi codi berw yn y tecell ac roedd wrthi'n paratoi tair cwpanaid o goffi du di-siwgwr. Oedodd Josef i dderbyn y cwpan.

'Ac wedyn?'

'Wedyn, Marcus, mi fuon ni'n gneud ymholiada. Dechra efo'r enwa yn y cyfeirlyfr rhifa ffôn, rhag ofn mai enw person yn hytrach na lle oedd y Bineau 'ma. Dim llwyddiant yn fan'no. Meddwl wedyn y galla fo fod yn enw ardal ym Mharis ei hun neu falla'n dre neu bentre rwla yn Ffrainc. Dim byd o'r fath ar unrhyw fap. Enw stryd oedd yr unig bosibilrwydd arall y gallen ni feddwl amdano, felly mi aethon ni i holi bois y tacsis hwyr . . . '

'A chael gwybodaeth!' Roedd Grossman eisoes wedi synhwyro hunan-fodlonrwydd y ddau.

'Do, ymhen hir a hwyr. Cyndyn ar y naw oedd pob un ohonyn nhw i helpu os nad oedden ni'n cynnig busnes iddyn nhw, felly, yn y diwadd, dyma neidio i gar a gofyn i'r dreifar fynd â ni i'r Rue de Bineau. Doedd o mo'r dewis gora, fel roedd hi'n digwydd bod. Dim ond dau ddiwrnod oedd hwnnw wedi bod yn y job! Doedd ganddo ddim syniad am stryd o'r fath ond mi gysylltodd ar y radio efo'i reolwr a chael help o fan'no. Dim record o'r un Rue de Bineau, meddai rheini, ond bod 'na Boulevard Bineau yn Neuilly. Wedi dallt, ardal ydi Neuilly reit ar yr ochor arall i Baris, o fewn y tro yn y Seine, lle mae'r afon yn plygu'n ôl arni'i hun. Sut bynnag, fe aeth y tacsi â ni, a'n gollwng ni yno . . . ' Gollyngodd ochenaid o flinder. ' . . . Mae hi wedi bod yn noson hir, Marcus! Deud ti wrtho fo, Leon! Chdi wnaeth y rhan fwya o'r siarad, beth bynnag, gan mai chdi sy'n siarad yr iaith.'

Daeth gwên o gydymdeimlad i wyneb hwnnw. 'Wel, i ddechra o'r cychwyn, ga i egluro nad stryd fach ydi'r Boulevard Bineau! Mae hi'n rhedag o gyrion y ddinas, dros y Seine, a'r holl ffordd wedyn i La Garenne

Colombes, lle mae hi'n ymuno efo'r draffordd, yr N192. Mae hynny o adeilada sydd arni naill ai yn dai mawr y byddigion neu'n westyau crand neu'n swyddfeydd go lewyrchus . . . '

'Felly?' Roedd Grossman yn dechra mynd yn ddiamynedd a cheisiodd guddio hynny trwy gymryd cegaid o'r coffi.

'Felly, Marcus, fe gawson ni noson hir a blinedig iawn o gerddad, o chwilio ac o groesholi ambell aderyn nos. Roedd 'na ddigon o'r rheini o gwmpas, wrth gwrs, fel sydd 'na ym mhob rhan arall o'r ddinas 'ma. Cofia hefyd mai'r unig beth fedren ni 'i neud oedd dangos llun o Zahedi.'

'Ond fe gawsoch chi wybodaeth?'

'Trwy lwc yn fwy na dim arall . . . ' Edrychodd ar ei wats. ' . . . lai nag awr yn ôl.' Gwenodd. 'Rhaid bod golwg amheus ar Josef a finna oherwydd fe gawson ni'n stopio a'n holi gan y *gendarme!*' Gwenodd eto wrth weld Grossman yn cynhyrfu. 'Paid â phoeni, Marcus! Chawson nhw ddim gwybod pwy ydan ni na pham 'dan ni yma, ym Mharis. *Routine check* oedd hi, mae'n amlwg. Isio gwbod be oedd ein busnes ni yn yr ardal honno mor gynnar y bora. Ninna'n deud mai newydd lanio ym maes awyr Charles de Gaulle oedden ni, o Israel, a bod gynnon ni gyfarfod busnes go bwysig am ddeg o'r gloch yn swyddfeydd cwmni *Auteuil* ar y Boulevard Bineau. Mi eglurais i iddyn nhw ein bod ni wedi llogi car yn y maes awyr a'n bod ni wedi gadael hwnnw, efo'n pacia ni i gyd ynddo fo, ym maes parcio swyddfeydd *Auteuil*. Yn y cyfamser, medda fi, roedden ni'n chwilio naill ai am gaffi oedd yn agor yn gynnar, neu, yn well fyth, am dy ffrind oedd yn digwydd bod yn byw rywle yn yr ardal. Sut bynnag, mi lyncodd y ddau blismon y stori ac mi ddaru nhw droi'n reit glên wrth inni sgwrsio. Yna, cyn gadael, dyma un ohonyn nhw'n holi ynghylch y "ffrind" oedd gynnon ni ac mi roddodd Josef ryw enw ffug iddo fo a deud mai Cwrd oedd o, a bod ganddo fo graith ar y ddwy foch. Sut bynnag, doedd y disgrifiad ddim yn canu cloch ond mi ddigwyddodd un ddeud fod nifer o Gwrdiaid – tri oedd o'n feddwl – yn byw mewn fflat ar yr Avenue Niel, rhyw hanner canllath o lle mae honno'n ymuno efo'r Boulevard Bineau ar y Place Pereire. "Gobeithio nad y criw afrad yna ydi'ch ffrindia," medda fo; ninna'n chwerthin digon i awgrymu nad oedd ganddo fo le i boeni. Sut bynnag, wedi iddyn nhw fynd, mi aethon ni i neud ymholiada a chael gwbod ymhen hir a hwyr gan bostmon fod 'na dri os nad pedwar "*Iraci neu Arab neu rwbath felly*" yn byw ers rhai wythnosa mewn selar ar yr Avenue Niel, ond na fedra fo ddim deud os oedd gan un ohonyn nhw greithia ar ei wynab ai peidio.'

'A dyna fo?'

'Ia, Marcus. Dyna gymaint ag y medren ni ei gael.'

Llaciodd y tyndra yng ngwyneb Grossman. 'Da iawn. Os mai dyna'r cwbwl sydd gynnon ni, yna mae'n werth cadw golwg ar y lle. Oes posib gneud hynny heb inni gael ein gweld?'

'Tipyn o broblem yn fan'na, Marcus . . . ' Josef oedd bia'r geiria. 'Does 'na ddim tŷ gwag o gwbwl yn y stryd, ond mae 'na do fflat ar bob adeilad. Mi fedren ni gadw golwg oddi ar un o'r rheini.'

'Dyna wnawn ni, felly.'

Erbyn hyn roedd Tomas hefyd yn effro, ac wedi crwydro i mewn atynt i wrando ar y cyfarwyddiada. Wrth weld cwsg yn ei lygaid o hyd, a'i wallt tena'n sgrechian am sylw crib, daeth dirmyg i lygad Grossman. Yn ddeugain oed, Tomas Rosenberg oedd yr hyna o ddigon o'r pedwar, ond yr un lleia'i brofiad efo'r Mossad serch hynny. Doedd ond tair blynedd ers iddo gael ei dderbyn i'r uned gudd, a hynny'n benna oherwydd ei allu i drin ffrwydron ac i ddatgomisiynu bomia. Milwr cyffredin oedd o cyn hynny, ac wedi bod ers iddo adael ysgol yn ddwy ar bymtheg oed. Er iddo gael profiad o ymladd yn erbyn y PLO, ac er iddo ddod yn agos iawn at gael ei ladd ar fwy nag un achlysur, eto i gyd nid fo fyddai Grossman ei hun wedi'i ddewis fel y pedwerydd aelod i'w dîm. Ond dyna fo, nid Marcus Grossman fu pia'r dewis hwnnw.

Pennod 4

Tua'r un amser ag yr oedd Grossman yn rhoi cyfarwyddiada i'w griw, roedd Sam Turner yn gorffen gneud ei drefniada ynta. Doedd Caroline Court ddim wedi bod yn arbennig o blês yn cael galwad ffôn mor gynnar y bore i'w fflat yn Knightsbridge, yn enwedig a hitha o dan y gawod ar y pryd, ond roedd cloch y teclyn wedi dal a dal i ganu nes iddi ei ateb.

'Pwy? Turner? . . . Sam? Chdi sy 'na?' Yna clywodd Sam y pryder ac yna'r dôn ymarferol yn magu yn ei llais. 'Oes 'na rwbath wedi digwydd? Ydi Grossman wedi cysylltu efo chdi wedyn?'

'Naddo. Fel matar o wybodaeth, Caroline, mi fydda i'n cychwyn am Lundain ymhen chwartar awr . . . Ar y beic . . . Mi fydd hynny'n gynt o lawar na'r trên. Mi ddylwn fod yna mewn chydig dros deirawr. Wnei di drefnu efo'r gwarchodlu 'mod i'n cael dod yn syth i mewn i'r Swyddfa Dramor? Yn y cyfamsar, dwi'n gobeithio fod MI5 neu *Special Branch,* neu bwy bynnag, wedi anfon rhywun i gadw golwg ar y tŷ ym Mhwllheli y rhois i ei gyfeiriad iti neithiwr.'

'Fe ddylen nhw fod ar y ffordd y funud 'ma, Sam. A dwi wedi trefnu i rywun gadw golwg ar dy gartra di yn fan'na hefyd, er y bydd o'n wag. Wedi'r cyfan, os daw Zahedi i chwilio amdanat ti o gwbwl, yna i fan'na y daw o gynta.'

'I'r dim. Un peth arall, Caroline. Fedar Syr Leslie Garstang hefyd fod yna i 'nghwarfod i? Dwi'n cymryd ei fod o'n dal yn ei swydd?'

'Mi dria i. Ac ia, Syr Leslie ydi Dirprwy Gyfarwyddwr MI6 o hyd. Mi dria i drefnu cyfarfod at un o'r gloch y pnawn, os medar Syr Leslie roi o'i amsar. Dwi hefyd wedi hysbysu'r Ysgrifennydd Tramor, Martin Calshot, a Mr Fairbank o'r hyn sy'n mynd ymlaen. Wyt ti'n cofio Mr Fairbank? Fo gafodd swydd Herbert Shellbourne fel

Cyfarwyddwr Rheolaeth gyda Gofal dros Ddiogelwch Rhyngwladol.'

'Ydw, dwi'n cofio. Be am Scotland Yard?'

'Dwi'n bwriadu cysylltu'n swyddogol efo Julian bora 'ma.'

'Swyddogol? . . . Julian?'

'Ia. Julian Carson.'

'A! Wrth gwrs!'

Cofiodd Sam yn sydyn fod cysylltiad dyfnach nag un proffesiynol rhwng Caroline Court a Dirprwy Gomisiynydd Scotland Yard. O ddarllen rhwng y llinella, ei hawgrym oedd fod 'Julian' yn gwybod yn barod am y rhybudd ynglŷn â Zahedi ond bod angen mynd trwy'r broses swyddogol rŵan o hysbysu 'Julian Carson' yn rhinwedd ei swydd.

'Un peth arall, Caroline! Mi fydda i angan gwn.'

* * *

Doedd hi ddim yn dywydd arbennig o dda i fod ar feic. Er bod y ffordd yn hollol sych, heb arwydd o unrhyw gymyla trymion uwchben i fygwth glaw, eto i gyd roedd y gwynt yn annifyr o gry ac yn ymosod ar y Kawasaki mewn hyrddiada annisgwyl. Ar ben Bwlch yr Oerddrws bu bron iddo gael ei chwythu i'r ffos. Roedd yn eitha tawel wedyn erbyn cyrraedd gwastad Dinas Mawddwy, ond wrth godi am Fallwyd fe ddaeth unwaith eto i ddannedd y gwynt. Gadael yr A470 yn fan'no, cymryd yr A458 am Lanfair Caereinion a theimlo'r hyrddwynt i'w gefn rŵan, fel pe bai hwnnw wedi penderfynu cynnig anogaeth yn hytrach na rhwystyr.

O fewn yr awr, roedd yr arwyddion yn dangos deng milltir i Amwythig; hanner awr arall a bu'n rhaid gadael tawelwch cymharol yr M54 am brysurdeb a gwallgofrwydd yr M6. O brofiad, gwyddai mai gwaeth wedyn fyddai'r M1 a'r M25. Felly, cymryd mantais o

Spaghetti Junction ac ymuno â'r M5 er mwyn osgoi prysurdeb mwya Birmingham ac ymuno â'r M40 a fyddai'n ei arwain yr holl ffordd i'r A40 a chanol dinas Llundain. Rhwng Longbridge (Cyffordd 15) a High Wycombe (Cyffordd 4), dim ond unwaith y bu'n rhaid iddo lacio'i afael ar y sbardun a ffrwyno'r beic i saith deng milltir yr awr, a hynny am fod car heddlu wedi'i barcio rhybuddiol ar bwt o lwyfan pwrpasol ar ymyl y drafffordd. Ond gynted ag y diflannodd hwnnw ym mhellter ei ddrych fe gafodd y Kawasaki ffrwyn rydd unwaith yn rhagor.

Am chwarter i un ar ddeg roedd yn dilyn Hyde Park ar y Bayswater Road ac o fan'no dewisodd y ffordd y gwyddai ora amdani, sef heibio'r Marble Arch ac i lawr Oxford Street cyn belled ag Oxford Circus. Dilyn Regent Street o fan'no i Piccadilly, yna'r Haymarket i lawr i Sgwâr Trafalgar. Tafliad carreg oedd hi o fan'no wedyn i'r Swyddfa Dramor ar Whitehall.

Bu Caroline Court gystal â'i gair – cafodd y beic rwydd hynt drwy'r porth ac i mewn i gyntedd awyr agored y Swyddfa Dramor. O brofiad, fe wyddai mai chydig iawn a gâi fynediad i fan'no, ar olwynion o leia, a gwelodd sawl gwas sifil yn syllu'n chwilfrydig i lawr arno o'u swyddfeydd.

* * *

Falla bod Sam ryw ugain munud i mewn i'w siwrna pan gyrhaeddodd tîm y Mossad yr Avenue Niel. Nid cyrraedd efo'i gilydd ond, ar ôl parcio'r Citroën hur yng ngwaelod y stryd, crwydro i mewn ar wahanol amseroedd ac o wahanol gyfeiriada, pob un ond Marcus Grossman yn pasio'n agos at yr adeilad o dan sylw ac yn taflu edrychiad chwim, profiadol i gyfeiriad y grisia oedd yn arwain i lawr at ffenest ac at ddrws y selar lle'r oedd y Cwrdiaid yn byw. Cip wedyn, heb brin godi pen, i fyny at doea'r tai gyferbyn.

Cadwodd Grossman ei hun bellter rhyngddo a'r tŷ, rhag i Zahedi, os oedd o yno, ei weld a'i adnabod. Taflodd olwg dros y stryd a sylwi mai'r un bensaernïaeth oedd i bob adeilad ynddi – tri llawr a selar, a tho fflat efo parapet isel, tua dwy droedfedd o uchder, yn cael ei gynnal gan res o golofna cerfiedig.

Ymhen hir a hwyr, ymunodd y tri arall efo fo, ger y Place Pereire, er mwyn trafod tactega, gan roi'r argraff i'r niferoedd a âi heibio mai ar eu ffordd i'w gwaith yr oedden nhwtha ond eu bod wedi aros eiliad i gyfarch ei gilydd. Un o saith stryd yn pelydru allan o haul prysur y Place Pereire oedd yr Avenue Niel, a hi oedd y dawela o ddigon o'r saith. Prin oedd y ceir a'r cerddwyr a'i defnyddiai hi, a gwyddai Grossman fod hynny'n fwy o fantais na dim arall iddyn nhw.

'Tomas! Dwi isio chdi i fyny ar y to yn fan'cw.' Pwyntiodd yn gynnil i gyfeiriad un o'r adeilada dros y ffordd i gartre'r Cwrdiaid. 'Siawns sâl fydd gen ti i weld i mewn i'r selar o'r fath uchder ac o'r fath ongl, dwi'n gwbod, ond efo'r gwydra 'na sydd gen ti mi ddylet ti fedru nabod Zahedi yn ddigon hawdd os daw o i'r golwg. Gad inni wbod yn syth y digwyddith hynny.'

Defnyddiodd Grossman y radio fechan yng nghledar ei law i bwyntio at un arall debyg yn llaw Tomas. Ar yr un pryd, fel pe bai ar arwydd, dangosodd Josef a Leon fod ganddyn nhwtha hefyd yr offer i dderbyn y neges ac i gadw cyswllt. 'Leon, fe gei di gadw golwg ar y stryd gefn, rhag ofn iddo fo ymddangos yn fan'no, ac mi geith Josef a finna gymryd bob i ben i'r stryd.' Syrthiodd cwmwl duach dros ei wyneb golygus. 'Cofiwch, os ydi o yma, yna mi fyddai'n well gen i gael y diawl yn fyw – ond dydw i ddim yn ffysi. Os bydd raid inni ei ddilyn, neu falla'i erlid, jyst gnewch yn siŵr fod y tawelydd ar y gwn. Dydan ni ddim isio tynnu sylw atom ein hunain os medrwn ni beidio, ond wedi deud hynny, os bydd raid ei saethu fo, yna, o brofiad, fe wyddon ni mai gwell fyddai gneud hynny mewn lle prysur ac yng nghanol pobol. Hynny ydi, creu panig fydd yn mynd â'r sylw oddi ar pa un bynnag ohonon ni fydd wedi tynnu'r trigar. Ac mi fydd yn haws diflannu wedyn hefyd, efo'r holl bobol o gwmpas. Ond gofalwch, wir dduw, nad oes neb o'r cyhoedd yn cael bwled mewn camgymeriad!' Wrth siarad, edrychai'n ddwys o'r naill wyneb i'r llall. 'Jyst cofiwch mai'r peth ola 'dan ni isio'i neud ydi creu sefyllfa o embaras gwleidyddol i Israel.'

Yna, wedi gweld y tri yn nodio dealltwriaeth, edrychodd ar ei wats, 'Mae hi rŵan yn bum munud i wyth. Os bydd raid inni wahanu, yna'r *rendezvous* fydd y Gare du Nord, a hynny ar y cyfla cynta posib. Mae honno'n steshion brysur, felly ddylen ni ddim tynnu sylw yno. Defnyddio'r radio yn fan'no, i ddod o hyd i'n gilydd mor sydyn ag sy'n bosib. Pawb yn dallt?' Edrychodd o un i un am gadarnhad. 'Josef, gen ti mae goriada'r Citroën. Mae'n bosib y byddwn ni ei angen ar fyr rybudd, felly gofala ddod â fo at y steshion. Reit! Pob lwc!'

Caed sioe o ffarwelio clên a gwahanodd y pedwar i'w gwahanol gyfeiriada fel taen nhw'n mynd i'w gwaith fel pawb arall.

Fe roddodd Grossman ddeng munud i bawb fynd i'w le cyn gneud ei ymholiada cynnil dros y radio. Dim problem cyn belled ag yr oedd Josef a Leon yn y cwestiwn, y naill wedi mynd i eistedd i'r Citroën yng ngwaelod y stryd ond o fewn golwg clir i risia'r selar ganllath i ffwrdd, y llall yn llechu yn y stryd gefn mewn adfail o gwt yn libart un o'r tai ac o fewn golwg i'r adeilad lle'r oedd y selar. 'Dwi'n ddigon cuddiedig yma, Marcus,' meddai mewn llais ffug-gwynfanllyd dros y radio, 'ond, o'r ogla sy 'ma, mi faswn i'n tybio fod holl blant a chathod Paris yn troi i mewn yma bob dydd i biso.'

Chwerthin rhwng ei ddannedd wnaeth Grossman. 'Tomas! Be amdanat ti? Wyt ti ar y to?'

'Ydw. Dim problem. Welodd neb fi'n dod i fyny. Nifer o fflatia sy 'ma; pob un yn hunangynhwysol, faswn i'n ddeud. Lifft a grisia yng nghefn yr adeilad. Grisia cul wedyn o'r trydydd llawr i fyny i fa'ma. Does dim byd ar y to ond y drws dwi newydd ddod allan trwyddo fo, ac mae hwnnw'n agor i gyfeiriad y cefn. A hyd y galla i weld, mae pob adeilad arall ar y stryd yn union yr un fath. Ar hyn o bryd, dwi'n gorwedd ar fy mol tu ôl i'r parapet ac yn edrych, rhwng y pileri, i lawr ar ddrws y selar dros y ffordd. Mi fedra i weld pob dim neith ddigwydd yn fan'no heb i neb fy ngweld i.'

'Da iawn. A rŵan, dim mwy o siarad gan neb! *Radio silence!* Siawns na fydd hi ddim yn hir cyn i un ohonyn nhw ymddangos.'

Am hanner awr wedi naw y gwelwyd y symudiad cynta. Erbyn hynny roedd pawb ond Josef wedi cyffio ac wedi oeri yn y gwynt a chwipiai drwy'r stryd fel pe trwy dwnnel. Cafodd Leon sylweddoli'n fuan iawn pa mor ddrafftiog yn ogystal â drewllyd oedd ei guddfan, ac fe gafodd Grossman lond bol ar smalio aros am fws yn y cwt gwydyr ym mhen ucha'r stryd a theimlo'i draed yn troi'n dalpia o rew. Ond roedd Leon ac ynta wedi hen arfer efo'r fath anghysur ac fe allen nhw, o leia, symud rhywfaint i gadw gwres eu cyrff. Nid felly Tomas ar y to. Yno, roedd oerni'r concrid, yn ogystal â min y gwynt, wedi treiddio trwy'i gorff. Ddwywaith neu dair bu'n rhaid iddo godi ar ei draed a gneud ymarferion cyflym i helpu cylchrediad y gwaed. Bryd hynny, pe bai'r Cwrdiaid wedi digwydd bod mewn unrhyw ran arall o'r adeilad gyferbyn, fe allen nhw fod wedi'i weld o'n hawdd, ond o'r selar, doedd dim gobaith i hynny ddigwydd.

Tra oedd ar un o'r ymarferion cnesu hyn, bu ond y dim iddo golli'r symudiad yn y stryd odditano. Gŵr ifanc pryd tywyll, tuag ugain oed, yn rhedeg i fyny'r grisia o'r selar ac yn dechra cerdded yn gyflym i lawr yr Avenue Niel i gyfeiriad y Citroën lle'r oedd Josef yn llechu. Wrth i Tomas godi i'w wylio'n pellhau, clywodd y radio'n bywiogi efo lleisia Marcus a Josef.

'Be wna i, Marcus? Ei ddilyn?' Josef yn holi.

'Nage! Aros lle'r wyt ti! Os ydi Zahedi yn y selar, yna mi fydd yn siŵr o fod yn tsecio rŵan oes 'na rywun yn cadw golwg tu allan.'

Yn reddfol, ciliodd Tomas yn ôl o olwg y stryd.

Aeth ugain munud go dda heibio heb i unrhyw ddigwyddiad arall greu cynnwrf. Yna, ar egwyl annisgwyl yng ngrwn y traffig, clywodd Grossman rywbeth a barodd i'w glustia profiadol foeli. Sŵn tebyg i ddwy botel o win yn cael eu hagor y naill ar ôl y llall, ac yna ddau chwibaniad gwyntog rywle yn awyr y bore fel . . . fel bwledi'n gadael gwn, meddai. Dychrynodd. Gallai daeru mai o'r stryd gefn lle'r oedd Leon yn cuddio y daethai'r sŵn a dechreuodd redeg ar draws y ffordd i'r cyfeiriad hwnnw gan weiddi i mewn i'w radio yr un pryd. 'Leon? Leon, wyt ti'n iawn?' Yn ei frys dall bu bron iddo gael ei daro gan Renault coch a wibiodd yn anghyfrifol o gyflym o gyfeiriad y Place Pereire.

Daeth wyneb yn wyneb efo Leon yng ngheg y stryd gefn wrth i hwnnw ruthro o gyfeiriad arall i weld be oedd wedi cynhyrfu ei bartner. Yna, fel roedd y ddau yn cyfarfod ei gilydd, dyma lais cynhyrfus Josef dros y radio, 'Y car! Y car! Zahedi, Marcus! Zahedi!'

Cip yn unig a gafodd Grossman o Zahedi, mewn côt a throwsus du, yn ei daflu'i hun i mewn i'r Renault a ddaethai mor agos i'w daro chydig eiliada ynghynt. Damia! meddyliodd. Tric oedd y cyfan. *Diversion!* 'Josef!' gwaeddodd i'w radio. 'Tyrd â'r car! Rŵan!'

Bwriad cynta Josef oedd gosod y Citroën yn llwybyr y Renault, ond roedd gorchymyn Grossman yn deud yn wahanol wrtho. Pasiodd y ddau gar ei gilydd ar wib hanner ffordd i lawr y Boulevard Niel a chafodd gŵr y

Mossad gip o'r tân dialgar yn llygaid Zahedi. Chydig lathenni cyn cyrraedd ei ddau gyfaill, cododd y brêc llaw yn gyflym a rhoi tro chwyrn i olwyn lywio'r car nes gyrru hwnnw mewn hanner cylch perffaith ar ganol y stryd lydan i bwyntio'n daclus i'r cyfeiriad y daeth ohono, ac i'r un cyfeiriad, felly, â'r Renault oedd rŵan yn cymryd tro i'r chwith ar y groesffordd yn y pellter.

'Tomas!' gwaeddodd Grossman wrth ruthro am y drws a agorwyd iddo gan Josef. 'Aros lle'r wyt ti! Cadw olwg ar y tŷ rhag ofn iddyn nhw ddod yn ôl. Cysyllta efo fi os gweli di rwbath.' A heb aros i dderbyn ateb, neidiodd i sedd flaen y Citroën a thaflodd Leon ei hun ar draws y sedd ôl yn ei frys.

Dwy ferch ifanc oedd yr unig dystion agos i'r hyn a ddigwyddodd, a gellid madda iddyn nhw am feddwl eu bod yn gwylio actorion ecsentrig Hollywood wrth eu gwaith.

Yn Hollywood mae'r erlid yn ddiddiwedd, efo sgrechian teiars, sglefrio swnllyd, gwrthdrawiada cyson ac ambell gar yn ffrwydro'n belen o dân. Nid felly'r erlid hwn, oherwydd roedd ar ben mewn llai na phedwar munud. Fe lwyddodd Josef i gadw'r Renault mewn golwg o hirbell ar y Boulevard de Courcelles, ond erbyn cyrraedd y Boulevard de Batignolles daeth mwy a mwy o draffig i wahanu'r ddau gar gan beri i Marcus Grossman regi'n amlach ac yn fwy ffyrnig. Yr unig gysur oedd fod llif y traffig hefyd yn sylweddol arafach.

'Gollwng ni yn fa'ma, Josef,' meddai Grossman. 'Mi fydd Leon a finna'n gynt ar droed.'

Roedd hynny'n ddigon gwir, ond buan y sylweddolodd Grossman fod Zahedi wedi cael y gora arno unwaith eto, oherwydd daethant ar draws y Renault wedi'i adael efo'i ddrysa'n llydan agored ar y Place Pigalle, yn union o flaen grisia llydan a phoblog y Sacre Coeur.

'Dacw fo!' Pwyntiai Leon i fyny i gyfeiriad yr eglwys

wen enwog a chafodd Grossman gip o'r ffigwr du, efo bag hir dros ei ysgwydd, yn gwau ei ffordd dros y ris ucha ac yn anelu i'r chwith o'r basilica mawreddog. 'Mae o'n ei gneud hi am Montmartre!'

Erbyn dilyn cyn belled â'r Place de Tertre a gweld prysurdeb y sgwâr enwog hwnnw, bu'n rhaid iddyn nhw gydnabod mai ofer oedd eu tasg. Hyd yn oed mor gynnar â hyn yn y flwyddyn roedd y lle'n llawn ymwelwyr yn ymddiddori yn yr arddangosfa arferol o waith arlunwyr o bob math o safon. Gwyddent y byddai Zahedi wedi hen wibio drwy'r sgwâr ac wedi diflannu i unrhyw un o'r myrdd strydoedd culion yn ardal Montmartre.

'Waeth inni heb.' Roedd siomiant Grossman yn amlwg. 'Damia'i liw o!' Yna estynnodd y radio o'i boced. 'Tomas! Os daw un o'r llygod erill 'na allan o'r selar, dwi am iti 'i ddilyn o. Ti'n clywad? . . . Tomas?' Roedd y lein yn fud a dechreuodd Grossman regi'i gyd-filwr o dan ei wynt. 'Pam ddiawl nad atebith o?'

Er mai cwestiwn iddo fo'i hun oedd o, fe gynigiodd Leon atebiad serch hynny.

'Falla bod rhai o'r lleill 'na wedi ymddangos o'u twll a bod Tomas wedi'u dilyn nhw.'

'Pam ddiawl na chadwith o mewn cysylltiad 'ta?'

Gan na allai gynnig ateb i'r ail gwestiwn fe awgrymodd Leon eu bod yn ailgyfarfod â Josef yn y Gare du Nord a'u bod yn trafod yn fan'no pa gamau i'w cymryd nesa. 'A phwy ŵyr? Falla y bydd Tomas yno i'n cyfarfod.'

Brathodd Grossman ei dafod rhag ymateb i'r sylw hwnnw. Wedi'r cyfan, pe bai wedi cael ei ffordd ei hun yn y lle cynta, fydda fo byth bythoedd wedi dewis Tomas yn un o'i dîm. Sut bynnag, bodloni ar awgrym Leon fu raid iddo a chychwynnodd y ddau yn ôl am risia'r Sacre Coeur ac o fan'no anelu am y Gare du Nord, rhyw chwarter milltir go dda i ffwrdd.

* * *

Eisteddai Sam wrth ffenest swyddfa Caroline Court yn troelli'r mŵg coffi gwag rhwng ei ddwylo. 'Fydd Miss Court ddim yn hir, Mr Turner.' Dyna oedd Wendy Parkes, yr ysgrifenyddes, wedi'i ddeud wrth ddod â'r coffi iddo, ond roedd hynny ugain munud yn ôl. Tu allan, doedd dim i'w weld ond y cwrt sgwâr lle safai'r Kawasaki yn chwithig o unig. Chydig funuda'n ôl bu dau aelod o'r gwarchodlu yn studio'r beic yn fanwl – nid yn rhinwedd eu swydd am eu bod yn ei styried yn fygythiad o unrhyw fath, ond oherwydd eu chwilfrydedd naturiol mewn peiriant mor bwerus.

Tra oedd yn aros, cawsai Sam gyfle i dynnu'i ledar du ac eisteddai rŵan mewn jîns a chrys-T claerwyn oedd yn gwasgu am gyhyra'i freichia a'i wddw llydan. Roedd hynny o betha eraill y byddai arno eu hangen tra'n aros yn Llundain wedi eu pacio'n ofalus yn y ddau focs pwrpasol o boptu olwyn ôl y beic.

Syrthiodd tri neu bedwar o ddafna glaw ar y gwydyr o'i flaen, ond welodd Sam mohonyn nhw gan fod ei feddwl ymhell. Ni welodd chwaith yr awyr yn duo i fygwth cawod drom. Cododd y ffôn o'i grud ar ddesg y swyddfa a deialu cartre rhieni Rhian ym Mhwllheli ond, er i'r teclyn ganu a chanu, ni chafodd ateb. Mae'n ddiwrnod marchnad yno, dwi'n siŵr, meddyliodd. Mi fydd Rhian wedi mynd â'r bychan i fan'no. Y sicrwydd yr oedd ei angen, fodd bynnag, oedd fod addewid Caroline Court wedi cael ei gadw a bod gwŷr *Special Branch* wedi cyrraedd i warchod y teulu.

Yna, heb unrhyw benderfyniad bwriadol, trodd ei feddwl at Zahedi ac at Grossman ym Mharis. Roedd yr Iddew wedi rhoi ei rif mudol iddo, ond ar yr un pryd wedi ei siarsio i beidio â gorddefnyddio'r cyswllt hwnnw. Gallai Sam ddallt y rhesymeg tu ôl i'r cais. Wedi'r cyfan, fe allai galwad ar adeg anffodus, ac mewn lle cyhoeddus falla, dynnu sylw y byddai'n well gan ŵr y Mossad neud hebddo. Sut bynnag, meddyliodd, go brin fod gan Grossman unrhyw beth o bwys i'w gyfleu mor fuan â hyn ar ôl yr alwad ddiwetha. 'A phe bai'n dod i hynny,' meddai wrtho'i hun, 'mae fy rhif i ganddo fo, ac mae o wedi gaddo cadw cyswllt efo fi ryw ben o bob dydd o hyn ymlaen, nes y ceith problem Zahedi ei setlo, unwaith ac am byth.'

'A! Sam! Mae'n wir ddrwg gen i fod wedi dy gadw i aros.' Roedd llaw Caroline Court wedi ei hymestyn wrth iddi groesi'r stafell tuag ato. Er mai ffurfiol oedd yr ysgwyd llaw, roedd ei chroeso'n ddidwyll. Sylwodd Sam mai prin oedd y newid ynddi ers iddo 'i gweld ddiwetha, bedwar neu bum mis yn ôl. Gwisgai ffrog ddu efo streipen wen gynnil yn ei brethyn ac roedd y ffrog honno'n glynu'n ddeniadol i'w chorff siapus gan ddangos jyst digon o goes uwchben y pen-glin i gyfuno ffasiwn yr ifanc efo parchusrwydd hudolus canol oed. 'Fe ddoist yn gynnar. Da hynny! Wyt ti wedi cael cinio?'

'Na. Mi wna i'n iawn ar y coffi am rŵan.' Diolch i'w hyfforddiant efo'r SAS, a'r hunanddisgyblaeth lem a blannwyd ynddo yn ystod ei flynyddoedd yn y fyddin, medrai fynd am oria, dyddia pe bai raid, heb fwyd o unrhyw fath.

'Panad arall 'ta?' A heb aros am ateb, cododd y ffôn a gofyn i'w hysgrifenyddes godi berw ar y tecell a pharatoi dwy gwpanaid yn rhagor. 'A Wendy,' ychwanegodd. 'bydd yn barod i neud dwy arall hefyd. Dwi'n disgwyl Syr Leslie Garstang a Mr Julian Carson i ymuno efo ni'n weddol fuan.'

'Ro'n i'n meddwl mai at un o'r gloch oedd y trefniant efo Syr Leslie? Mae'n dod yn gynt, felly?'

'Ydi. Roedd chwarter i hanner dydd yn fwy hwylus ganddo. Mae ganddo fo gyfarfod go bwysig wedi'i drefnu at y pnawn. Ro'n i wedi rhyw ddisgwyl y bydda fo a Julian yma o dy flaen di fel y cawn i gyfle i egluro'r sefyllfa iddyn nhw.'

'*Special Branch!* Glywist ti rwbath ganddyn *nhw*? Ydyn

nhw yn eu lle?'

'Yn cadw golwg ar dŷ dy rieni-yng-nghyfraith wyt ti'n feddwl? Hyd y gwn i, ydyn. Does gen ti ddim lle i bryderu o achos hyn'na, Sam. Ac mae MI5 wedi addo cydweithio'n agos efo *Special Branch* yn y busnes yma, ac wedi addo gyrru eu dynion gora.'

'Gobeithio hynny,' atebodd ynta'n fyfyriol. 'Waeth gen i pa mor dda ydyn nhw, dydi Zahedi ddim yn un i'w gymryd yn ysgafn.'

'Does dim peryg i neb neud hynny, Sam. Mae MI5 a Scotland Yard, yn ogystal ag MI6 ac Interpol a phawb arall, yn hynod o awyddus i gael eu dwylo ar Zahedi. Ninna hefyd yn y Swyddfa Dramor, wrth gwrs! A! Diolch, Wendy!'

Cododd i dderbyn y ddwy baned a throsglwyddo un ohonyn nhw i Sam Turner.

'Gyda llaw, Miss Court!' Roedd Wendy Parkes wedi oedi eiliad. 'Dwi'n siŵr 'mod i wedi clywed lleisia Syr Leslie a Mr Carson yn dod ar hyd y coridor rŵan.'

Ac ar y gair, fe glywodd Sam sŵn traed yn dod i mewn i swyddfa'r ysgrifenyddes, yn y stafell drws nesa, a hwnnw'n cael ei ddilyn gan gyfarchion hwyliog wrth i'r ddau ddyn ddod trwodd i swyddfa Caroline Court.

Yn dilyn cyfarchion gwresog o'r naill ochor a'r llall, ac wedi i'r ddau ymwelydd hefyd dderbyn eu coffi, gofynnodd Caroline i Sam roi braslun o'i sgwrs gyda Marcus Grossman ym Mharis.

'Does dim llawar *i'w* ddeud. Fe wyddoch chi i gyd am Zahedi, am y math o anifail ydi o. Mi fyddwch i gyd yn cofio'r golygfeydd erchyll welson ni ar fideo bedwar mis yn ôl, wedi i Zahedi ladd Signorelli a'i deulu yn y Villa Capri . . . ' Oedodd Sam i wylio'r tri yn nodio'n ddwys. ' . . . Wel, yn ôl Grossman, dydi o ddim eto wedi cael digon o ddial. Mae'n debyg mai Marcus Grossman a finna ydi'r rhai nesa ar ei restr o. Tua mis yn ôl fe osododd fom yng nghar Grossman yn Jeriwsalem ac fe laddwyd dau leidar ifanc mewn camgymeriad. Ers hynny mae tîm y Mossad, o dan arweiniad Grossman, wedi bod yn ei ddilyn ar draws Ewrop ac wedi dod yn agos at ei ddal yn ystod y dyddia dwytha 'ma ym Mharis. Ond maen nhw wedi'i golli fo eto. Y gred ydi fod Zahedi ar ei ffordd i Brydain rŵan i ddial arna i ac ar fy nheulu.' Edrychodd Sam yn dreiddgar o'r naill i'r llall. 'Dydw i ddim yn barod i ista'n ôl a gadael iddo *fo* gael y cyfla cynta. Dwi isio'ch caniatâd chi i fynd ar ôl Zahedi yn fy ffordd fy hun, ac i gydweithio efo Grossman a'i dîm, cyn bellad â bod hynny'n bosib.'

Yn nistawrwydd yr eiliada nesa, gwelodd Sam y tri yn edrych ar ei gilydd, fel petaen nhw'n annog y naill a'r llall i ymateb. Syr Leslie oedd y cynta i fynegi barn.

'Roedd Caroline wedi fy rhybuddio fi ymlaen llaw am dy fwriad, ac am dy gais am wn. Mae hynny'n fwy o fatar i Scotland Yard nag i ni yn MI6, ond mi wyt ti'n dallt, gobeithio, Sam, na fedrwn ni ddim jyst rhoi rhwydd hynt iti fynd i grwydro'r wlad, neu'r cyfandir hyd yn oed, i chwilio am Zahedi.'

Doedd Semtecs ddim mewn llawer o dymer i ddal pen rheswm. 'Be dach chi'n awgrymu 'ta, Syr Leslie? Fy mod i'n ista ar fy nhin nes daw Zahedi ata i?'

'Trio deud mae Syr Leslie, Turner, na fedrwn ni ddim rhoi rhwydd hynt i chdi nag i neb arall fynd ar ôl y dyn yma fel tasat ti'n *bounty hunter*.'

Aeth llygada Sam yn gul wrth i eiria Dirprwy Gomisiynydd Scotland Yard ei frifo. 'Be uffar ydach chi'n feddwl ydw i, Carson?'

Daeth tyndra i wyneb Julian Carson hefyd. 'Deud ydw i, Turner, na fedrwn ni ddim caniatáu i bob Tom, Dic a Harri grwydro strydoedd y brifddinas yn trio difa'i gilydd *willy nilly; shooting from the hip* fel maen nhw'n deud.'

Neidiodd Sam i'w draed yn wyllt, gyda'r bwriad o adael y stafell. Roedd yn amlwg iddo fod y tri wedi bod yn cyd-drafod rhwng neithiwr a rŵan, a'u bod wedi dod i ryw lun o benderfyniad. Safodd Caroline Court hefyd, i drio'i ddarbwyllo rhag gadael, ond Syr Leslie Garstang a siaradodd: 'Paid â chymryd atat, Sam. Be mae Julian yn drio'i ddeud ydi bod yn rhaid inni fod yn ofalus iawn yn y mater yma. Fe wyddon ni i gyd pa mor beryglus ydi Zahedi, a'i fod o'n gymaint o fygythiad ag unrhyw derfysgwr y gwyddon ni amdano, hyd yn oed y Jackal ei hun. Mae'n iawn iti wybod ein bod ni'n cydweithio efo Interpol, ac efo'r Sureté yn Ffrainc, a phan ddeudson ni wrthyn nhw'n gynharach bora 'ma fod gan y Mossad dîm yn chwilio am Zahedi ym Mharis, gyda'r bwriad o'i ddifa fo, yna mi fedri gymryd yn ganiataol nad oedd yr un ohonyn nhw'n ryw hapus iawn, mwy nag a fydden ninna pe bai Grossman a'i griw yn croesi'r Sianel i Brydain. Mae Gwylwyr y Glannau eisoes wedi cael eu rhybuddio i chwilio am Zahedi . . . ac am Grossman hefyd.'

'Wyddon ni ddim yn iawn be ydi bwriad y Mossad.' Teimlai Sam reidrwydd i ochri efo'i gyfaill o Iddew a theimlai'n flin efo fo'i hun am ddatgelu cymaint o wybodaeth i'r tri yma. 'Pwy ddeudodd eu bod nhw am ei *ladd* o? Ei *ddal* ddeudis i!'

'Paid â bod mor blydi naïf, Turner.'

Gwelodd Syr Leslie fod geiria plaen Julian Carson yn codi gwrychyn y Cymro. 'Gwranda, Sam!' meddai'n frysiog, ac mewn goslef i leddfu'r dyfroedd. 'Ar ôl i Caroline fy ffonio i'n gynnar bora 'ma, mi rois fy adran ar waith i grafu mwy o wybodaeth ynglŷn â bwriada Israel a'r Mossad. Y si dwi'n gael yn ôl o'r Dwyrain Canol ydi bod yr Iddewon wedi cychwyn ymgyrch arbennig i hela Zahedi, i eithafion byd os oes raid. Wyddost ti be 'di'r enw sydd ganddyn nhw ar yr ymgyrch honno? . . . Cofia, wrth gwrs, bod y wybodaeth yma'n gwbwl gyfrinachol! . . . Enw'r Mossad ar yr ymgyrch ydi "Omega"! Wel rŵan, does dim rhaid imi egluro goblygiada'r gair yna i *ti* o bawb. Omega! Y llythyren ola yn yr wyddor Roegaidd, ia, ond enw hefyd sy'n gyfystyr â "Diwedd". Gair efo sŵn terfynol iawn iddo fo, Sam. Na, mae gen i ofn y bydden ni'*n* naïf iawn pe baen ni'n credu nad ydi Grossman a'i griw yn bwriadu lladd Zahedi.'

Wnaeth Sam ddim osgo i aileistedd. Yn hytrach, fe drodd i graffu allan trwy ddagra'r ffenest. Gallai gydymdeimlo efo safbwynt MI6 a Scotland Yard, ond fedra fo ddim derbyn rhagrith y sefyllfa. 'Be dach chi'n ddeud, Syr Leslie,' meddai'n goeglyd dros ysgwydd, 'ydi fod MI6 a'r Swyddfa Dramor yn barod iawn i roi sêl bendith ar imi fynd i'r Eidal, neu Iran, neu Aserbaijân a llefydd felly, a gneud faint bynnag byd o lanast licia i yn fan'no, ond bod 'na set wahanol iawn o reola y mae'n rhaid imi gadw atyn nhw yma ym Mhrydain.'

Anwybyddodd Syr Leslie Garstang y dychan. 'Ia, Sam! Dyna dwi *yn* ei ddeud, a dwi'n gwbod dy fod titha'n ddigon profiadol i ddallt ac i dderbyn peth felly. Yn wahanol i'r Mossad, rydan *ni*'n fwy awyddus i ddal Zahedi nag i'w ladd o.'

Pwysodd y Cymro ymlaen ar ei ddwylo dros sil y ffenest, efo'i drwyn bron â chyffwrdd y gwydyr oer, a gofyn mewn goslef yr un mor wawdlyd â chynt, 'A be ddylwn i 'i neud yn y cyfamsar? Mynd adra a mynd i 'ngwaith bob dydd fel pe bai dim byd o'i le?'

'Ia, fwy neu lai. Tria ddallt, Sam! . . . A derbyn bod Interpol a'r Sureté yn methu cael eu dwylo ar Zahedi, a bod hwnnw wedyn *yn* ddigon gwirion i drio croesi'r Sianel i Brydain, pa obaith fydd ganddo fo, meddat ti, o lithro drwy'r rhwyd sydd wedi cael ei gosod ar ei gyfer gan Wylwyr y Glanna a Scotland Yard, MI5 ac MI6?'

'Dim gobaith o gwbwl, siŵr dduw! Mwy nag a fydd gan Grossman a'i dîm asasin.'

Julian Carson oedd bia'r geiria ac roedd ei agwedd wawdlyd, hunansicr yn mynd fwyfwy o dan groen Sam. Trodd yn gyflym i rythu'n dreiddgar arno. 'Ac mi fydd Scotland Yard yr un mor wyliadwrus yn Aberdeen a Hull mae'n debyg? A Grimsby a Harwich? Heb sôn am Fryste a Chaerdydd a Chaergybi a Lerpwl! Ac os bydd Zahedi'n penderfynu hedfan i mewn i'r wlad, mi fydd eich dynion chi'n gwylio Luton a Stanstead yn ogystal â Gatwick a Heathrow a Birmingham a Manceinion? Fyddan nhw hefyd yn y Rhws a Speke a Prestwick a . . . ?'

'Rwyt ti wedi gneud dy bwynt, Turner.' Swniai Dirprwy Gomisiynydd Scotland Yard yn bwdlyd. 'Ond rwyt ti'n gorymateb i'r sefyllfa.'

'Gorymatab o ddiawl! Nid chwara plant ydi hyn, Carson. Bywyda fy ngwraig a fy mhlentyn i sydd yn y fantol.'

'Y peth ola 'dan ni drio'i neud, Sam, ydi gneud yn fach o'r broblem honno . . . ' Gosododd Caroline Court ei hun i hanner eistedd ar gongol y ddesg gyferbyn â fo. ' . . . Mae pob un ohonon ni'n ymwybodol o dy ddonia arbennig di, ond dwi'n meddwl mai'r peth i'w neud rŵan ydi rhoi ein ffydd yn *Special Branch* ac MI5 i warchod dy deulu di.'

'A dyna'ch gair ola chi, yn amlwg!' Roedd goslef ei lais yn awgrymu chwerwedd a diflastod. 'Dwi wedi dod yr holl ffordd i lawr i fa'ma i ddim ond i'ch clywad chi'n deud y dylwn i fod wedi aros gartra!' Cydiodd yn ei ddillad lledar oddi ar gefn y gadair ac aeth allan o'r stafell, yn fyddar i erfyniad Caroline Court ar iddo ymbwyllo a gweld rheswm.

* * *

'Y bastad!'

Safai Marcus Grossman a'i ddau gyfaill ar do'r adeilad yn yr Avenue Niel yn edrych i lawr ar gorff Tomas Rosenberg, ac yn arbennig ar y twll mawr du yn ei dalcen, a'r un gwaeth uwchben ei war lle'r oedd y bwledi wedi dod allan o'r pen.

'Pa wn, pa fwled fasa'n gneud llanast fel'na?' Er

gweld mwy na digon o erchylltera yn ei oes fer, roedd Josef yn sibrwd fel pe mewn rhyfeddod yn fwy na dychryn.

Ond cofiai Grossman y swn a'i hatgoffodd yn gynharach o *ddwy* botel win yn cael eu hagor, y naill ar ôl y llall. 'Un twll, dwy fwled,' meddai'n chwerw. 'Rhaid bod y diawl wedi sylweddoli fod Tomas i fyny yn fa'ma a'i fod ynta wedi mynd i fyny i fan'cw efo'i wn . . . ' Pwyntiodd at y to gyferbyn. 'Finna'n meddwl mai atat ti yr oedd rhywun yn saethu, Leon! . . . Chafodd Tomas druan ddim tsàns mae'n debyg. Roedd o'n gorwedd ar ei fol yn fa'ma ac yn edrych rhwng y pileri 'ma, sy'n cynnal y parapet, i lawr at y selar yn fan'cw. Welodd o mo Zahedi yn sleifio gyferbyn ac yn anelu. Rhaid bod yr ail fwled yn taro reit wrth gwt y llall . . . Damiai'i liw o!' Yn ei ffordd ei hun roedd Marcus Grossman yn talu teyrnged amharod i sgìl y llofrudd.

'Be rwan, Marcus?'

'Gad imi feddwl . . . ' Ond eiliad yn unig y bu'n meddwl. 'Rhaid inni fentro'i adael o yma am rwan. Wedyn, fe ddown yn ôl wedi iddi dywyllu heno efo bag i'r corff. Mi fydd raid inni'i gael o i lawr y grisia ac allan o'r adeilad i'r car heb i neb ein gweld. Matar bach fydd mynd â fo'n syth i'r llysgenhadaeth wedyn ac fe gân nhw yn fan'no ddelio efo'r broblem. Rwan, dowch inni gael golwg ar y selar, rhag ofn y cawn ni ryw wybodaeth yno. Mi fydd y lleill wedi'i hen ffaglu hi o'no hefyd erbyn rwan, ond yn eu brys fe allan nhw fod wedi gadael rhyw gliw inni.'

Yn y Renault, chydig dros hanner awr yn ddiweddarach, deialodd Marcus Grossman rif ar ei ffôn mudol, a phan glywodd lais yn ateb, meddai'n gynhyrfus, 'Semtecs? *Chdi sy 'na?'*

'Grossman? Ia, fi sy 'ma. Be sydd wedi digwydd?'

'Lle wyt ti rwan?'

'Ar fin tanio'r beic oeddwn i, ar fy ffordd allan o'r

Swyddfa Dramor yn Whitehall.'

'O?'

Os oedd yr Iddew yn disgwyl i Sam egluro be oedd o'n neud yno, yna fe gafodd ei siomi.

'Oes 'na ryw newydd 'ta? Be 'di hanas Zahedi?'

'Dyna pam oeddwn i'n dy ffonio di rŵan. Ar ôl imi siarad efo chdi neithiwr fe gawson ni wybodaeth ddaru'n harwain ni i'r selar lle'r oedd Zahedi'n cuddio, ond mae gen i ofn ei fod o wedi llithro drwy'n dwylo ni eto.'

'Uffar dân, Grossman! Sut ddiawl fuoch chi mor flêr?'

'Mae ganddo fo help yma. Cell fechan o Gwrdiaid, yn ôl pob golwg. Rhyw bedwar, hyd y medrwn ni 'i benderfynu rŵan. Mwy hwyrach. Hogan ydi un ohonyn nhw, beth bynnag. Un arall yn ffotograffydd, yn ôl pob golwg, oherwydd roedd un rhan o'r selar wedi cael ei haddasu'n stafell dywyll ar gyfer datblygu ffilmia ac ati. Yn eu brys i adael, mae rhywfaint o'r offer wedi cael ei adael ar ôl ganddyn nhw. Digon o olion bysedd, mae'n wir, ond dim cliw arall ynglŷn â'r rheini. Siawns y ca i fwy o wybodaeth am y Cwrdiaid eraill 'ma ymhen diwrnod neu ddau. Gyda llaw, Sam, mae Zahedi wedi lladd un o 'nynion i.'

Synhwyrodd Sam y gofid a'r rhwystredigaeth oedd wedi'u cronni yn llais yr Iddew. Arhosodd chydig eiliada mewn distawrwydd parchus, yna, 'Mae'n ddrwg gen i, Marcus.'

'Fe ga i'r diawl, hyd yn oed os bydd raid troi pob carreg i neud hynny.'

Ymgyrch Omega, meddyliodd Sam, ond cofiodd siars Syr Leslie ynglyn â chyfrinachedd, funuda ynghynt. 'Oes gen ti syniad lle mae o rŵan?'

'Mae'n weddol saff ei fod o ar ei ffordd allan o Baris ac yn ei gneud hi am Brydain. Chdi fydd ei darged nesa fo, Semtecs, mi fedri fod yn bur siŵr o hynny. Mae o siŵr dduw o ffeindio lle'r wyt ti'n byw yng Nghymru.'

'Synnwn i ddim nad ydi o'n gwbod hynny'n barod.

51

Mae'r wybodaeth ar gael iddo yn Moscow, beth bynnag, gan Yakubovich, a chan giwed y Mafiozniki yn Llundain.'

'Dydi hi ddim gan Yakubovich! Fe dynnwyd corff hwnnw allan o'r afon Moskva yng nghyffinia Gorky Park dri mis yn ôl. Tâl ei fethiant yn Aserbaijân erstalwm, faswn i'n tybio!'

'Efo ffrindia fel rheina, pwy uffar sydd isio gelynion?' meddai Sam yn sych, a heb deimlo unrhyw gydymdeimlad tuag ar y Rwsci tew oedd wedi cynllunio mor hir ac mor fanwl i greu *Jihad* yn y Dwyrain Canol llynedd, a hynny'n unswydd er mwyn creu marchnad yn Iran i'r stôr enfawr honno o arfau yr oedd y Mafiozniki wedi'i chuddio yn Aserbaijân. Bu methiant Yakubovich yn ddigon am ei einioes, felly. Dichon ei fod bellach yn cadw cwmni yn Uffern i'r cythral milain arall hwnnw, Viktor Semko. Am eiliad, roedd Sam yn ôl unwaith eto uwchben y Môr Caspian, yn hofran yn y Lynx clwyfedig, yn gwylio dec y Baku-Batumi odditano yn troi'n allt serth wrth iddi gymryd ei hanadl ola cyn suddo, a chorff marw Semko'n sglefrio'n ddireol ar hyd-ddo i'w fedd dyfrllyd.

'Wyt ti'n dal yna, Sam?'

'Ydw.'

''Dan ni wedi bod drwy'r selar efo crib fân. Heblaw am y stwff ffotograffig, a ffrog a adawyd ar ôl yn y brys, yr unig gliw arall o bwys a gawson ni yno oedd pâd glân o bapur, ac imprint ar y dudalen ucha o'r peth dwytha a sgwennwyd arno cyn i'r ddalen honno gael ei rhwygo allan. Hyd y galla i ddehongli, cyfeiriad rywle yn Llundain ydi hwnnw. Mae 'na ryw eiria eraill yno hefyd, ond fedra i neud na rhych na rhawn o'r rheini.'

'Be ydi'r cyfeiriad yn Llundain?'

'Ha! Dwyt ti rioed yn disgwyl imi ddeud hyn'na wrthat ti, Sam?

Nag oedd, siŵr, ond doedd waeth o drio. 'Be ydi dy fwriad di rŵan 'ta, Grossman?' Bu ond y dim iddo eto grybwyll Ymgyrch Omega.

'Os mai yna y bydd Zahedi, yna dyna lle y byddwn ninna hefyd. Mi elli fod yn siŵr o hynny. Fyddi di mewn sefyllfa i gynnig help pe bai raid?'

Chwarddodd Sam yn fyr ac yn chwerw. 'Go brin. Maen nhw hyd yn oed wedi gwrthod rhoi gwn imi, imi fedru amddiffyn fy nheulu.'

'Dim problem yn fan'na. Fe ofalwn ni am wn iti, ac unrhyw beth arall fyddi di 'i isio.'

'A sut fedri di neud hynny? Waeth imi dy rybuddio di rŵan ddim, Grossman. Mi fydd 'na gadw golwg manwl ar bob porthladd. Bach iawn ydi'ch gobaith chi o'ch cael eich *hunain* i mewn i'r wlad, heb sôn am ddod â gynna hefyd.'

Yn dilyn chwerthiniad sych, meddai Grossman, 'Paid ti â phoeni amdanon ni, Semtecs. Chlywist ti rioed am y *diplomatic bag* ac am *diplomatic immunity*?'

Wedi clywed hynny, fe wyddai Sam i sicrwydd fod holl awdurdod y Mossad a'r Knesset, sef llywodraeth Israel, y tu ôl i ymdrechion Grossman a'i dîm. 'Rhaid imi fynd 'nôl i ogledd Cymru rŵan, i neud yn siŵr fod petha'n saff yn fan'no. Dyro ganiad imi pan fyddwch chi wedi croesi'r Sianel ac, os bydd angan, mi ddo i i Lundain i'ch cwarfod chi. Gyda llaw, Marcus! Mae'n wir ddrwg gen i am y ffrind a laddwyd. Mae gen i syniad sut wyt ti'n teimlo.'

'Diolch, Sam.'

O ffenest swyddfa Caroline Court ar yr ail lawr, roedd tri gwyneb chwilfrydig yn gwylio'r Cymro yn rhoi'r ffôn i'w gadw cyn tanio'r Kawasaki nerthol.

Pennod 5

Ar ei ffordd adre, Zahedi a neb arall oedd yn llenwi meddwl Sam. Rhyfeddai fod y dyn bach wedi medru cynnal y fath chwerwedd a dicllonedd ac ysbryd dial dros gyfnod mor hir. Ac eto . . . !

Yn sŵn sisial teiars y Kawasaki ar y draffordd wlyb, gadawodd i'w feddwl grwydro'n ôl rai misoedd. Oedd, roedd Grossman ac ynta wedi llwyddo i ddrysu cynllunia Mafiozniki Rwsia a Maffia'r Eidal i greu *Jihad* yn y Dwyrain Canol, ac roedd hynny wedi bod yn golled ariannol enfawr i'r naill fel y llall ohonyn nhw. Ac wrth gwrs, bu'n rhaid i Yakubovich a Semko, a Signorelli hefyd, dalu'r pris eitha am eu methiant. Ond doedd petha ddim wedi bod mor syml â hynny, chwaith. Y gwir oedd fod y ddau Rwsiad, trwy fod mor farus a thwyllodrus, wedi cyfrannu'n sylweddol at eu cwymp eu hunain. Er yn smalio gweithio law yn llaw efo Signorelli, Don y Camorra yn Napoli, a Savonarola, Don y N'dranheta yn Calabria, eto i gyd roedden nhw hefyd, ar yr un pryd, wedi bod yn cynllwynio agenda wahanol efo Zahedi. Y Cwrd oedd eu gwas bach nhw. Fo oedd yn mynd i sicrhau na fyddai raid i'r Mafiozniki rannu ceiniog o elw'r arfau efo Maffia'r Eidal. A be oedd tâl Zahedi'n mynd i fod? 'Swm sylweddol o arian, ia, ond rhywbeth llawer amgenach na hynny hefyd,' meddai Sam wrtho'i hun. Breuddwyd fawr y Cwrd, wedi'r cyfan, oedd cael gweld 'rhyfel sanctaidd' yn rhwygo'r Dwyrain Canol yn chwilfriw. Byd Islam yn uno yn erbyn Israel, a gwledydd y gorllewin yn cael eu tynnu i mewn wedyn i'r cythrwfwl. Rwsia hefyd, o bosib. Ond y Cwrdiaid yn gneud be? Aros yn niwtral? Ia, mae'n debyg, meddyliodd Sam. A nhwtha wedi eu gwasgaru fel roedden nhw trwy rannau mwya diffaith y Dwyrain Canol – dwyrain mynyddig Twrci, gogledd gelyniaethus Irac, anghyfannedd-dra gogledd-orllewin Iran . . . heb sôn am wledydd y Sofiet gomiwnyddol gynt megis Armenia, Aserbaijân a Georgia – yna mi allen nhw fforddio cadw'n weddol niwtral drwy'r cyfan, o leia hyd nes i ganlyniad y rhyfel ddod yn fwy amlwg. Israel, efo help NATO, fyddai'n fuddugol yn y diwedd, doedd fawr o amheuaeth am hynny, ac mi fyddai'r Cwrdiaid, yn ddistaw bach, yn croesawu peth felly ac yn galw wedyn ar y Cenhedloedd Unedig i ailosod ffinia'r Dwyrain Canol fel bod Cwrdistán newydd yn cael ei chreu a chenedl Zahedi yn cael gwlad iddyn nhw'u hunain unwaith eto.

Stopiodd ar gyrion Rhydychen am damaid o ginio hwyr a rhoddodd ganiad ar y mudol i Rhian.

'Haia, Sam! Wyt ti'n iawn? O lle wyt ti'n ffonio?'

Da clywed y sioncrwydd a'r cyfaddawd yn ôl yn ei llais. Roedd seibiant yn ei hen ardal a chwmni'i rhieni wedi gneud byd o les iddi'n barod.

'Ar fy ffordd yn ôl o Lundain. Ar yr M40, rwla yng nghyffinia Rhydychen. Pob dim yn iawn yna?'

'Wrth gwrs! Paid â dechra hel bygythion, wir dduw! Mae Pen Llŷn 'ma mewn byd gwahanol iawn i'r un yr wyt ti wedi arfar efo fo.'

'Gobeithio'i fod o, Rhian. Gobeithio, wir dduw, ei fod o. Mae Tecwyn yn iawn?'

'Siort ora.'

'Cofia fi ato fo . . . ac at dy rieni wrth gwrs.'

'Mi wna i . . . A Sam! Cymer y gofal mwya ohonot dy hun, wnei di?'

Tra oedd yn pigo'i fwyd ac yn sipian ei goffi gadawodd i'w feddwl ddychwelyd eto at Zahedi ac at y tân oedd yn llosgi ym mol hwnnw. 'Mae gan y Cwrdiaid le i deimlo'n chwerw,' meddai wrtho'i hun. 'Yn enwedig tuag at Brydain a Ffrainc! Ac Israel hefyd!' Cofiodd, fel rhan o'i gwrs prifysgol yn Leipzig ers talwm, iddo ddarllen am y bwriad yn nechra'r ugeinfed ganrif i gydnabod Cwrdistán fel gwlad swyddogol o fewn yr

Ymerodraeth Otoman yn Nhwrci. Cytundeb Sèvres yn 1920 oedd yn mynd i roi sêl bendith gorllewin Ewrop ar y wlad newydd, ond fe wrthododd Prydain a Ffrainc arwyddo'r cytundeb hwnnw ac fe rannwyd tiriogaeth y Cwrd rhwng gwledydd fel Twrci a Syria, Irac ac Iran, am fod rhai o'r rheini'n gwsmeriaid rhy dda i'w pechu. 'Os ydi Zahedi yn gyfarwydd â hanas ei bobol,' meddai Sam i'w gwpan, 'ac mae'n bur debyg ei fod o, yna does ryfadd yn y byd ei fod o mor chwerw tuag at wledydd fel Prydain sydd wedi eu hamddifadu nhw o gartra sefydlog ymysg gwledydd y byd. Mae'r Cwrdiaid cyffredin yn bobol falch, yn bobol urddasol, a dydyn nhw ddim yn mynd i anghofio anghyfiawnder fel'na ar chwara bach.' Cofiodd mai'r hyn a roddodd y farwol i unrhyw gyfaddawd, cyn belled ag yr oedd y Cwrd yn y cwestiwn, oedd gweld Prydain, ar y pedwerydd ar ddeg o Fai 1948 – lai na deng mlynedd ar hugain ar ôl gwrthod Cytundeb Sèvres – yn chwarae rhan flaenllaw i roi cartre parhaol i'r Iddewon ym Mhalesteina, trwy ddyrannu'r wlad honno rhwng rheini a'r Palestiniaid cynhenid. Cofiodd fel roedd Cynghrair y Cenhedloedd wedi gosod Palesteina o dan ofal gweinyddol Prydain a bod Prydain, yn gam neu'n gymwys, wedi cymryd mantais o'r hawl hwnnw i greu Gweriniaeth Israel i'r Iddewon. Doedd gwrthwynebiad ffyrnig y gwledydd Arabaidd ddim wedi tycio dim, ac fe dyfodd Israel yr Iddewon yn gry dros nos o dan arweiniad Ben Gurion, eu prifweinidog cyntaf. Oedd, meddyliodd Sam, roedd gan y Cwrd le i edliw i'r Iddew hefyd, oherwydd i hwnnw dderbyn y fath ffafriaeth gan Brydain. Ac yn ddiweddar iawn, lai na dwy flynedd yn ôl, fe gyhuddwyd Israel, ynghyd â gwlad Groeg, o fod wedi chwara rhan allweddol yn yr ymgyrch i ddal ac i garcharu'r arweinydd Cwrdaidd Abdullah Oscalan ar gyhuddiad o derfysgaeth a lladd.

Aeth Sam yn ôl at y beic yn dal i ofidio'r atgasedd a'r difrawder oedd yn difa'r Dwyrain Canol fel pla. Pan gyrhaeddodd, gwelodd fod hanner dwsin neu fwy o feicwyr eraill, yn eu lledar du, yn sefyll o gwmpas y Kawasaki gwyrdd, yn ei edmygu. Dyma rywbeth oedd yn digwydd yn rhy amal, lle bynnag yr âi. Unig anfantais y beic, meddai wrtho'i hun, oedd ei fod yn tynnu gormod o sylw ato'i hun. Gwyddai y byddai raid iddo rŵan oedi rhai munuda i ymateb i gwestiyna ac i sylwada edmygus y criw.

Edrychodd ar ei Rolex. Bron yn chwarter i bump. Oni bai iddo fynd i grwydro Oxford Street i chwilio am anrheg i Rhian a Tecwyn bach, byddai wedi cyrraedd Pwllheli ers oria. Os cyrraedd o gwbwl! 'Na, roedd yn gallach imi oedi,' meddai wrtho'i hun rŵan. 'Yn y dymar roeddwn i ynddi yn gadael Whitehall, does wbod be fasa wedi digwydd imi ar y beic.'

* * *

Cerddodd y wraig fechan ganol oed a bregus allan o'r bwthyn gwylia ar gyrion Argenteuil, chydig filltiroedd i'r gogledd-orllewin o Baris, a chamu i'r Citroën Dianne oedd yn aros yn amyneddgar amdani efo'i injan yn troi yn afiach swnllyd. Yr unig beth graenus yn ei chylch oedd y trwch o wallt du llaes a dueddai i chwythu dros ei dannedd ac i gau am ei gwyneb. Dilynwyd hi gan ŵr ifanc, trwm a thywyll ei wedd a garw'r olwg, a gosododd hwnnw fag bychan yn barchus ar ei glin. Yn reddfol, tsieciodd hitha'r cynnwys, a hynny am y trydydd tro, gan fodloni'i hun fod popeth o bwys ynddo gan gynnwys y pasport Prydeinig efo'i llun a'i henw – Carla Begh, 21 Tacket Road, Ipswich, Suffolk; yn enedigol o Sobrance, Dwyrain Tsiecoslofacia, ac o dras y sipsiwn Romani; yn byw ym Mhrydain ers iddi dderbyn lloches wleidyddol ar ddiwedd 1968 (pryd y bu'n rhaid iddi hi a'i rhieni ffoi rhag byddinoedd gwledydd y Warsaw Pact wrth i Rwsia alw am wyrdroi polisïau rhyddfrydol Dubcek). Unrhyw nam corfforol? Mud a byddar ers dydd ei geni. A dyna pam, er gwybodaeth i Wŷr y Tollau pe baen nhw'n holi, ei bod hi wedi cael cwmni ei mab, Karel Begh, ar y daith; iddo fod nid yn unig yn lladmerydd ar ei rhan ond hefyd yn yrrwr y car. Pwrpas ei hymweliad â Ffrainc? Ymweld â'i chwaer yn St Omer. Honno wedi priodi Ffrancwr oedd yn gyrru lorïau trymion i bob rhan o Ewrop. Y dillad dyn yn y bag – dau grys, trowsus, siaced, esgidia? Ai eiddo'i mab, Karel Begh? Nage. Roedd dillad hwnnw ganddo yn ei gês ei hun. Dillad ei gŵr anghofus oedd rhain; hwnnw wedi eu gadael ar ôl ers eu hymweliad diwetha â St Omer. Y bag colur? Go brin y byddai angen egluro hwnnw o gwbwl. Onid oedd y trwch powdwr a phaent ar ei gwyneb, ac yn arbennig ar ei dwyfoch, yn deud ei stori ei hun?

Ymunodd dau arall – mab a merch yn eu hugeinia cynnar, a llawn mor welw a garw eu golwg â'u ffrind – i ddymuno iddi hi a'i 'mab' siwrnai hwylus. Ond go brin y byddai unrhyw un o fewn clyw wedi deall yr iaith. Nid Ffrangeg mohoni, na Saesneg chwaith, ac nid iaith y Romani yn reit siŵr. Fel roedd y car yn dechra symud, cadarnhawyd y trefniada rhyngddynt i gyfarfod eto ymhen yr wythnos, yn Llundain, wrth y fynedfa i Blatfform 1 yng ngorsaf Waterloo.

Safodd y tri i wylio'r Citroën bach yn ymgodymu'n boenus efo gwyneb anwastad y ffordd drol wrth i honno'i arwain yn unionsyth trwy gae o ŷd ifanc. Ymhen hanner milltir câi ymuno â'r briffordd am Pontoise ac Amiens.

Wrth iddo bellhau yn ei fwg, trodd y tri yn ôl tua'r bwthyn, i glirio pob arwydd o'u hymweliad byr â'r lle. Roedd hi bellach yn tynnu at bedwar o'r gloch y pnawn. Ymhen chwarter awr neu lai, mi fydden nhwtha hefyd yn gadael, mewn Renault coch, a heb drafferthu cau drws y bwthyn o'u hôl. Gweithred ofer fyddai honno, beth bynnag, gan mai drylliedig erbyn hyn oedd y clo.

* * *

Mynd yn syth i Bwllheli oedd ei fwriad gwreiddiol – dilyn yr A5 cyn belled â'r Ddwyryd ger Corwen ac yna anelu am Bala a Phorthmadog – ond fel roedd yn gadael Llyn Celyn o'i ôl, dyna benderfynu mynd yr ychydig filltiroedd o'i ffordd a galw yn Hen Sgubor i nôl rhai petha y byddai arno eu hangen. Ac os oedd rhywrai o MI5 neu *Special Branch* yn cadw llygad ar y lle, yna fe roddai brawf ar rheini yr un pryd.

Er ei bod yn ddechra mis Mawrth, roedd haenen o eira hwyr ar gopa'r Arennig yn tynnu sylw drwy'r niwlen ysgafn a'r gwyll. Bu'n rhaid iddo arafu'i daith dros y Migneint, nid oherwydd eira ond am fod y defaid wedi dychwelyd i'w cynefin ar y mynydd ac yn gorweddian yn lympia gwlanog peryglus hwnt ac yma ar y ffordd, am fod y tarmac yn cynnig mwy o wres odditanynt na'r ddaear wlyb. Gwrthodent symud, na chynhyrfu hyd yn oed, wrth i ola'r beic eu darganfod yn y tywyllwch. Doedd chwyrnu'r injan, hyd yn oed, ddim yn ddigon i'w cyffroi.

Ymhen hir a hwyr, daeth i olwg y môr yn y pellter. Nid yn hollol i'w olwg chwaith, oherwydd roedd pobman yn eitha tywyll erbyn hyn, ond fe wyddai'n iawn mai rhan o Fae Aberteifi oedd y düwch oedd yn ymestyn i'r rhimyn llwydola o fachlud ar y gorwel. Fe wyddai hefyd mai Harlech a Phenrhyndeudraeth, Porthmadog a Chricieth oedd y clystyra o oleuada yn nes ato. A'r clwstwr yn y pellter un ar y dde oedd Pwllheli, siŵr o fod, lle'r oedd Rhian a'i blentyn yn disgwyl amdano.

Taith ar i waered oedd hi rŵan ac ni fu'n hir cyn cyrraedd Hen Sgubor ar gyrion pentre Rhiwogof. Am ei fod yn disgwyl eu gweld, ac am ei fod felly'n chwilio amdanynt, fe sylwodd yn syth ymhle'r oedd dynion Julian Carson yn llechu. Rhyw ganllath cyn cyrraedd ceg y ffordd gul a arweiniai at Hen Sgubor, roedd man aros a fu unwaith yn gornel o'r ffordd fawr cyn i honno gael ei sythu. Aethai rhai blynyddoedd heibio ers hynny, ac oherwydd difaterwch y cyngor neu'r Swyddfa Gymreig neu bwy bynnag, fe adawyd i Natur ddechra hawlio'r lle'n ôl, gan godi mur o dyfiant gwyllt rhwng y ffordd newydd a'r pwt o hen un. Roedd yn bosib i geir droi i mewn yno o hyd ond, ac eithrio gan gariadon yr ardal, prin oedd y defnydd a wneid o'r lle.

Am ei fod yn gwybod am y llecyn, fe wyddai Sam hefyd mai dyma'r lle mwya delfrydol i rywun guddio ynddo, tra ar yr un pryd allu cadw golwg ar geg y dreif i fyny at Hen Sgubor. Roedd, felly, yn *disgwyl* gweld y fflach o baent a gwydyr wrth i ola'r beic dreiddio eiliad drwy'r drysi.

Heb brin arafu, fe lywiodd y Kawasaki oddi ar y ffordd fawr i ddüwch sydyn y ffordd at Hen Sgubor. Roedd gwyneb o darmac ar honno hefyd, erbyn hyn, diolch i daerineb Rhian. A'r un taerineb oedd wedi peri iddo fo, ddechra'r gaea a aeth heibio, fynd ati i docio tipyn ar friga'r coed oedd wedi cau'n fwa isel dros y dreif gul gan fygwth ei thagu'n llwyr. Serch hynny, er iddo ufuddhau i'w chais, oherwydd ei fod am gadw preifatrwydd eu cartre, dim ond y lleiafswm angenrheidiol o dorri a wnaethai. Roedd y bwa yno o hyd, ond o leia fe allai deithio i fyny at y tŷ rŵan heb deimlo'r briga'n crafu dros ei helmed.

Agorodd y drws llydan yn ufudd i orchymyn y teclyn electronig a gâi ei gadw mewn crud pwrpasol ar y beic, ac wrth i swits y gola yn y garej hefyd ufuddhau llithrodd y Kawasaki'n ddiolchgar i mewn i'w groeso. Bron na thaerai Sam fod y beic yn canu grwndi o gael bod adre'n ôl ac o gael llonyddu wrth ochor ei bartner, y beic scramblo Honda MBX du.

Doedd dim amser i ymdroi. Cipiodd fflachlamp halogen gre oddi ar silff yn ei ymyl, rhuthrodd i'r stafell fyw i nôl y gwydra *night vision*, neu'r 'llygad nos' chwedl Meic erstalwm, yna rhedodd allan unwaith eto, ond yn bennoeth y tro yma, gan adael i'r drws gau a chloi o'i ôl.

Cyn gwthio'r teclyn electronig i boced frest ei gôt ledar, pwysodd arno'r botwm i ddirymu'r system ddiogelwch oedd yn gwarchod ei gartre.

Dewisodd ei guddfan yn ofalus ar gangen isa'r onnen ar ymyl y llwybyr. Byddai raid i bwy bynnag a âi at y tŷ basio o fewn hyd braich iddo, a hynny heb lawer o obaith ei weld.

Aeth munuda ara heibio. Yng ngola gwan lleuad wedi'i foddi gan niwlen ysgafn, dywedai ei Rolex wrtho ei bod yn hanner awr wedi saith union.

Erbyn chwarter i wyth, dechreuodd feddwl ei fod wedi gneud camgymeriad ac mai cariadon, wedi'r cyfan, oedd y rhai yn y car a welsai. Ar y llaw arall, os mai dynion *Special Branch* neu MI5 oedden nhw . . . ! Dechreuodd ymresymu efo fo'i hun. *Be wnaet ti, Sam, yn yr un sefyllfa â nhw?* Nid rhuthro'n fyrbwyll i fyny at y tŷ, beth bynnag. Oedi, falla, a thrio dal yr ymwelydd ar ei ffordd yn ôl i lawr. *Ia, mae'n debyg. Ond pa mor hir fyddet ti'n aros i hynny ddigwydd?* Anodd gwbod. Nes teimlo rheidrwydd i neud rwbath gwahanol, am wn i. Rheidrwydd i weithredu. *A phryd fyddai hynny?* Pan ddechreuai panig gydio. Pan ddechreuwn i feddwl am orfod ffonio i mewn i ddeud 'mod i wedi gweld rhywun yn mynd at y tŷ ond nad oeddwn i wedi gneud dim byd yn ei gylch . . . Na, mae hi'n ddigon buan, meddyliodd. Os mai dynion y gwasanaetha cudd ydyn nhw, a'u bod nhw'n werth eu halan, yna ma hi'n ddigon buan iddyn nhw ymddangos. Mi fyddan nhw'n siŵr o fentro i fyny, pan deimlan nhw'r rheidrwydd i neud hynny. Ac mi fydd eu gynna nhw'n barod, does dim sy'n sicrach. Ar y llaw arall, os *nad* MI5 neu *Special Branch* ydyn nhw, a bod neb o gwbwl yn ymddangos, yna mae 'na gwestiwn mwy difrifol o lawar yn codi. Hynny ydi, oes 'na rywun *yn* cadw golwg ar Hen Sgubor o gwbwl? Ynte ai celwydd oedd addewid Caroline Court o'r cychwyn? Ac os nad ydi'r gwasanaetha cudd yn cadw golwg ar fan hyn, yna mae'n bosib nad ydyn nhw ddim yn gwarchod Tecwyn bach a Rhian ym Mhwllheli chwaith!

Aeth munuda lawer heibio a Sam yn sicrach byth yn ei feddwl bod yn rhaid iddo brofi un o ddau beth – naill ai bod Caroline Court yn deud celwydd ac nad oedd y lluoedd diogelwch yn cadw golwg ar y lle, neu ddangos iddyn nhw yn Llundain mor aneffeithiol y gallai hyd yn oed dynion gora'r gwasanaetha cudd fod, yn erbyn terfysgwyr profiadol.

Fe'u clywodd o'r diwedd. Sŵn traed yn cael eu gosod yn ofalus ac yn ara o un i un ar wyneb y tarmac, a'r sŵn hwnnw'n cael ei gario i fyny'n ysgafn o dan fwa'r coed. Diolch byth, meddai wrtho'i hun, ei bod hi'n noson mor llonydd a distaw.

Dechreuodd ystwytho'i gorff orau gallai ar ôl bod yn y fath gam-ystum mor hir. Ar yr un pryd, gallai deimlo'i gyhyra'n tynhau ac yn caledu wrth iddo'i baratoi ei hun. O'i glwyd gyfyng ymysg cangau praff yr onnen, gallai weld ei gartre'n siâp duach na thywyllwch y coed yn y cefndir. Drwy'r llygad nos, fodd bynnag, roedd o'n arallfydol wyrdd.

I lawr o'r dde, deuai'r camu gofalus yn nes ac yn nes. 'Wyt ti'n gneud peth call, Sam?' Roedd y cwestiwn wedi bod ar ei feddwl ers meitin. Wedi'r cyfan, nid rhywun rywun oedd pwy bynnag oedd yn dod i chwilio amdano, ond *rhai o ddynion gora MI5*, os gellid rhoi coel ar Caroline Court! Mi fydden nhw'n cario gynna, wrth gwrs, ac mi fydden nhwtha hefyd yn nerfus yn y tywyllwch diarth wrth wynebu'r annisgwyl. 'Fe allet ti gael dy saethu, Sam! Fe allet ti gael dy ladd! A hynny gan y bobol sydd i fod i dy warchod di!' Roedd meddwl y gallai hynny ddigwydd o fewn golwg i'w gartre, ac mewn lle mor heddychlon â phentre Rhiwogof, yn syniad afreal iddo. 'Ond mae gen ti hefyd bwynt i'w brofi, cofia. Os medri di ddangos iddyn nhw yn Llundain pa mor real ydi'r bygythiad i Tecwyn bach a Rhian . . . ! A pha well cyfla iti gael gwn!'

Dwyn gwn! Doedd o ddim wedi styried y posibilrwydd hwnnw tan yr eiliad hon. Y bwriad hyd yma fu dangos mor hawdd y medrai Sam Turner gael y gora ar y rhai oedd yn gwarchod y tŷ, a hynny jyst er mwyn profi pwynt iddyn nhw yn Llundain. Dangos iddyn nhw mor rhwydd fyddai i rywun fel Zahedi gael y llaw drecha ar ddynion y gwasanaetha cudd. Ond roedd deimensiwn arall i'r cynllun yn ffurfio rŵan. Trechu'r ddau, ia, ond dwyn gwn hefyd. A *pheidio* cyfadde i'r drosedd! 'Mi fydd Syr Leslie a Caroline Court a'r pric pwdin arall 'na o Scotland Yard yn siŵr dduw o wbod mai chdi fu wrthi, Sam, ond yn methu profi dim.'

Roedd y cynllun newydd yn apelio iddo, pe gellid ei weithredu efo cyn lleied o amser i drefnu. Gallai glywed sŵn y traed llechwraidd yn gliriach rŵan. Doedd bosib eu bod fawr mwy na decllath oddi wrtho. Yna fe'u gwelodd! Traed a choesa i ddechra, yn ymddangos drwy'r deiliach, yna'r breichia a'r gynnau parod, ac ymhen hir a hwyr daeth gwyneba gwyrdd hefyd i'r golwg. I rywun dibrofiad, byddai'r olygfa wedi bod fel rhywbeth allan o ffilm wyddonias.

Gwnaeth yn berffaith sicir o sadrwydd ei draed ar y gangen a gwasgodd ei hun yn erbyn boncyff trwchus y goeden. Wrth iddyn nhw basio o fewn llathen neu ddwy iddo medrai symud digon ar ei glwyd i gadw'r boncyff rhyngddo'i hun a nhw.

Llusgodd yr eiliada. 'Pan fyddan nhw leia ar eu gwyliadwriaeth,' meddai wrtho'i hun, gan gofio'i hyfforddiant yn y fyddin. 'Pan fyddan nhw'n meddwl fod y bygythiad wedi cilio, dyna'r amsar i weithredu.' Gwasgodd garn y fflachlamp halogen yn nwrn ei law chwith gan ddiolch yr un pryd am y niwlen oedd yn boddi'r lleuad.

Fe gymerodd hydoedd i'r ddau groesi'r tarmac at ddrws llydan y garej. Roedden nhw'n brofiadol, doedd dim dwywaith am hynny. Ac yn hynod ofalus wrth eu gwaith. Yn ara iawn iawn yr oedden nhw'n camu ymlaen, y naill yn gwarchod cefn y llall efo pob cam. 'Wedi'r cyfan,' meddyliodd Sam gan werthfawrogi'r hyn a welai, 'am a wyddan nhw, mae un o derfysgwyr gwaetha Ewrop a'r Dwyrain Canol yn llechu rwla yn y tywyllwch o'u blaen.'

Gwyliodd y broses boenus nes iddyn nhw gyrraedd cysgod y tŷ ac ymdoddi i'w ddüwch. Eiliada'n ddiweddarach, saethodd pelydryn main o oleuni, fel pelydryn *laser*, ar ddrws y garej, i weld a oedd hwnnw wedi'i agor; yna gwibiodd y pelydryn dros gerrig yr adeilad cyn symud gam wrth gam wedyn a diflannu'n llwyr rownd congol y tŷ. O brofiad, medrai Sam ddychmygu curiad eu calonna wrth iddyn nhw gylchu'r adeilad. Gwn ar anel, bys tyn ar y triger, ac ofn yr annisgwyl wrth ddod at bob cornel dywyll. Y rhybudd cynta a gaent, falla – yr unig rybudd! – fyddai fflach yr ergyd ac yna dân marwol y fwled yn llosgi drwy'u cnawd. Anodd peidio cydymdeimlo â nhw. Anodd peidio difaru rhywfaint am yr hyn y bwriadai ei neud.

Heb unrhyw fath o sŵn, dringodd yn ddiolchgar i lawr o'i glwyd a stwytho chydig ar ei gorff. Cyn anelu'n ôl am y ffordd fawr o dan y bwa coed, fe roddai ddychryn ychwanegol i'r ddau. O'i boced, tynnodd y teclyn electronig a phwyso'r botwm i weithredu'r system ddiogelwch unwaith yn rhagor. Fu dim rhaid aros yn hir. Wrth iddynt ymddangos unwaith yn rhagor, ar ôl cylchu'r tŷ, fe lwyddon nhw i groesi un o'r pelydra isgoch a deffro'r holl system. Ciliodd Sam i gysgodion y dreif, a chipio'r llygad nos oddi am ei ben, wrth i nifer o lampa halogen cry oleuo'r tŷ a'r maes parcio fel petai'n ddydd. Gwelodd y ddau'n fferru mewn panig syfrdan, fel cwningod wedi'u dal yng ngola annisgwyl car.

Pwysodd yr un botwm eto a daeth nos a thywyllwch yn ôl. Gwyddai Sam y byddai larwm wedi canu yn swyddfa'r heddlu yn Nhrecymer hefyd, ond go brin y cymerai neb yn fan'no sylw o rybudd mor fyr.

Efo'r llygad nos eto i'w helpu, cychwynnodd i lawr am y ffordd fawr gan adael dau ŵr dryslyd ac ofnus iawn o'i ôl. Er ei fod yn symud yn dipyn cynt nag oedden *nhw* wedi'i neud gynna, eto i gyd roedd yn rhaid iddo fod yn wyliadwrus. Fe allai fod trydydd, hyd yn oed bedwerydd ohonyn nhw'n cadw golwg ar y lle a bod rheini rŵan yn llechu rywle yn y cysgodion. 'Go brin, hefyd,' meddai wrtho'i hun. 'Dau i bob shifft ydi hi fel rheol.'

'Lle i guddio rŵan?' oedd ei gwestiwn nesa. 'Lle fydd fwya manteisiol? Ymhle fyddan nhw leia ar eu gwyliadwriaeth? . . . Wrth y car, wrth reswm!' Hawdd dychmygu rhyddhad y ddau o gael cyrraedd yn ôl i fan'no'n saff. Yr ymlacio diolchgar . . . yr hyder yn llifo'n ôl . . . y lleisia'n cryfhau wrth drafod dirgelwch y beic a welwyd, a'r ffaith bod y tŷ un funud yn dywyll ac yn wag a'r funud nesa wedi'i oleuo fel petai ar y ffrynt yn Blackpool, cyn cael ei daflu i dywyllwch anesboniadwy drachefn . . . y gynna'n cael eu rhoi i gadw cyn camu i mewn i'r car. 'Ia,' meddai Sam wrtho'i hun eto. 'Wrth y car! Dyna'r lle gora.'

Aeth bron i hanner awr heibio cyn iddo'u gweld yn dod. Yn y cyfamser, roedd tua dau ddwsin o geir i gyd wedi gwibio heibio ar y ffordd fawr, y rhan fwya ohonyn nhw'n anelu am Drecymer, bum milltir i'r gogledd. Roedd ei guddfan y tro yma mewn lle mwy cyfforddus, ac roedd ei draed ar y ddaear. Gan na allai fforddio bod yn rhy bell oddi wrth y car, swatiai yn ei gwrcwd yng nghysgod pwt o wal a fu unwaith yn ffin i'r ffordd fawr ei hun ond a oedd bellach yn cael llonydd i ddadfeilio'n fylchog. Llam dros hon, yna dau neu dri cham cyflym a gallai fod wrth eu hymyl cyn iddyn nhw sylweddoli fod dim byd o'i le. Gwnaeth yn siŵr nad oedd yn sefyll ar unrhyw ddail neu friga crin a allai glecian dan draed a'i fradychu. Daliai ei law chwith afael yn y dorts halogen;

yn y dde cydiai mewn darn o bren oedd y peth tebyca posib i faril gwn. Yna, gwelodd nhw'n ymddangos.

Ar ôl pedwar neu bum cam wysg eu cefna allan o dywyllwch dudew y dreif, ac efo'u gynna'n dal i fygwth, trodd y ddau a chyflymu i gyfeiriad y car llonydd. Rover 220, meddyliodd Sam. *N Reg!* Cymharol hen erbyn rŵan, ond un â digon o dân yn ei fol, serch hynny.

A styried bod yr awr a chwarter diwetha wedi llusgo cymaint, fe wibiodd y munuda nesa heibio, bron i'r union batrwm ag yr oedd Sam wedi'i rag-weld. Clywodd y cama cyflym a'r sibrwd yn troi'n barablu hyglyw.

' . . . Ond pwy arall *alla* fo fod, ar feic cry fel'na? *Rhaid* mai fo oedd o.'

'Ond mae hwnnw yn Llundain i fod! . . . Sut bynnag, *os* mai fo oedd o, yna i lle gythral y diflannodd o, meddach chdi?'

'I'r tŷ, fwy na thebyg.'

'Be? A'r beic efo fo?' Roedd sŵn anghytuno yn y llais. 'Ac ista yn y twllwch yn fan'no wedyn? A gwrthod atab y drws?'

'Wel, *gobeithio* mai fo oedd o, beth bynnag. Y Semtecs 'na dwi'n feddwl. Mi fasa'n gas gen i feddwl fod yr Arab gwallgo 'na wedi'n cyrraedd ni!'

'Pwy? Zahedi? Cwrd, nid Arab!'

'Cwrd 'ta. 'Run fath ydi ci a'i gynffon!'

Nodweddiadol o'ch blydi rhagfarn, meddyliodd Sam o'i guddfan yn y gwyll.

'Sut bynnag. Mi ro i ganiad i Lundain rŵan i tsecio ar y sefyllfa ddiweddara.'

Wrth i'r ddau gyrraedd y Rover, gwibiodd car arall heibio, ar ei ffordd i Drecymer, ac yng ngola sydyn hwnnw cafodd Sam gip o'r gynnau yn cael eu rhoi i gadw mewn gwain o dan gesail pob un, ac yna un dorts, y bella oddi wrtho, yn cael ei diffodd. Gwelodd y dorts arall, un y gyrrwr, yn canolbwyntio ar dwll clo'r drws.

Arhosodd nes clywed clic yr uned yn datgloi'r drysa i

gyd, yna, cyn i'r un ohonyn nhw sylweddoli fod dim yn digwydd, llamodd y wal ac ar ôl dau gam bras hyrddiodd y gyrrwr yn galed yn erbyn ochor ei gar, gan wthio'r darn pren yn giaidd i'w gefn, fel petai'n faril gwn. Yn yr un eiliad, pwysodd fotwm y lamp halogen, gan yrru pelydryn cry i lygad y llall i'w ddallu, ac yna cyfarthodd mewn llais oedd yn drwm o acen y Dwyrain Canol, 'Ti symud, ti marw!' a pharablu 'mlaen yn gyffrous wedyn mewn Arabeg rhugl.

Teimlodd yr ofn yn cydio yng nghorff un a gwelodd y braw yn fferru ar wyneb y llall. 'Ti!' Ysgydwodd y pelydryn ar wyneb yr un gyferbyn, i hwnnw ddallt pwy oedd yn derbyn gorchymyn. 'Rhoi dwylo ar do car!'

Daeth ufuddhau digwestiwn a diolchodd Sam am hynny. 'A rŵan, ti!' A gwnaeth y gyrrwr, efo'i gefn ato, yr un peth.

Yn y gwyll trwm ac yn y gola halogen cry, ni allai'r un ohonyn nhw weld pwy oedd yn eu bygwth ond roedd ganddyn nhw ddigon o le i ama erbyn rŵan mai'r 'Cwrd gwallgo' oedd yno. Heb dynnu unrhyw sylw at y ffaith, gadawodd Sam i'r darn pren lithro i'r ddaear ac aeth â'i law rydd rownd ac o dan gôt y gyrrwr a thynnu'r gwn o'i wain. Yna daliodd y baril yn erbyn arlais y creadur dychrynedig. 'Rŵan, ti!' meddai wrth y llall. 'Efo llaw chwith, tynnu gwn. Taflu gwn i coed tu ôl!' Dilynwyd y cyfarwyddyd yma eto efo rhaeadr o Arabeg gwyllt.

Cyn iddo gael gorffen bytheirio, gwelodd Sam y gwn yn hedfan dros ysgwydd ei berchennog ac yna clywodd ei sŵn yn plannu i'r drysi rywle tu cefn. Yna, wedi gneud yn siŵr bod y goriad yn dal yn nrws y car, cyfarthodd eto, 'Lle Semtecs cuddio? Lle gwraig Semtecs cuddio? Lle mab Semtecs?'

'Wyddon ni ddim. Ar ein llw!'

Wrth weld yr ofn yn y gwyneb gwelw, a'r styfnigrwydd a'r dewrder yn treiddio trwy'r ofn hwnnw, penderfynodd Sam na ddylai beri rhagor o ddychryn i'r ddau. 'Fi cyfri deg! Chi rhedeg!' Arwyddodd efo'r pelydryn halogen i gyfeiriad y pentre a rhyddhaodd ei afael ar y gyrrwr.

Yn ansicir y cychwynnodd y ddau, fel petaen nhw'n hanner disgwyl bwled unrhyw funud i'w cefn. Yna, wrth i'r pellter gynyddu ac i'r sŵn cyfri gyrraedd pump, dechreusant redeg, a'r rhedeg yn troi'n garlamu dall i gyfeiriad y bont oedd yn croesi'r Fochnant ac yn arwain i bentre Rhiwogof. Heb oedi rhagor, neidiodd Sam i sedd y dreifar, tanio'r Rover a theimlo'r olwynion yn troi'n ffyrnig yn eu hunfan cyn cydio yng ngwyneb y ffordd a saethu mlaen.

Fe wyddai o'r gora be fyddai'n digwydd nesa. Cam cynta'r ddau fyddai ffeindio ciosg. Wedyn ffonio Llundain, a chysylltu hefyd efo pwy bynnag oedd yn gneud y gwarchod ym Mhwllheli, i rybuddio rheini o ddyfodiad Zahedi. Dychmygodd adwaith rhywun fel Syr Leslie Garstang neu Julian Carson – Zahedi wedi cyrraedd Prydain! Zahedi eisoes yng ngogledd Cymru! Zahedi wedi dwyn car! A gwn! Zahedi ar ei ffordd i Bwllheli! Ond cyn hir fe fydden nhw'n dechra rhoi dau a dau efo'i gilydd. Y beic yn cyrraedd Hen Sgubor . . . y dull proffesiynol SASaidd o ddelio efo'r ddau aelod MI5 . . . rheini'n cael eu rhyddhau heb eu lladd . . . a'r defnydd o Arabeg! Doedd Syr Leslie, mwy na Julian Carson o ran hynny, ddim yn wirion. Fe fydden nhw'n siŵr o adnabod stamp Semtecs ar y cyfan. 'A dyna pam y mae'n rhaid iti ailstyried dy gynllun eto fyth, Sam! Os cei di dy ddal yn cario gwn wedi ei ddwyn, yna mi allan nhw dy daflu di i garchar. A dyna wnân nhw, gei di weld, er mwyn cael gwarad ohonot ti am sbel. Fedri di ddim mentro peth felly, ddim os wyt ti am fod o gwmpas i gadw golwg ar Rhian a Tecwyn bach.'

Ymhen milltir go dda fe wyddai fod ffordd goedwigaeth yn arwain i fyny i'r dde o'r ffordd fawr. Fel y gwyddai o'r gora, roedd honno'n nadreddu i fyny

drwy'r goedwig bin ar Foel y Gamallt ac yn troi'n ôl
wedyn i ddilyn y llechwedd ucha cyn anelu ar i waered
unwaith yn rhagor a dod i'w therfyn wrth y giât oedd yn
ffinio efo tir Sam ei hun yn Hen Sgubor. Roedd yn
adnabod pob pant a phob carreg arni, oherwydd dyma'i
lwybyr rhedeg boreol i gadw'n ffit. Cylch hwylus o bum
milltir, fwy neu lai.

Roedd cynllun clir a therfynol wedi'i ffurfio yn ei
feddwl erbyn rŵan. Llywiodd y Rover 220 i fyny i
gysgod y coed a'i barcio o olwg y ffordd fawr. Yna, aeth
yn ôl i ddisgwyl yr anochel. Wedi'r cyfan, meddai wrtho'i
hun, yn y fath gyfyng-gyngor pa gyfarwyddyd brys allai
MI5 yn Llundain ei gynnig i'w dau ddyn, 'mond iddyn
nhw gysylltu efo'r heddlu yn Nhrecymer?

Deuddeng munud yn unig y bu'n rhaid iddo aros.
Gwelodd y gola glas yn dynesu o bell o gyfeiriad y dre.
Gwelodd ef yn llonyddu eiliad ym mhentre Rhiwogof,
yna'n adfer ei gyflymdra mewn dim amser. Wrth i'r fflach
lachar felyn a gwyn wibio heibio'i guddfan ar ymyl y
ffordd, tybiai Sam fod y car yn cyffwrdd rhywle rhwng
wyth deg a naw deg milltir yr awr. Ac er nad oedd posib
adnabod neb, eto i gyd gallai ddeud bod o leia dri
pherson arall, heblaw'r gyrrwr, i mewn ynddo. 'Dau
blismon a'r ddau MI5,' meddai wrtho'i hun efo gwên.

Heb oedi rhagor, dychwelodd i'r Rover a'i redeg yn ôl
i'r ffordd fawr, efo'i drwyn at Riwogof unwaith eto.

Fe'i parciodd yn yr union le ag yr oedd ynddo cynt,
gwthiodd y gwn o dan sedd y gyrrwr, clodd y drysa a
gwthio dolen y goriad dros un o'r weipars, lle gellid ei
weld yn hawdd yng ngola dydd. Yna, heb oedi rhagor,
dechreuodd redeg i fyny'r dreif at Hen Sgubor.

Dim ond am chydig funuda y gallai fforddio aros yn y
tŷ. Taflodd chydig angenrheidia i fag, gan gynnwys ei
ddeunydd colur arbennig, ei becyn tricia a'r llygad nos.
Yna, aeth drwodd i'r garej unwaith eto a dewis y beic
mynydd y tro yma. Dri munud yn ddiweddarach, roedd

hwnnw'n cael ei lywio allan i'r ffordd fawr ac yn anelu'i drwyn am Bwllheli a Phen Llŷn. Gwasgodd Sam fotwm i oleuo gwyneb ei Rolex. Deng munud wedi naw!

Pennod 6

Deng munud wedi naw! Eisteddai Carla Begh a'i 'mab' Karel Begh wrth fwrdd caffi ar sgwâr bychan yn Amiens. Caffi oedd yr adeilad drws nesa hefyd, a'r ddau le yn rhannu'r un maes parcio eang. Yng nghornel fwya unig a mwya tywyll y maes parcio hwnnw, safai'r Citroën Dianne bach rhydlyd, efo'i injan wedi hen oeri. Ac yno y câi fod, nes i rywun ei hawlio.

Roedden nhw wedi dewis eu bwrdd yn ofalus, ac mewn lle hwylus i fedru cadw golwg ar bob rhan bron o'r maes parcio. Rhyw ddau ganllath i lawr o'r caffi, ar ochor bella'r ffordd, roedd gorsaf y brif lein a redai rhwng Paris a thwnnel y Sianel.

Tra bod Carla yn dal i sipian yn ysbeidiol o'i gwydryn cynta o win coch, roedd Karel ei mab yn llowcio cegaid arall allan o'i drydydd.

'Dim mwy!' cyfarthodd hitha o dan ei gwynt, mewn llais dynol ac mewn iaith na fyddai neb arall yn y caffi wedi ei dallt. 'Cofia bod gen ti waith i'w neud! A char i'w ddreifio!'

Wrth fwrdd tu ôl iddyn nhw roedd criw o Ffrancwyr canol oed – dynion i gyd – yn chwarae gêm swnllyd o gardia. Bob yn ail â pheidio, codai ton ar ôl ton o weiddi neu o chwerthin, wrth i gardia gael eu taro i lawr yn fuddugoliaethus i hawlio tric.

Roedd y sŵn yn siwtio Carla Begh cystal â dim. Nid yn unig roedd y chwarae wedi tynnu'r sylw i gyd oddi ar y ddau ddieithryn, sef hi a'i mab, ond roedd hefyd yn sicr o foddi ei sibrwd cyfrinachol hi rŵan. 'Mae amseru'n mynd i fod yn holl bwysig.' Edrychodd ar ei wats. 'Chwartar wedi naw! Ugain munud sydd gynnon ni cyn y bydd yr Eurostar yn dod i mewn. Os na fyddwn ni wedi cael car erbyn hynny, ac os collwn ni honno, yna mi fydd raid aros am ddwyawr arall.' Doedd dim teimlad yn y llais i awgrymu diflastod na gobaith na dim byd arall.

Roedden nhw wedi bod yma ers awr a chwarter yn barod, yn llygadu pob car a ddeuai i'r maes parcio.

Ddeng munud yn ddiweddarach, ar ôl sawl cip cynnil ar arddwrn i gadw cyfri o'r amser, gwnaeth Carla Begh ystum i godi.

'Nacw!' meddai'r mab yn gyffrous ar ei thraws. 'Be am nacw?'

Ford Escort glas tywyll oedd y 'nacw'. Roedd yn cael ei yrru'n rhy gyflym i'r maes parcio a gwyliodd Carla a Karel ef yn gwibio rhwng nifer o geir llonydd ac yn diflannu o'u golwg i ran dywylla'r maes parcio. 'I'r dim!' meddai'r fam gan gyfeirio at y rhif cofrestru. 'Car o Brydain. Rŵan dos!' Cododd hitha. 'Mi fydda i'n aros amdanat ti i lawr y ffordd yn fan'cw. Paid â bod yn hir.'

Fe gymerodd ddau funud i Karel Begh sicrhau fod y ddau bâr ifanc a ddaeth allan o'r Escort yn bwriadu cymryd pryd o fwyd yn y caffi. Casglodd hefyd o'u sgwrs eu bod nhw yn Ffrainc am ddeuddydd neu dri o hwyl cyn dychwelyd efo llond cist car o gwrw rhad. Pan welodd eu bod nhw wedi setlo wrth fwrdd yn ddigon pell oddi wrth y ffenest, a'u bod allan o olwg yr Escort, brysiodd draw at y car. Eiliada'n unig a gymerodd i'w ddwylo profiadol agor drws y gyrrwr ac i danio'r injan efo'r gwifra o dan y *dash*. Doedd y parau ifanc ddim hyd yn oed wedi dewis oddi ar y fwydlen pan lithrodd eu car yn bwyllog ac yn ddisylw allan o'r maes parcio cyn croesi'r llif traffig ac anelu am y wraig a safai ar ymyl y palmant rhyw ganllath i lawr y ffordd. Er nad oedd ei gwyneb yn dangos dim emosiwn y naill ffordd na'r llall, eto i gyd fe deimlai Carla Begh, *alias* Zahedi, ryddhad ei fod rŵan gam yn nes at y Sianel ac at y dasg oedd yn ei aros ym Mhrydain.

* * *

Fe gynhyrfodd yr alwad oddi wrth bennaeth MI5 y

dyfroedd yn Llundain yn arw iawn. O fewn dim, roedd Caroline Court, o'i fflat yn Knightsbridge, yn cynnal cynhadledd ffôn efo Gerald Fairbank, ei bòs uniongyrchol yn y Swyddfa Dramor, Syr Leslie Garstang, Dirprwy Gyfarwyddwr MI6, a Julian Carson, Dirprwy Gomisiynydd Scotland Yard.

'Does bosib, Caroline!' Syr Leslie oedd y cynta i ymateb. 'Does bosib bod Zahedi wedi cyrraedd Prydain, heb sôn am ogledd Cymru.'

'Nid fi sy'n deud, Syr Leslie. Y negas sydd wedi dod o ogledd Cymru, trwy *Special Branch*, fel y deudith Julian ei hun wrthoch chi, ydi bod 'na derfysgwr peryglus wedi dal dau o'u dynion nhw – rheini oedd yn cadw golwg ar gartre Semtecs – ac wedi dod o fewn dim i'w lladd nhw. Trwy groen eu dannadd y llwyddodd y ddau i ddengyd, mae'n debyg, a hynny ar ôl cael eu bygwth a'u cam-drin yn ddifrifol. Y newydd drwg ydi fod gan Zahedi . . . os mai Zahedi oedd o! . . . fod ganddo fo rŵan wn, a'i fod o, mae Scotland Yard yn ofni, ar ei ffordd i Bwllheli yr eiliad 'ma. I fan'no, wrth gwrs, y mae teulu Semtecs wedi mynd i guddio.'

'Hm!' Syr Leslie eto. 'Dydi o ddim yn swnio fel Zahedi i mi.'

'Pam, Syr Leslie?' Fairbank oedd bia'r cwestiwn.

'Fyddai Zahedi *byth* yn dibynnu ar lwc er mwyn cael ei ddwylo ar wn. A fydda fo byth bythoedd yn caniatáu i'r ddau 'na gael dengyd yn fyw! Mi fydden nhw'n gyrff cyn iddyn nhw sylweddoli ei fod o yno o gwbwl.'

'Ond wnâi o mo hynny, ddim a fynta isio gwybodaeth ganddyn nhw. Os cofiwch chi, fe driodd holi lle'r oedd Semtecs a'i deulu yn cuddio.'

'*Trio* ydi'r gair, Mr Fairbank! A thrio diniwed ar y naw hefyd, pan styriwch chi. Ydach chi'n meddwl mai gofyn yn neis fel'na fasa Zahedi'n ei neud?' Chwarddodd Syr Leslie Garstang yn fyr ac yn ddihiwmor. 'Na. Mi fedrwch chi gymryd yn ganiataol, pe bai'r ddau yna wedi gwrthod rhoi gwybodaeth i Zahedi, yna mi fyddai'r ddau yn gyrff ymhell cyn rŵan, efo bwled i'r pen neu gyllell drwy'r gwddw.'

'Ond fedrwch chi ddim gwadu'r hyn sydd wedi digwydd, Syr Leslie.'

'Na fedraf, wrth gwrs, Caroline. Ond nid stamp Zahedi sydd ar y busnes yma.'

'Pa mor siŵr fedrwn ni fod o hynny?' Tueddai Julian Carson i gytuno efo Dirprwy Gyfarwyddwr MI6, ond roedd nodyn o amheuaeth yn ei lais ynta. 'Os nad Zahedi, yna pwy fasa'n gneud peth fel'na?'

'O'r manylion y mae Caroline newydd eu rhoi inni, mi fentra i 'mhen mai gwaith Semtecs ei hun ydi hyn.'

'Be?' Swniai Gerald Fairbank yn wamal o'r awgrym. 'Un o'n dynion ni'n hunain? Yn cam-drin ac yn ceisio lladd dau o ddynion gora *Special Branch?* Ydi o'n sgitsoffrenig 'ta be?'

'Os ydw i'n iawn, Mr Fairbank, yna does dim byd mwy wedi digwydd i'r ddau na'u bod nhw wedi cael tipyn o ddychryn, a bod tolc go arw yn eu hunanfalchder nhw. Wedi'r cyfan, yn ôl be ddeudodd Caroline, mae'r ddau ohonyn nhw ar eu ffordd yr eiliad 'ma i Bwllheli, mewn car heddlu. Fedri di gadarnhau hynny, Julian.'

'Medraf.'

'Does bosib eu bod nhw fawr gwaeth, felly.'

'Ond uffar dân! Dydi'r peth ddim yn gneud unrhyw fath o synnwyr. Be fyddai pwrpas Semtecs yn gneud y fath beth? Faint callach ydi o?' Roedd goslef Fairbank yn awgrymu bod Syr Leslie'n siarad drwy'i het.

'I brofi o leia ddau beth i ni, Mr Fairbank. Yn gynta, mae o wedi dangos mor hawdd y gallai Zahedi gael at y teulu ym Mhwllheli neu yn unrhyw le arall. Ac yn ail, trwy ddwyn y gwn mae o wedi ymateb i'n gwrthodiad ni iddo bora 'ma. Fe ofynnodd am wn ac fe'i gwrthodwyd. Dyma'i ffordd o o ddysgu gwers inni.'

'Dysgu gwers?' Roedd llais Dirprwy Gomisiynydd

Scotland Yard wedi codi tôn, o leia. 'Pwy uffar mae o'n feddwl ydi o? Os mai fo gymerodd y gwn, yna mi geith dalu'n ddrud ar y diawl am ei ryfyg pan ga i fy nwylo arno fo.'

Pe bai Julian Carson wedi gallu edrych i lawr lein y ffôn, byddai wedi gweld gwên drist o gydymdeimlad ar wyneb Syr Leslie Garstang.

* * *

'Rhian?'

'Sam? Chdi sy 'na? O ble wyt ti'n ffonio?'

'Agor ddrws y cefn ac mi ddeuda i wrthat ti.'

'Be? Wyt ti yma? Ym Mhwllheli?'

'Ydw. Yn agos iawn atat ti, a deud y gwir. Synnwn i ddim na fedren ni sgwrsio heb help y ffôn!'

'Wel tyrd i mewn 'ta, y clown!' chwarddodd. 'A thyrd trwy ddrws y ffrynt 'fath â phawb call arall.'

'Na. Mi ga i egluro iti pam, mewn dau funud. Oes 'na rywun diarth yn y tŷ? Un o ddynion MI5 neu *Special Branch* neu rywun felly?'

Chwarddodd hitha eto, fel pe bai'r awgrym yn ddoniol iddi. 'Nagoes siŵr! Paid â bod mor ddramatig, wir dduw!'

'Jyst gad ddrws y cefn yn gilagorad, felly.' Rhoddodd y mudol yn ôl yn ei boced.

Roedd wedi cymryd ugain munud go dda iddo benderfynu faint ohonyn nhw oedd yn cadw golwg ar y tŷ, ac o ble. Stryd lydan braf oedd Heol Madryn, yn gwahanu dwy res o dai byngalo del, pob un â'i ardd daclus o'i flaen. Un o'r rhai canol ar y dde oedd tŷ Nain a Taid Pwllheli; yr un efo'r helygen wylofus yn gwyro dros y pafin, a'r garreg las ar ymyl ei ddrws yn cyhoeddi mai Llecyn Glas oedd yr enw arno. Roedd Volkswagen Golf gwyn Rhian ar y dreif yn rhoi sicrwydd pellach iddo.

Gwelodd nad oedd posib i neb fynd yn agos at ddrws

y ffrynt heb gael ei weld, oherwydd yn un pen i'r stryd roedd bws mawr gwag wedi'i barcio, fel pe bai yno dros nos. Ond, o wylio'n ddigon dyfal, fe welsai Sam, cyn hir, y symudiad bychan llechwraidd o'i fewn. Ym mhen arall y stryd, roedd tent bychan wedi'i godi gan blant ar lawnt rhyw ardd ffrynt, ac wedi ei anghofio dros nos. Golwg simsan iawn oedd arno, fel pe bai'n barod i gael ei chwythu i ffwrdd gan yr awel nesa. Ond roedd yn guddfan iawn, er yn un hynod o oer, i aelod arall o'r lluoedd diogelwch. 'Nid fy newis i, yn reit siŵr!' meddai Sam wrtho'i hun yn feirniadol. 'Mi faswn i isio medru gweld i bob cyfeiriad, a chael rwbath amgenach na chanfas rhyngdda i a bwledi Zahedi.' Ond dyna fo! meddyliodd. Does yna unlle arall yn cynnig ei hun, heblaw am rai o'r tai yn y rhes, a go brin bod *Special Branch* isio tynnu'r rheini i mewn i'r picil a thrwy hynny greu peryg i deuluoedd diniwed

Fel arall, roedd Heol Madryn yn magu syrthni ac yn paratoi i noswylio'n gynnar wrth i dywyllwch gydio'n sydyn yn y naill fyngalo ar ôl y llall. Cofiodd Sam mai pobol wedi ymddeol oedd y rhan fwya o drigolion y stryd.

Ystyriodd y sefyllfa. 'Dau yn y ffrynt. Dau yn y cefn hefyd, felly. Go brin bod cymaint â phedwar yn cadw golwg ar y tŷ fel arfer, meddyliodd, ond mae gynnyn nhw reswm da heno, wrth gwrs. Maen nhw'n meddwl fod Zahedi ar ei ffordd! Ac mi fydd dau ohonyn nhw'n dra awyddus i dalu'r pwyth am be ddigwyddodd gynna yn Hen Sgubor.

Aeth yn ei ôl ddwy stryd, i lle parciwyd yr Honda MBX. O'i 'fag tricia' estynnodd ddwy glecar, debyg i dân gwyllt ond bod ffiws chydig hirach ar rhain. Deugain eiliad union, fe wyddai, o'r tanio tan y glec, a phob clec i swnio'n union fel ergyd gwn. Estynnodd hefyd leitar o'r bag a rhoi cynnig arno i neud yn siŵr ei fod yn tanio'n ddidrafferth. Yna rhoddodd fywyd yn injan y beic.

Gwibiodd i lawr Heol Madryn fel pe bai ellyllon y Fall ar ei ôl, gan beri cynnwrf am eiliad yn y babell yn yr ardd ac yn y bws llonydd. Yng ngwaelod y stryd, trodd i'r dde ac arafu digon wrth dalcen y byngalo isa, ac allan felly o olwg y gwylwyr, i roi tân ar y ddwy glecar a'u gollwng ar ganol y ffordd. Yna, wrth wibio i ffwrdd ar hanner cylch eang, dechreuodd gyfri'r eiliada. Deuddeg eiliad ac roedd yn ddigon pell i allu gadael y beic. O fan'no ceisiodd fesur cam am bob eiliad wrth garlamu'n ôl am ben ucha Heol Madryn unwaith eto. Erbyn cyfri ugain arall, fe wyddai bod ei amseru'n berffaith. Aeth y ddwy glecar i ffwrdd efo'i gilydd bron, yn union fel gwn yn tanio'n gyflym. O gysgod talcen ucha'r ffordd gefn gwelodd ddau siâp tywyll yn ymddangos efo'i gilydd, ac yn oedi eiliad cyn dechra rhedeg i lawr i gyfeiriad y tanio. Roedd digon o olau'r dre yn yr awyr iddo allu gweld bod un ohonyn nhw'n dal rhywbeth at ei glust, fel pe bai mewn cyswllt radio efo'r lleill yn y ffrynt. Os mai rhain fu'n cadw golwg ar Hen Sgubor yn gynharach, yna be, tybed, oedd yn mynd trwy'u meddylia nhw rŵan? Oedden nhw wedi cael gynna yn lle'r rhai a gollwyd, tybed? Siŵr o fod.

Doedd dim amser i feddwl. Dau gam ar draws y ffordd gul, ac un naid dros ffens nad oedd ond rhyw lathen o uchder, a glaniodd yn daclus yng ngardd gefn y byngalo cynta yn y rhes. Y pedwerydd i lawr oedd tŷ ei rieni-yng-nghyfraith, meddai wrtho'i hun. Gallai weld y ffens rhwng pob gardd yn rhwydwaith gwelw yn ngola gwan y nos. Fe'u cliriodd fel pe bai mewn ras rwystrau a chyrraedd drws cefn Llecyn Glas ymhell cyn i'r gwarchodwyr ddarganfod twyll y clecars.

'Sam!' Anodd deud be oedd yr olwg ar ei gwyneb hi. Ai rhyddhad, ynte pryder, ynte cerydd ynte be. 'Be sy'n bod?' Roedd ei gwallt melyn hi'n ddryswch llaes dros ysgwydda'i gwisg jogio ddu. 'Be 'di'r lol 'ma ynglŷn â'r drws cefn?'

Gwenodd ynta'n ôl arni. 'A dyna'r diolch dwi'n gael am neud y fath ymdrach i ddod i'ch weld chi, Mrs Turner. A sut mae Mastyr Turner?'

Bu'n rhaid iddi wenu. 'O! Ac mae'r gŵr afradlon wedi cofio bod ganddo fo wraig a phlentyn, felly?' Yr eiliad nesa roedden nhw ym mreichia'i gilydd a hitha, wrth gael ei gwasgu ganddo, yn tywallt i'w glust y pryderon a fu'n ei phoeni.

'Dim mwy am y peth eto heno,' meddai Sam o'r diwedd. 'Mae wedi bod yn gythral o ddiwrnod hir a dwi'n barod am fy ngwely. A thitha hefyd, gobeithio,' ychwanegodd gyda gwên awgrymog. 'Dwi'n dal i aros am fy mis mêl!'

'Mis mêl o gythral! Bwrw swildod ddeudwn ni yn Gymraeg. Ond mi wnest ti hynny'n bell iawn yn ôl.' A gadawodd i'w llaw lithro i lawr ei gefn i roi pinsh chwareus i'w ben-ôl.

'Rwyt ti'n mynd i swnio'n debycach i Ap bob dydd! Wel bwrw swildod amdani, 'ta! Ond cyn hynny, mi faswn i'n mwrdro brechdan gig a phanad o goffi.'

'A dyna flaenoriaetha'r Semtecs enwog!' Smaliodd edrych yn ddig. 'Ei fol o flaen pob dim arall! Dos drwodd at mam a 'nhad, wir dduw, a gwna rwbath i dawelu'u hofna nhw. Maen nhw wedi sylweddoli ers ben bora bod 'na rwbath go fawr ar droed. A phaid â chodi dy lais, beth bynnag wnei di,' ychwanegodd, 'rhag ofn iti ddeffro'r cythral bach o fab 'na sgen ti. Mae o wedi bod fel darn o'r diawl ei hun drwy'r dydd ac mae mam a 'nhad a finna wedi llwyr ymlâdd efo fo.'

Prin y cafodd Sam gyfle i dynnu'i ddillad lledar ac i gyfarch ei rieni-yng-nghyfraith cyn bod curo taer ar ddrws y ffrynt. Rhuthrodd Rhian o'r gegin i'w agor a chael Sam, yn sydyn, yn ymuno efo hi.

'Gad i mi neud!'

Gwnaeth sioe o agor dim ond cil y drws, fel pe bai eisiau cadarnhau nad oedd unrhyw fygythiad o'r tu allan, a gwelodd lygaid y ddau a safai yno yn agor led y pen. Tu ôl iddyn nhw ar lwybyr yr ardd safai dau arall efo golwg bryderus ar eu gwyneba. Roedd Sam yn cofio gwyneb un o'r rheini'n iawn.

'O! A phwy dach chi?' Roedd y gwyneba'n ddrych o syndod ac amheuaeth, a gwyddai Sam fod gynnau parod ynghudd o dan y cotia.

Smaliodd ynta'i syndod wrth glywed y cwestiwn. 'Pwy ydw i? Yn bwysicach, pwy uffar dach chi?'

'Fedra i gael gair efo Mrs Turner, os gwelwch yn dda?'

'O! Isio gair efo'r wraig ydach chi?' Ac agorodd y drws led y pen i ddangos Rhian yn sefyll wrth ei ochor.

'O! Chi ydi *Mr* Turner?' Ond doedd syndod y llais ddim i'w weld yn y gwyneb erbyn hyn. 'Maddeuwch i mi. Doeddwn i ddim yn eich nabod chi . . . '

'Paid â deud celwydd, y diawl,' meddai Sam wrtho'i hun. 'Rwyt ti wedi cael pob gwybodaeth bosib amdana i, siŵr dduw!'

' . . . Ond mae'n rhaid inni tsecio, os nad ydach chi'n meindio, syr.' Trodd at Rhian. 'Wnewch chi gadarnhau mai'ch gŵr chi ydi'r dyn yma, Mrs Turner, a bod pob dim yn iawn efo chi yn y tŷ?'

Gwenodd Rhian yn annwyl arno. 'Ia. Yn gam neu'n gymwys, mae gen i ofn mai hwn ydi'r dyn dwi wedi'i briodi. Duw'n unig a ŵyr pam!'

Gwnaeth Sam sioe o'i thagu, er mawr embaras i'r ddau tu allan.

'Wel, fedrwch chi ddeud o ble daethoch chi 'ta, Mr Turner? A phryd? Dyma'r tro cynta inni'ch gweld chi a welson ni mo'noch chi'n cyrraedd y tŷ.'

Efo gwyneb diniwed, di-wên, meddai Sam, 'Rhyw dri neu bedwar munud yn ôl, a deud y gwir. Mae'n rhaid eich bod chi'n rhy brysur yn mwynhau'r *fireworks* 'na i lawr y lôn.'

Duodd gwyneba'r ddau wrth dderbyn cadarnhâd o'u hamheuon. 'Mae gynnon ninna'n gwaith i'w neud hefyd,

Mr Turner, ac rydan ni'n awyddus i'w neud o hyd ora'n gallu. Nos da.' Gyda hynny, trodd y ddau efo'i gilydd ac ymuno efo'r lleill ar y llwybyr.

'Pam oeddat ti isio gneud ffyliaid fel'na ohonyn nhw, Sam?'

'Nid dyna'r bwriad. Fe ges i addewid y byddai dynion gora MI5 neu *Special Branch* yn cadw golwg arnoch chi yn fa'ma. Wel, os mai rhai fel'na ydyn nhw, yna diolch i Dduw ddeuda i nad yr ail-ora gafodd eu hanfon!'

Weddill byr y min nos, fe geisiodd Sam neud yn fach o fygythiad Zahedi yng ngŵydd rhieni Rhian. Synhwyrai fod y ddau yn teimlo'n dipyn bodlonach wedi cael eu mab-yng-nghyfraith o dan yr un to â nhw.

* * *

Cyrhaeddodd yr Eurostar orsaf Cheriton, ger Folkestone, ar amser. Ar ôl bodloni golygon manwl a drwgdybus Gwŷr y Tollau, prysurodd rhai teithwyr at y platfform lle caent drên yn syth i ganol Llundain, tra bod eraill yn meddwl mwy am gael eu ceir yn ddiogel oddi ar wagenni pwrpasol yr Eurostar. Un neu ddau yn unig o deithwyr cyson a sylwodd fod swyddogion y tollau yn fwy trwyadl nag arfer. Fe stopiwyd amryw o ddynion i studio'u pasport ac i'w holi, a Karel Begh yn un o'r rheini, ond ymhen hir a hwyr fe fodlonodd yr awdurdoda ar ei bapura teithio ynta, yn ogystal â rhai ei 'fam' fud a byddar, a rhoddwyd caniatâd i'r Ford Escort glas adael. Ond nid 12 Tacket Road, Ipswich, sef y cyfeiriad ar eu pasport, oedd cyrchfan yr un o'r ddau.

Unwaith y teimlodd hi'r Escort yn mwynhau rhyddid yr M2, dechreuodd Carla Begh ddadwisgo a thynnu'r colur oddi ar ei gwyneb. Yn hwylus iawn, roedd y dillad yn ei bag – sef y rhai a adawyd ar ôl yn St Omer rywdro gan ei gŵr anghofus! – yn ei ffitio fel maneg. Roedd y wlanen wlyb yn ddefnyddiol dros ben hefyd i gael y colur trwchus oddi ar ei gwyneb ac yn arbennig allan o'r creithia hyll oedd yn anharddu'r ddwy foch. Chwarddodd Karel, y 'mab', mewn rhyddhad yn fwy na dim arall, wrth weld y gweddnewidiad. Ond ddaeth dim math o ymateb i wyneb ei 'fam'. Nid bod hynny'n ei synnu, chwaith, oherwydd doedd o, mwy na neb arall a'i hadwaenai, erioed wedi gweld Zahedi'n gwenu.

Yn unol â'r trefniant ac â manylion y pasport newydd, Yunus Hikmet oedd Carla Begh bellach. Pe gofynnid, contractwr o wlad Twrci oedd o, ar ymweliad â Phrydain i chwilio am y cwmni sment a fyddai fwya tebygol o fedru cyflenwi archeb enfawr ganddo, ac un a allai gynnig hefyd y pris mwya cystadleuol, oherwydd mai i'w gwmni ef y rhoddwyd cyfran helaeth o'r gwaith o ail godi trefi fel Gerede a Corum a Tosya yn dilyn daeargryn erchyll 1999. Fe gâi ei gyfaill iau, gyrrwr yr Escort, gadw'r enw Karel Begh, y Romani oedd â'i deulu'n hanu'n wreiddiol o ddwyrain Tsiecoslofacia.

Ugain munud wedi hanner nos, meddai cloc y car o'i flaen. Llundain ymhen awr a hanner falla? Llawn cystal cyrraedd fan'no yn hwyr y nos, beth bynnag, a chyn cau llygad i ddwyn cyntun yn ystod y daith, gwnaeth Zahedi unwaith eto'n siŵr fod y cyfeiriad yn Lambeth yn saff ganddo.

Pennod 7

Deffrowyd Sam am ddeng munud i saith drannoeth gan ei fab, wrth i hwnnw daflu ei hun yn chwerthinog ar gorff cysglyd ei dad a dechra 'i ddyrnu'n chwareus. 'Aw! Aw! Aw!' gwaeddodd Sam, gan smalio sŵn crio mewn poen, ond bu'n rhaid iddo chwerthin yn syth wrth weld y pryder yn ymddangos ar wyneb y bychan teirblwydd.

Mwynhaodd y munuda hynny efo'i deulu. Anamal y byddai'n manteisio ar gyfle i oedi yn ei wely ben bore. Gartre yn Hen Sgubor, byddai wedi codi ers meitin ac erbyn rŵan wedi cwbwlhau o leia bum milltir o redeg ar lethra'r Gamallt. Ond bore 'ma, bwriadai gadw'n glòs at ei deulu, a pharhau i neud hynny nes y câi wybodaeth fanylach ynglŷn â Zahedi. Siawns y byddai Grossman yn ei ffonio yn ystod y dydd.

Wrthi'n gorffen ei goffi canol bore ac yn darllen hanes cythrwfwl arall yn y Dwyrain Canol ym mhapur y *Times* yr oedd pan ganodd cloch y drws. Gwelodd bryder yn cronni'n syth ar wyneb ei fam-yng-nghyfraith a synhwyrodd dyndra sydyn ei gŵr. Yn reddfol, a chan smalio mwytho, daeth Rhian hefyd i godi Semtecs Bach o ganol ei geir a'i degana.

'Mr Sam Turner!' Y ddau a gollodd eu car a'u gynnau neithiwr oedd ar y trothwy, a sylwodd Sam fod un ohonyn nhw wedi gwthio'i droed ymlaen i neud yn siŵr na châi'r drws mo'i gau yn eu gwyneba. Tu ôl iddyn nhw safai dau blismon lifrog. 'Rydan ni yma i archwilio'r tŷ, ac mi fydden ni'n gwerthfawrogi'ch cydweithrediad yn fawr iawn, syr.'

Syr! meddyliodd Sam. Parch yn wir! A phenderfynodd y dylai fod yn gleniach efo'r ddau. Gneud eu gwaith oedden nhw, wedi'r cyfan. A gwarchod Rhian a Tecwyn oedd eu blaenoriaeth. Gwenodd. 'Os mai isio fy holi i dach chi, yna dowch i mewn. Ond pam chwilio'r tŷ?'

'Oes, mae 'na gwestiyna i'w hateb, ond yma i chwilio'r tŷ ydan ni'n benna ac mae'r hawl cyfreithiol gynnon ni i neud hynny.' Daliodd y warant i Sam ei darllen.

'Nid fy nhŷ i ydi o, felly nid i mi y dylech chi ofyn. Ond fedrwch chi ddeud wrtha i *pam* dach chi isio chwilio? . . . Ac am be?'

'Fe wyddost ti be yn iawn, Turner.'

A! meddyliodd Sam. Lle mae'r parch wedi mynd, mwya sydyn?

Roedd yn chwarter wedi hanner dydd arnyn nhw'n gorfod cydnabod nad oedd y gwn gafodd ei ddwyn y noson cynt wedi ei guddio ym myngalo Bob a Nan Gwilym.

'A rŵan, Turner, mae gynnon ni warant arall, i chwilio dy gartra *di* y tro yma.'

Ofer dadla, a rhoi esgus iddyn nhw ei gymryd i'r ddalfa. 'Reit! Mi ddo i efo chi, ond cymrwch rybudd! Os digwydd rwbath i 'ngwraig a 'mhlentyn i yn y cyfamsar, yna mi fydd 'na ddiawl o le!'

Crechwen oedd unig ymateb y ddau, a dalltodd Sam fod dau arall yn bwriadu cadw golwg ar y tŷ.

Yn ystod y daith ddeugain munud, fe gadwodd y ddau blismon gwmni i Sam yn sedd gefn y Vectra. Fwy nag unwaith fe daflwyd cwestiwn ato o'r seddi ffrynt, petha fel, 'Be wnest ti efo'r car, Turner?' a 'Mae dwyn gynna'n fwy o drosedd na dwyn car, hyd yn oed. Lle cuddist ti nhw?' Ond câi pob cwestiwn ei ateb efo cwestiwn arall, wedi'i anelu at y plismyn o boptu iddo, a hynny mewn goslef yn awgrymu diniweidrwydd – 'Am ba gar maen nhw'n sôn?' neu 'Pwy fuodd mor flêr â cholli car?' neu 'Mae'n anghyfreithlon i neb gario gwn, ydi hi ddim, cwnstabl?' Drwy'r cyfan, fodd bynnag, roedd Sam yn difaru rhywfaint am yr hyn a wnaethai. Oedd, roedd o wedi profi ei bwynt iddyn nhw yn Llundain, a'r tebyg oedd mai'r criw di-wyneb yn

Vauxhall Cross, sef pencadlys y gwasanaetha cudd ar lan ddeheuol y Tafwys, oedd tu ôl i'r erlid yma rŵan. Naill ai nhw neu adran *Special Branch* yn Scotland Yard. Ond cam annoeth ar ei ran fu gelyniaethu'r hogia oedd yn gwarchod ei deulu. Rhy hwyr i ddifaru rŵan, beth bynnag, oherwydd ei unig ddewis bellach oedd cynnal y ddrama i'w therfyn.

Fel roedden nhw'n nesu at bentre Rhiwogof, gwyrodd y gyrrwr drosodd at glust ei gyfaill a sibrwd rhywbeth a roddodd gychwyn i drafodaeth ddistaw. Medrodd Sam ddallt digon i ddilyn eu bwriad. Y peth cynta ar eu hagenda, yn ôl pob golwg, oedd stopio i chwilio am ' . . . y gwn a gafodd ei daflu i'r coed . . . '. Gwenodd yn llydan wrth ddychmygu'r hyn oedd ar fin digwydd, a hynny efo dau blismon yn dystion i'r cyfan.

Daeth clician yr *indicators* i hysbysu pawb bod y Vectra ar fin tynnu i mewn i'r chwith a chododd aelia'r ddau blismon lifrog wrth weld y car yn anelu am *lay by* mor guddiedig. Fe'u synnwyd yn fwy pan roddodd y gyrrwr droed ffyrnig ar y brêc wrth i'r Rover 220 ddod i'r golwg yn yr union le ag yr oedd wedi ei weld ddiwetha.

Mewn dryswch llwyr, dringodd y ddau aelod o *Special Branch* allan o'r Vectra gyda rhybudd chwyrn i'r plismyn 'gadw golwg ar Turner'. Cyn i'r drysa gau o'u hôl, fodd bynnag, fe glywyd un yn ymateb i sylw gan y llall. 'Paid â gofyn peth mor wirion! Wrth gwrs 'mod i'n siŵr nad oedd o yma neithiwr pan ddaru ni basio yn y *patrol*.'

O gefn y Vauxhall, gwyliodd y tri ohonyn nhw y ddrama'n datblygu. I ddechra, eu gyrrwr eiliad yn ôl yn canfod goriada'r Rover ar sychwr y sgrin wynt ac yn gwyro 'mlaen i'w hawlio. Llawer o ddefnyddio dwylo wedyn i awgrymu dryswch hwnnw a'i fêt. Yna drws y Rover yn cael ei agor ac, ymhen munud neu ddau, stumiau buddugoliaethus i ddangos bod y gwn a guddiodd Sam o dan y sedd wedi cael ei ddarganfod. Y ddau wedyn yn dechra sathru drwy'r gwair a'r drysi lle tybient fod yr ail wn wedi glanio neithiwr. Dod o hyd iddo ymhen hir a hwyr, a'r rhyddhad yn amlwg eto ar eu gwyneba.

Drwy'r cyfan, roedd y ddau blismon o boptu Sam yn llawn chwilfrydedd yn yr hyn oedd yn digwydd, a chododd Sam ynta 'i sgwydda mewn ystum i awgrymu bod y ddrama'n ddirgelwch iddo ynta hefyd.

Erbyn i'r ddau ddod yn ôl i'r car roedd eu gorfoledd wedi rhoi lle i ddüwch gwep. 'Doniol iawn, Turner!' meddai un yn sur. *'Very bloody funny!'* 'Y bastad!' meddai'r llall o dan ei wynt. Y tro yma, fe ddaeth stumia diniwed Sam â gwên i wyneba'r ddau blismon, a lledodd y wên honno pan ddalltson na fyddai angen defnyddio'r ail warant wedi'r cyfan ac y caen nhw rŵan fynd yn ôl yn syth i Bwllheli.

Pennod 8

Er i adran Syr Leslie Garstang fod wrthi'n brysur iawn yn ystod y tridia nesa, chydig iawn o ddatblygiada a fu. Roedd y rhybudd fod Zahedi wedi croesi i Brydain wedi cyrraedd pencadlys MI6 yn Vauxhall Cross yn fuan iawn wedi'r digwydd. Wedi i bedwar o Saeson ifanc gofidus gerdded i mewn i swyddfa'r *gendarmerie* lleol yn Amiens i gwyno bod eu Ford Escort glas wedi'i ddwyn o faes parcio'r Café Maison tra oedden nhw'n bwyta, a phan ddarganfuwyd, rai oria'n ddiweddarach, bod Citroën Dianne bychan, a gafodd ei ddwyn ym Mharis ddeuddydd ynghynt, wedi'i adael ar ôl yn yr un maes parcio, yna fe gysylltodd yr heddlu lleol yn syth efo'r Sureté yn y brifddinas. Fu rheini wedyn ddim yn hir cyn gweld cyswllt posib rhwng y ddau ddigwyddiad a'u hymchwiliad nhw eu hunain i hynt a helynt y terfysgwr Zahedi. Eu cam nesa fu cysylltu'n uniongyrchol efo Scotland Yard ac MI6 yn Llundain, yn ogystal â hysbysu Interpol.

Ar lawr ucha'r pencadlys yn Vauxhall Cross ar lan ddeheuol y Tafwys, fe dreuliodd Syr Leslie oria hir yn troedio carped ei swyddfa, naill ai'n cyfarth cwestiyna neu gyfarwyddiada i mewn i'w ffôn neu'n aros yn ddiamynedd iddo ganu. Yn agored ar ei ddesg roedd ffeil a anfonwyd iddo o gofrestrfa ganolog MI6 chydig eiliada ynghynt. Rhif yn unig oedd ar y ffeil honno – M4202UKN – sef rhif yr asiant cudd yr oedd o mor daer i gysylltu â fo. Yn ei feddwl, roedd ganddo enw hefyd ar yr asiant hwnnw – 'Saqqiz'.

Fel pob un arall ar y 'Rhestr UKN', asiant rhan-amser i MI6 oedd Saqqiz. Fe'i cyflogwyd bron i dri mis yn ôl, yn dilyn yr alwad ddiweddara o Iran – yn enw'r *mullah* Ali Khamenei y tro hwn – i *'ddileu Israel oddi ar fap y byd'*. Wrth neud y cyhoeddiad hwnnw, yn ystod wythnos gynta'r mileniwm newydd, roedd Khamenei hefyd wedi mynd cyn belled â chyhuddo Syria, hyd yn oed, o frad ac wedi galw Yasser Arafat, arweinydd y Palesteiniaid, nid yn unig yn fradwr ond yn *idiot* yn ogystal. A'r hyn a ysgogodd ei sylwada eithafol, mae'n debyg, oedd agwedd oddefol, gymodlon bron, y PLO a Syria tuag at yr Iddewon.

Ar y pryd, roedd ymosodiad Khamenei wedi creu cryn dipyn o gynnwrf yng nghoridora'r CIA yn Langley ac MI6 yma yn Vauxhall Cross, heb sôn am yng nghabinet y Knesset yn Jeriwsalem, a bu Syr Leslie, yn y cyfnod hwnnw, yn brysur iawn yn mynychu pob math o gynadledda cyfrinachol, yn Washington, Llundain, Paris, Tel Aviv-Yafo, Damascus . . . Bu hefyd mewn cyswllt cyson efo'i weithwyr yn y Dwyrain Canol, a ffrwyth y cyswllt hwnnw, yn y pen draw, fu ychwanegu asiant M4202 i restr UKN y gwasanaeth cudd.

O'r cychwyn, wrth yr enw Saqqiz y meddyliai Syr Leslie amdano, oherwydd mai yn y dre honno yng ngorllewin Iran y cafodd M4202 ei eni a'i fagu, yn fab hyna i deulu o Gwrdiaid tlawd. Fel Zahedi, roedd hwn hefyd wedi gweld erlid hir a dwys ar ei bobol ac, fel Zahedi, roedd ynta wedi troi at derfysgaeth yn ifanc, yn rhannol er mwyn cael bodloni'r ysbryd dial oedd ynddo a hefyd oherwydd y freuddwyd oedd ganddo ynta am weld sefydlu Cwrdistán annibynnol i'w bobol. Er nad oedd eto ond pedair ar hugain oed, fe dreuliodd Saqqiz y rhan fwya o'i ddyddia yng nghwmni dynion chwerwa a pherycla'r byd.

Roedd Syr Leslie wedi rhag-weld, yn ôl ym mis Ionawr, y gallai Saqqiz fod yn gyswllt gwerthfawr iddo. Ac mi fyddai rŵan, meddyliodd . . . pe bai posib cael gafael arno!

* * *

Nid Dirprwy Gyfarwyddwr MI6 oedd yr unig un i

ddiodde dyddia rhwystredig. Buan y blinodd Sam Turner, hefyd, ar segurdod cartre'i rieni-yng-nghyfraith ym Mhwllheli, er mor gysurus oedd y tŷ hwnnw, ac er mor ddifyr y gallai cwmni Semtecs Bach fod. Wrth i'w ail ddiwrnod yno ddod i'w derfyn, dechreuodd regi mwy a mwy ar Grossman, am nad oedd hwnnw wedi ei ffonio gyda gwybodaeth. Fe driodd gysylltu efo fo droeon ar ei rif mudol, ond roedd ffôn yr Iddew yn farw bob tro. Fe ffoniodd y Swyddfa Dramor hefyd, deirgwaith, ond doedd Caroline Court ddim ar gael i dderbyn galwada. 'Hynny'n deud llawar!' meddai Sam wrtho'i hun.

Yr hyn oedd yn ei wylltio fwya oedd bod ei draed a'i ddwylo wedi'u clymu gan ansicrwydd ac anwybodaeth. Lle'r oedd Zahedi? Dyna'r cwestiwn mawr. Os oedd o'n ddigon pell o hyd, yna doedd dim rheswm o gwbwl dros yr hunan-gaethiwed yma. Ond, os oedd y Cwrd lloerig ar ei ffordd i ogledd Cymru . . . neu'r eiliad 'ma, falla, yn llechu tu allan gan aros ei gyfle i ddial trwy ddullia gwaedlyd . . . Ysgydwodd y syniad o'i ben cyn iddo gael cyfle i ffurfio'n iawn.

Am y canfed tro, diawliodd Sam ei sefyllfa. Oni bai am Rhian, ei wraig, a Tecwyn Gwilym, ei fab, fe allai fentro allan i chwilio am Zahedi. I Lundain . . . i Baris pe bai raid! Dyna fyddai ora ganddo, wrth gwrs . . . cael bod yn weithredol . . . cydweithio efo Grossman . . . ond roedd yn rhaid iddo styried be allai ddigwydd yn y cyfamser. Mi allai Zahedi fod wedi cyrraedd gogledd Cymru. Mi allai fod yn aros amdano, yr eiliad 'ma, efo gwn, neu efo bom barod fel ag yn achos Grossman yn Jeriwsalem. Os felly, iawn. Roedd Sam yn fwy na pharod i gymryd y risg honno. Ond beth pe bai'r Cwrd ond yn aros ei gyfle i ymweld â'r tŷ? Beth pe bai o'n cipio Rhian a'r plentyn? Beth pe bai o'n . . .

Gwrthodai Sam hyd yn oed ystyried y posibilrwydd hwnnw. Roedd jyst meddwl am Zahedi'n dial ar ei deulu yn yr un ffordd ag y bu iddo ddial ar deulu Signorelli yn y Villa Capri erstalwm, yn ddigon o reswm i Sam dderbyn, os nad bodloni, ar garchar Llecyn Glas. O leia fe allai gadw llygad ar ei wraig a'i blentyn yn fa'ma, tra bod MI5, neu *Special Branch*, neu pwy bynnag, yn gwarchod y stryd tu allan. Ond am ba hyd? 'Damia di, Grossman! Pam uffar na ddoi di i gysylltiad?'

Ia! Ar Grossman yr oedd y bai, meddyliodd. Hwnnw, wedi'r cyfan, oedd â'r syniad gora lle y gallai Zahedi fod. Falla nad oedd y peryg yn ddim nes na Llundain! Neu Paris, hyd yn oed! 'Os felly, rwyt ti'n gwastraffu d'amser yn fa'ma, Sam, ym mhen draw'r byd, yn llechu fel rhyw gwningan ofnus. Falla bod Zahedi yn ôl yn y Dwyrain Canol erbyn rŵan. A Grossman a'i griw wedi ei ddilyn i fan'no!'

Roedd y meddylia'n anniddigo mwy fyth arno, yn ei neud yn fwy a mwy diamynedd efo pawb o'i gwmpas, hyd yn oed efo Semtecs Bach. Yn oria effro'r nos honno, un cwestiwn oedd ar feddwl Sam – 'Pa mor hir eto fedra i ddiodda'r segurdod caeth yma?'

* * *

Heb yn wybod i Sam Turner, fe dreuliodd Marcus Grossman, hefyd, rai dyddia rhwystredig iawn. Ers ei gip ola o Zahedi ar risia claerwyn y Sacre Coeur, a'i golli wedyn yn strydoedd culion Montmartre, roedd yr Iddew wedi bod mor brysur â neb. Rhyngddynt, fe lwyddodd y tri – Jacob, Leon ac ynta – i symud corff Tomas yn ddirgel i lawr oddi ar do'r adeilad ar yr Avenue Niel ac i'r Citroen, cyn ei drosglwyddo wedyn i ofal y llysgenhadaeth ar y Rue Rabelais. Yna buont ddiwrnod cyfan, a hanner un arall, yn holi ac yn stilio. Welwyd mo Yasir Benir, alias Zahedi, yn dychwelyd i'r *pension* rhad ar y Rue St Fargeau, a doedden nhw'n synnu dim chwaith na ddaru'r un o'r Cwrdiaid eraill fentro'n ôl i'r selar ar yr Avenue Niel.

Wrth i'r oria diffrwyth lusgo heibio, fe aeth Grossman i osod ei holl obeithion ar addewid cyfrinachol a gawsai gan André Weizmann, yr hanner-Iddew, hanner-Ffrancwr oedd yn inspector gyda'r Sureté. Gyda chryn gyndynrwydd yr oedd hwnnw wedi addo helpu – yn enwedig pan ddalltodd mai aelod o'r Mossad oedd yn gofyn – ond fe addawodd o'r diwedd drosglwyddo'r wybodaeth oedd gan yr heddlu ym Mharis am y Cwrdiaid a fu'n lojio ar yr Avenue Niel. Fe addawodd hefyd ffonio gydag unrhyw newyddion a ddeuai i mewn ynghylch Zahedi.

Roedd enw'r inspector wedi cael ei awgrymu i Grossman gan rywun yn y llysgenhadaeth. 'Mae Weizmann lawn cymaint o Iddew ag ydio o Ffrancwr.' Dyna ddeudwyd. 'Mi fydd yn barod i helpu, dwi'n siŵr.' Ond nid felly y bu hi mewn gwirionedd, oherwydd doedd y ditectif ddim wedi bod mor awyddus â hynny i gynnig cymorth, ond fe gytunodd o'r diwedd pan ddalltodd be oedd gwir fygythiad Zahedi yn y Dwyrain Canol. 'Dwi'n gaddo gneud be fedra i . . . ' Dyna'i eiria. ' . . . ond yn hollol gyfrinachol, cofia! Pe bai rhywun arall yn dod i wybod fy mod i wedi trosglwyddo gwybodaeth i'r Mossad . . . !'

Yr addewid hwnnw, meddai Grossman wrtho'i hun rŵan, oedd eu hunig obaith bellach.

Fe ddaeth yr alwad hir-ddisgwyliedig ymhen y tridia, pan oedd Grossman wedi dod i ben ei dennyn ac wedi dechra gneud trefniada i fynd â'i dîm draw i Brydain, doed a ddêl. Ar ei ffordd i'r llysgenhadaeth, i ofyn i'r rheini neud y trefniada angenrheidiol, yr oedd o pan ganodd y mudol yn ei boced.

'Marcus Grossman?'

'Weizmann? Ti sy 'na? Diolch i Dduw! Unrhyw newydd?'

Yn Ffrangeg y gofynnwyd y cwestiwn, ond daeth yr ateb yn iaith yr Iddew.

'Dyma'r cyfle cynta imi fedru cysylltu. Sori!' Ond doedd dim sŵn ymddiheurol yn y llais, chwaith. 'Y Cwrdiaid i ddechra. Pedwar i gyd. Tri ohonyn nhw'n aros ar yr Avenue Niel ers tro. Myfyrwyr yn y Sorbonne. Y pedwerydd wedi ymuno efo nhw'n weddol ddiweddar. Yn fuan wedi i hwnnw gyrraedd Paris, fe ddaeth cais oddi wrth Interpol am inni gadw llygad ar bob un ohonyn nhw. Lle cry i gredu fod ganddyn nhw gysylltiad uniongyrchol efo mudiad terfysgol y PKK yn y Dwyrain Canol. Ama cynllwyn i ymosod ar ganolfanna Iddewig ym Mharis – y llysgenhadaeth, y deml, swyddfeydd El Al . . . Interpol yn credu bod celloedd tebyg yn targedu sefydliada Iddewig ym mhob un o brif ddinasoedd gorllewin Ewrop – Llundain, Amsterdam, Brwsel, Berlin, Rhufain . . . Washington hefyd, mae'n debyg! Fedra i ddim deud fy mod i'n dallt yn iawn pam.'

Gwnaeth Marcus Grossman sŵn chwerthin chwerw yn ei wddw. 'I dynnu sylw at hawl y Cwrd i gael gwlad gydnabyddedig iddo'i hun.'

'Ond pam targedu'r Iddewon? Sut mae hynny'n mynd i hyrwyddo'u hachos nhw?'

'Am mai ni, yr Iddewon, ydi *whipping boys* y Dwyrain Canol, Weizmann! Dyna iti pam! Pa well ffordd o dynnu sylw at eu hachos na bygwth heddwch yr ardal? A pha ffordd well o neud hynny na chwara'r cardyn gwrth-Semitig? A pha ffordd sicrach o hawlio sylw gwledydd NATO na chreu bygythiad i'w cyflenwad olew nhw? . . . '

'Ond pam Israel?' Doedd Weizmann ddim eto'n dallt. 'A pham Paris a Llundain, mwy na Damascus neu Ankara?'

O feddwl bod gwaed yr Iddew mor dew ynot ti, rwyt ti'n naïf ar y diawl, meddyliodd Grossman, ond ddeudodd o mo hynny, rhag tramgwyddo. Yn hytrach, gofynnodd, 'Be wyt ti'n feddwl fasa'n digwydd pe bai'r Cwrdiaid yn dechra chwythu llefydd i fyny yn Damascus neu Ankara?'

'Wel, mi fasa Syria a Twrci yn siŵr o ddial arnyn nhw'n syth.'

'Yn hollol!'

'Fasa hynny ddim yn tynnu llawn cymaint o sylw at eu hachos nhw?'

Methodd Grossman â mygu ochenaid ond llwyddodd i gadw'i ymateb yn amyneddgar ac yn gwrtais. 'Na fasa! Dyna'r drwg! Mae'r Cwrd wedi bod yn creu helynt yn y Dwyrain Canol ers blynyddoedd lawar. Mae o wedi gneud ei hun yn ddraenen yn ystlys Twrci erstalwm iawn, yn enwedig o dan arweiniad Abdullah Ocalan, arweinydd y PKK, nes i hwnnw gael ei ddal yn ddiweddar. Ac mae Twrci, fel Irac ac Iran wrth gwrs, a hyd yn oed Armenia ac Aserbaijân i radda llai, wedi gneud eu siâr dros y blynyddoedd o ddial ar y Cwrd. Ond faint o sylw mae gwledydd y gorllewin wedi'i roi i'w hachos nhw? Dim *hyn'na!* I bwysleisio'i bwynt, rhoddodd Grossman glec rhwng bys a bawd. 'O!' ychwanegodd, mewn goslef fwy nawddoglyd, 'wrth gwrs bod gwledydd y gorllewin wedi gneud sioe o godi llais i feirniadu'r erlid. Gneud eu protest fach ragrithiol, jyst i awgrymu nad ydyn nhw'n cymeradwyo be sy'n digwydd. *Ddylech chi ddim gneud hyn'na*, meddan nhw, *ond eich problem chi ydi hi, wedi'r cyfan, a fedrwn ni ddim ymyrryd.* Wyt ti'n gweld, Weizmann, gan nad oes ganddyn nhw wlad fel y cyfryw . . . gan nad ydyn nhw ddim yn gwsmeriaid i brynu arfa ac ati gan Ffrainc a Phrydain . . . ac America wrth gwrs! . . . yna dydi'r Cwrdiaid ddim yn bwysig yn nhrefn petha. Sut bynnag, mi fyddai'n rhaid i rwbath mawr iawn ddigwydd cyn i NATO ochri efo'r Cwrd a thrwy hynny fentro tynnu blewyn o drwyn gwledydd Islam. A dyna y mae Zahedi a'i griw yn ei sylweddoli, wrth gwrs. Os ydyn nhw isio tynnu sylw go iawn at eu hachos, yna'r unig ffordd o neud hynny ydi trwy godi gwrychyn Gorllewin Ewrop. Trwy ddod â'u problem i fan'ma . . . trwy ddod â

therfysgaeth i'r rhan yma o'r byd, a hynny ar raddfa eang
. . . yna mi fyddan nhw'n gorfodi gwledydd fel Ffrainc a
Phrydain, a'r Unol Daleithia hefyd, i rwbath mwy na jyst
siarad gwag. Fedri di ddim gweld be fydd yn digwydd?
Ymhen hir a hwyr, mi fydd gwledydd yr Undeb
Ewropeaidd yn galw am gynhadledd ym Mrwsel neu
Strasbwrg i drafod y sefyllfa. Mi fydd gwledydd NATO
yn gneud yr un peth, er mai'r un rhai fyddan nhw, i bob
pwrpas. Cynadledda rhyngwladol i drafod y cynnydd
mewn terfysgaeth yn Ewrop. Ac yn sgil y trafod, mi geith
cwestiwn Cwrdistán ei godi hefyd, wrth gwrs. A hira'n y
byd y pery'r trafod, a pho fwya o gynadledda geith eu
trefnu, yna mwya'n y byd y daw'r galw am degwch i'r
Cwrdiaid.'

'Ond fedar NATO, hyd yn oed, ddim jyst creu gwlad
newydd ar eu cyfer nhw.'

Roedd inspector y Sureté yn dangos cryn ddiddordeb
a chwilfrydedd erbyn rŵan a theimlai Grossman
reidrwydd i ddal pen rheswm efo fo, o leia hyd nes y câi
ef y wybodaeth oedd wedi cael ei haddo. 'Na. Ddim am
flynyddoedd lawar, mae'n siŵr. Ond rhoi cychwyn i'r
broses sy'n bwysig i Zahedi a'i griw. Maen nhw gwbod y
tyfith petha wedyn fel caseg eira. Ti'n gweld, Weizmann,
trwy dargedu Israel, be maen nhw'n ei neud ydi atgoffa
Ffrainc a Phrydain o be ddigwyddodd yn 1920 pan aeth
y ddwy wlad yn ôl ar eu gair, a gwrthod arwyddo
Cytundeb Sèvres. Mi fasa'r cytundeb hwnnw wedi creu
Cwrdistán newydd, ond roedd yn well gan Ffrainc a
Phrydain, trwy arwyddo Cytundeb Lausanne dair
blynedd yn ddiweddarach, bechu yn erbyn y Cwrdiaid
nag yn erbyn gwledydd olew-gyfoethog fel Iran ac Irac a
Syria. Cytundeb Lausanne yn 1923 oedd yr un ddaru roi
sêl bendith ar gadw'r Cwrdiaid ar chwâl yn y Dwyrain
Canol. A dydi'r ffaith fod Prydain, chydig flynyddoedd
yn ddiweddarach, wedi rhoi cartre sefydlog i ni'r
Iddewon ym Mhalesteina, ddim wedi helpu petha, wrth

gwrs. I'r Cwrd, mae Prydain yn euog o ragrith ac o weithredu safona dwbwl. Mae ganddo le i fod yn chwerw, does dim dwywaith am hynny . . . ' Teimlai Grossman ei fod wedi cynnig digon o eglurhad. 'Fel y gweli di, Weizmann, dydi gwleidyddiaeth ddim wedi newid rhyw lawar dros y blynyddoedd!'

Oedodd wedyn yn ddigon hir i'r ditectif synhwyro chwerwedd ei eiria ac iddo hefyd fedru amgyffred y sefyllfa oedd wedi cael ei hegluro iddo. Yna aeth ymlaen. 'Pa wybodaeth sydd ar gael am y criw yn y selar ar Avenue Niel?'

'Ar dri ohonyn nhw, fawr o ddim byd amheus. Dau lanc, un ferch – myfyrwyr yn y Sorbonne, un yn dilyn cwrs ar Wleidyddiaeth a Diwygio Gwleidyddol, *Politics and Political Reform*, un arall ar Wleidyddiaeth y Cyfryngau, *Media Politics*, a'r trydydd, sef y ferch, yn astudio Rhaglennu Cyfrifiadurol, *Computer Programming*, ac yn ymddiddori mewn ffotograffiaeth – ond mae'r pedwerydd yn stori wahanol. Reza Kemal, pedair ar hugain oed ac yn enedigol o dre Saqqiz yng ngogledd Iran. Rhyw dair wythnos sydd ers iddo ddod i aros efo'r myfyrwyr ar yr Avenue Niel. Yn 1994, ac ynta'n ddim ond deunaw oed, fe aeth drosodd i Twrci ac ymuno efo Plaid Gweithwyr y Cwrdiaid, neu'r PKK, o dan arweiniad Abdullah Ocalan. Fe wyddost ti am hwnnw?' Wedi clywed ebychiad o gadarnhad o ben arall y lein, fe aeth Weizmann ymlaen, 'O fewn blwyddyn roedd Kemal yn cael ei enwi fel un o'r tri therfysgwr perycla yn y wlad ac roedd Twrci yn cynnig gwobr gwerth can mil ffranc amdano, yn fyw neu'n farw . . . '

Hawdd dallt mai darllen y wybodaeth yr oedd y ditectif, a thra oedd wrthi'n gneud hynny rhegai Grossman o dan ei wynt. Fe wyddai gŵr y Mossad, cystal â neb, am Reza Kemal. Gwyddai pa mor beryglus y gallai'r Cwrd ifanc fod, ac fel roedd o wedi camu mor rhwydd i esgidia Ocalan ar ôl i hwnnw gael ei garcharu lai na dwy flynedd yn ôl. Cofiodd Grossman rŵan fel roedd y Mossad wedi cydweithio efo tîm comando o Dwrci i gipio Abdullah Ocalan allan o Kenya, lle'r oedd yn ceisio lloches wleidyddol ar y pryd. Rheswm arall, felly, pam bod y Cwrdiaid, rŵan, yn dewis Israel fel targed! Yn dilyn arestio Oscalan yn Chwefror '99, a'i gyhuddo nid yn unig o greu terfysgaeth yn y Dwyrain Canol ond hefyd o fod yn gyfrifol am yr ymosodiada ffrwydrol a gwaedlyd ar lysoedd cenhadaeth yr Unol Daleithia yn Nairobi a Dar es Salaam, roedd criw o Gwrdiaid ifanc wedi protestio trwy feddiannu llysgenhadaeth Israel yn Berlin. Pan saethwyd tri o'r protestwyr hynny'n farw gan filwyr yr Almaen, dyna pryd y dechreuodd Ewrop ac America gymryd sylw unwaith eto o argyfwng y Cwrdiaid yn y Dwyrain Canol. 'Sut bynnag,' meddai Grossman wrtho'i hun, 'os ydi Reza Kemal, yn ogystal â Zahedi, yn mynd i fod yn rhan o ymgyrch fomio yn erbyn Israel, yna mae gynnon ni glamp o dasg o'n blaena. Ac nid ni'n unig! Mi fydd yn gur pen go iawn i Interpol, ac mi fydd angen tipyn gwell cydweithio nag a fu rhwng MI6 a'r CIA a ninna.' Mwya'n y byd y meddyliai am y peth, mwya'n y byd oedd ei bryder. *Rhaid* i Omega fod yn llwyddiannus, meddyliodd. *Rhaid* cael gwared â Zahedi, unwaith ac am byth! . . . Kemal hefyd!

'Deud i mi, Weizmann. Oes gan y Sureté syniad ymhle mae Kemal rŵan? A be am Zahedi? Unrhyw wybodaeth ynglŷn â hwnnw?'

Clywodd sŵn papur o ben arall y lein wrth i André Weizmann droi tudalen. 'Y wybodaeth sydd gen i yn fan'ma . . . rhaid iti gofio nad ydw i ddim wedi bod yn gweithio o gwbwl ar y cês . . . ydi bod o leia ddau ohonyn nhw – Zahedi ac un arall – wedi croesi'r Sianel ers deuddydd . . . '

'Pa mor ddibynadwy ydi'r wybodaeth yna?' Ceisiai Marcus Grossman gadw'r cynnwrf o'i lais.

'Yn ôl ein hymholiada ni, tua hanner awr wedi deg fore dydd Iau yr ail o Fawrth, fe welwyd rhywun tebyg iawn i Zahedi yn neidio i mewn i gar Citroën Dianne coch tywyll, rhif 7442PL75, ar y Rue Championnet yn ardal Montmartre. Car wedi cael ei ddwyn yn yr un ardal ychydig funuda ynghynt oedd hwnnw. Yn gynnar drannoeth, fe gafodd yr un car ei ddarganfod ym maes parcio'r Café . . . ' Eiliad neu ddwy o oedi eto wrth i Weizmann neud yn siŵr o'i ffeithia. ' . . . Café Maison yn Amiens. Chydig oria cyn hynny, rywbryd rhwng hannar awr wedi naw a chwartar wedi deg ar y nos Iau, roedd Ford Escort glas wedi cael ei ddwyn o'r un maes parcio. Car o Brydain oedd hwnnw. Does dim angen llawer o ddychymyg i wybod be oedd wedi digwydd . . . Y tebyg ydi eu bod nhw wedi croesi efo'r Eurorail.'

'Fe ddeudist mai dau sydd wedi croesi. Zahedi'n un. Pwy oedd y llall?'

'Nid Kemal. Mae'n debyg ei fod o'n un o'r tri sy'n dal ar ôl yma, ym Mharis.'

Methodd Grossman guddio'i gynnwrf. 'Be? Dach chi'n gwbod lle mae rheini?'

'Wrth gwrs. Fel ro'n i'n deud wrthat ti, fe gawson ni gais gan Interpol i gadw golwg arnyn nhw.'

'Ond doeddach chi ddim yn gwylio'r selar ar yr Avenue Niel.'

'Wrth gwrs ein bod ni!' Daeth sŵn gwên i lais Weizmann ar ben arall y lein. 'Ond mi fu'n rhaid inni lacio'r rhwyd dipyn bach tra oeddet ti a dy ddynion yn gwylio'r lle.'

'Be? Roedd y Sureté'n gwbod ein bod ni yno?'

'Wrth gwrs! Er, cofia, wydden ni ddim pwy oeddech chi ar y pryd, sy'n egluro'r penderfyniad a wnaed i'ch gwylio chi o bell, i weld pa gysylltiad oedd gynnoch chi efo'r Cwrdiaid.'

'Ond be wnaeth ichi ama?' Doedd y syniad fod y Sureté wedi cael y gora arno fo a'i ddynion ddim yn plesio Grossman o gwbwl.

'Yn ôl y wybodaeth sydd gen i o mlaen yn fan'ma, mi gafodd *gendarmes* achos i stopio a holi rhyw ddau Iddew amheus yr olwg oedd yn crwydro'r Boulevard Bineau yn oria mân y bora. Roedden nhw'n chwilio am dy ffrind, meddan nhw. Cwrd! Wel! O wybod bod y Sureté yn cadw golwg ar y selar yn yr Avenue Niel, fe wnaeth y plismyn eu dyletswydd wrth gwrs, a'n hysbysu ni am yr hyn oedd newydd ddigwydd. Wedyn, pan ddaeth y pedwar ohonoch chi yn ôl i wylio'r selar, roedd y Sureté'n barod amdanoch chi.'

'Ac fe welson be?'

Oedodd Weizmann eto, i chwilio am y wybodaeth. 'Fe welson nhw Zahedi yn dengyd mewn Renault coch a chitha, dri ohonoch chi, ar ei ôl o.'

'Ac wedyn?' Daliai Grossman ei anadl. Isio gwybod oedd o be arall oedd y Sureté wedi'i weld. Oedden nhw yno'n ddiweddarach, er enghraifft, i weld corff Tomas Rosenberg yn cael ei gario i lawr oddi ar y to ac i'r car?

'Wedyn, fe ddilynwyd y tri arall, wrth i'r rheini adael y selar o un i un. Reza Kemal oedd un ohonyn nhw.'

'A lle mae rheini rŵan?'

'Fedra i ddim deud wrthat ti. Dydi'r cyfeiriad ddim yn yr adroddiad.' Roedd natur ei lais yn awgrymu na fyddai'n datgelu'r wybodaeth, beth bynnag, hyd yn oed pe bai hi ganddo.

'Ond maen nhw'n dal ym Mharis?'

'Ydyn, hyd yma.'

Wedi rhoi'r mudol yn ôl yn ei boced, bu Grossman yn ddistaw yn hir. Roedd wedi dringo allan o'r Citroën ac yn sefyll rŵan ar y Pont la Cité, yn syllu dros ei chanllaw carreg i ddŵr aflonydd y Seine.

'Oes 'na broblem, Marcus?' O'i weld yn oedi mor hir, roedd Leon hefyd wedi dod allan o'r car.

Chododd Grossman mo'i olwg oddi ar yr afon. Yn hytrach gadawodd i'w lygaid ddilyn hynt un o'r cychod pleser oedd yn cludo twristiaid i olwg holl ryfeddoda glannau'r Seine. 'Oes, braidd,' cyfaddefodd o'r diwedd. 'Mae'n edrych yn debyg fod Zahedi ac un arall wedi croesi i Brydain, ond mae tri o'r lleill wedi aros yma ym Mharis, a Reza Kemal yn un ohonyn nhw.'

'Ro'n i'n ama,' meddai Leon. Roedd Josef ac ynta wedi clywed rhywfaint o'r sgwrs ffôn. 'Be wyt ti'n awgrymu?'

Sythodd Grossman, fel pe bai newydd ddod i benderfyniad. 'Does gynnon ni ddim dewis. Mae'n rhaid inni fynd ar ôl Zahedi, a gobeithio y bydd y Sureté yma ym Mharis yn gallu delio efo Kemal a'r ddau arall.'

Nodiodd Leon ei ben i gytuno. 'Pryd?'

'Gynted â phosib.'

A chyda hynny, dychwelodd y ddau i'r car, i barhau ar eu siwrna i'r llysgenhadaeth yn 3, Rue Rabelaise.

Pennod 9

Rhoddodd Sam y ffôn yn ôl yn ei grud gyda mwy o ffyrnigrwydd nag oedd wedi'i fwriadu. Yna, yn raddol, daeth yn ymwybodol o sylw Rhian a'i rhieni. Heb yn wybod iddo, roedden nhw wedi dod trwodd o'r gegin, ac wedi sefyll yn betrus yn nrws y stafell i wrando arno'n holi Caroline Court, ac i synhwyro'r twf yn ei dymer a'i rwystredigaeth.

Edrychodd ar ei blentyn yn chwarae'n ddibryder ar lawr y stafell, yna daliwyd o gan lygaid sefydlog ei wraig. Anodd deud be oedd yn treiddio trwy'r edrychiad hwnnw. Cydymdeimlad? Pryder? Dicter hyd yn oed? Oedd hi'n dal i'w gyhuddo'n ddistaw o fod wedi achosi'r sefyllfa yma? O fod wedi gosod eu bywyda nhw i gyd mewn peryg? Oedd, mae'n debyg. 'Pe bait ti wedi gwrthod y dyn Shellbourne 'na, llynadd, yna fyddai hyn ddim wedi digwydd! Pe bait ti wedi aros gartra efo dy wraig a dy blentyn, yn lle ffansïo dy hun fel rhyw achubwr dynoliaeth, yna fyddai'r un ohonon ni rŵan yn gorfod llechu mewn ofn.' Ai dyna'r cyhuddiad a welai yn llygad Rhian? Cododd ac aeth i ddrws y tŷ, i syllu allan, fel pe bai'n gwahodd Zahedi i ymddangos, neu'n ei herio hyd yn oed i saethu ato.

Teimlodd law ei wraig ar ei ysgwydd. 'Tyrd i'r tŷ, Sam. Mae'n rhaid inni siarad.'

Dilynodd hi i'r stafell wely, lle y caen nhw drafod allan o glyw ei rhieni hi.

'Gwranda! Dwn i ddim am ba hyd y gall hyn fynd ymlaen, ond mae un peth yn sicir – nid yn fa'ma mae dy le di . . . '

Agorodd ei geg i anghytuno ond tawodd wrth weld ei llaw yn codi i'w atal.

' . . . Gad imi orffan! Mae rheswm yn deud na fydd y Zahedi 'na'n dod yr holl ffordd i fa'ma i chwilio amdanat ti. Hyd yn oed pe bai o'n gwbod am Hen Sgubor ac yn dod cyn bellad â fan'no, sut gythral mae o'n mynd i wbod lle ydan ni rŵan? Oes 'na rywun yn Rhiwogo yn gwbod cyfeiriad mam a 'nhad?'

'Ddim hyd y gwn i.'

'Wel dyna fo 'ta! . . . Uffar dân, Sam! Mae 'na ddau *Special Branch* yn cadw llygad rownd y cloc ar Hen Sgubor, mae 'na ddau arall yn gneud yr un peth yn fa'ma . . . Hyd yn oed os y daw Zahedi cyn bellad â fama, be fedar o 'i neud?'

Edrychodd i lawr i ddyfnder ei llygada, a gweld yno benderfyniad yn ogystal â chydymdeimlad. 'Be wyt ti'n drio'i ddeud, Rhian?'

'Deud ydw i dy fod ti'n gwastraffu d'amsar yn fama, tra ar yr un pryd yn gneud dy hun yn annioddefol i fyw efo ti . . . ' Roedd disgleirdeb chwareus y llygaid yn awgrymu ei chellwair. Yna gwelodd hi'n difrifoli eto. ' . . . Os medri di gysylltu unwaith eto efo'r Marcus Grossman 'na, yna yn Llundain, neu hyd yn oed ym Mharis, y mae dy le di, ynde, Sam? Dydi o ddim yn dy natur di i dderbyn cael dy gau i fyny yn fama . . . '

'Os wyt ti'n meddwl . . . '

' . . . Ia, dwi'n gwbod be sy yn dy feddwl di. Dwi'n sylweddoli mai ni . . . Semtecs Bach a finna, a mam a 'nhad hefyd mae'n siŵr . . . ydi dy flaenoriaeth di, ond mi fedar sefyllfa fel'ma fynd ymlaen am ddyddia eto . . . wythnosa hyd yn oed!'

Plygodd i'w chusanu. 'Diolch iti am feddwl fel'na, Rhian. Diolch iti am gynnig, ond na . . . Yn fa'ma mae fy lle i. Arna i y mae Zahedi isio dial, a phan ddaw o i chwilio amdana i . . . ' Gadawodd y frawddeg heb ei darfod.

Sylweddolodd hitha nad oedd darbwyllo i fod arno a bodlonodd ar aros yn hir yn ei freichia.

Bedair awr yn ddiweddarach, am ddeng munud wedi un y pnawn, 'Sam!' gwaeddodd Bob Gwilym, tad Rhian. 'Mae'r ffôn yn canu!' Cyfeirio yr oedd at y mudol, a adawyd ar ben y piano yn y stafell fyw.

Ar y pryd roedd Sam yn gneud ei ora i gadw'i fab yn ddiddig trwy neud llunia pob math o anifeiliaid iddo gael eu lliwio. Eisteddai'r ddau wrth fwrdd y gegin tra bod Rhian yn paratoi llysia at bryd y min nos a'i mam yn gneud pentwr o gacenna cri.

Rhuthrodd Sam i dderbyn yr alwad, gan adael y bychan yn gweiddi'n siomedig o'i ôl. Nid llawer o bobol oedd yn gyfarwydd â rhif y mudol, ond roedd Marcus Grossman yn un ohonyn nhw.

'Semtecs?'

Ia, llais yr Iddew! Teimlodd Sam ryddhad fel pe bai rhywun yn llacio gafael ar ôl bod yn gwasgu'n hir ar ei lwnc. 'Grossman? Pa newydd? O ble wyt ti ffonio?'

'Llundain. Yma er bora ddoe.'

'Pam uffar na fasat ti wedi ffonio ynghynt? Dwi wedi bod yn trio cael gafael arnat ti.'

'Sori'r hen ddyn, ond dydi'r mudol ddim wedi bod ymlaen gen i. Fedrwn i ddim mentro rhag ofn iddo fo ganu mewn ambell le.'

Roedd Sam yn dallt yn iawn. Os oedd Grossman wedi bod yn cadw golwg o hirbell ar Zahedi, neu'n ei ddilyn falla, yna mi allai galwad ffôn annisgwyl fod wedi tynnu sylw a drysu'r cynllunia.

'Unrhyw olwg o Zahedi?'

'Ddim hyd yma, ond fe gawson ni chydig o lwc bora 'ma. Fel y medri di ddychmygu, mae gynnon ni dipyn o glustia yma yn y brifddinas . . . '

Fe wyddai'r Cymro yn iawn be oedd o'n feddwl. Roedd rhai dega o filoedd o Iddewon yn byw yn Llundain ac mi fyddai Grossman wedi gofyn am help y gymuned honno, mewn da bryd, i ddod o hyd i bob Cwrd yn y brifddinas.

' . . . Rhyw ddwyawr yn ôl fe ges i neges i ddeud bod dau Gwrd diarth wedi cyrraedd tŷ yn Southwark dridia'n ôl ac wedi cael croeso a llety yno. O'r disgrifiad dwi wedi'i gael, does dim dwywaith nad Zahedi ydi un ohonyn nhw.'

'Diolch i Dduw! Gofala nad wyt ti'n colli golwg arno fo rŵan.'

'Dyna'r drwg! Dydi o ddim yno ar y funud. Fe aeth y ddau allan ben bora, mae'n debyg, cyn i ni fedru cyrraedd, a dydyn nhw ddim eto wedi mynd 'nôl i'r tŷ. Ond paid â phoeni, Sam, mi fydd gen i rywun yn gwylio'r lle rownd y cloc o hyn ymlaen.' Clywodd Marcus Grossman ei ffrind yn diawlio o dan ei wynt a gwyddai'n reddfol be oedd yn mynd trwy'i feddwl. 'Rwyt ti'n ofni 'i fod o ar ei ffordd i ogledd Cymru!'

'Ofni o ddiawl! Y diffyg gwybodaeth sy'n fy ngwylltio i! Pe bawn i'n gwbod i sicrwydd ei fod o ar ei ffordd, yna mi fedrwn i fod yn barod amdano fo, ond damia unwaith, os mai yn Llundain y mae o o hyd, yna yn fan'no'r ydw inna isio bod hefyd. Fe roi ganiad imi'n syth y clywi di ei fod o'n ôl yn y tŷ?'

'Wrth gwrs. Ond gwranda, Sam! Mae petha wedi newid rhywfaint ers inni siarad ddwytha, ac mae'n bosib nad chdi ydi targed Zahedi erbyn hyn.'

'Be wyt ti'n feddwl?'

'Mae'n bosib fod ganddo fo betha pwysicach ar droed. Mae Interpol wedi cael clywed fod y Cwrdiaid yn cynllwynio ymgyrch fomio yn erbyn Israel. Hynny ydi, yn erbyn sefydliada Iddewig yng ngorllewin Ewrop – Paris, Llundain, Brussels, Berlin, Rhufain . . . '

'Efo'r un bwriad ag oedd gan Zahedi llynedd wyt ti'n feddwl?'

'Creu problema yn y Dwyrain Canol, a thynnu sylw at ofynion y Cwrdiaid. Ia. Mae'n debyg fod 'na gell fach weithredol ohonyn nhw wedi'i sefydlu ym mhob un o'r prifddinasoedd dwi newydd eu henwi, ac mewn llefydd eraill.'

'Ac rwyt ti'n meddwl mai dyna pam bod Zahedi yn Llundain? Nid ar fy ôl i mae o, felly?'

'Felly dwi'n tybio, beth bynnag.' Yna, fel pe bai wedi cofio, 'Deud i mi, Sam. Wyt ti wedi clywad am Reza Kemal erioed?'

'Naddo. Cwrd arall?'

'Ia. Mae Twrci'n gosod pris uchel iawn ar ei ben o. Fo, mae'n debyg, fydd yn dod yn olynydd naturiol i Abdullah Ocalan. Pedair ar hugain oed. Ŵyr o ddim be ydi ofn, ac mae bywyd yn rhad iddo fo. Cwbwl unllygeidiog yn y ffordd mae o'n gweld petha.'

'Zahedi arall?'

'Yn hollol.'

'Be amdano fo 'ta?' Er yn gofyn y cwestiwn fe wyddai Sam yn reddfol be oedd yr ateb yn mynd i fod.

'Mae'r ddau wedi dod at ei gilydd, Zahedi a fynta, ond bod Kemal wedi aros ym Mharis am ryw hyd. Fydd o ddim yn fan'no'n hir dwi'n ama. I Lundain, at Zahedi, y daw hwnnw hefyd yn y diwedd, gei di weld, os na fydd Interpol wedi cael eu dwylo arno fo cyn hynny.'

'Grossman!' Roedd llais Sam wedi magu penderfyniad garw. 'Ffonia fi gyntad ag y cei di sicrwydd bod Zahedi yn dal yn Llundain. Dwi'n gaddo y bydda i efo ti wedyn o fewn chydig oria. A gwranda!' Er ei fod eisoes wedi mynd â'r mudol i'r cyntedd ac allan o glyw Bob Gwilym, eto i gyd fe ostyngodd Sam ei lais yn fwy fyth, 'Cofia dy fod ti wedi addo gwn.'

Wedi egluro i Rhian y gallai Grossman ffonio'n ôl, ac wedi iddo'i siarsio hi i wrando'n ofalus ar neges yr Iddew pe bai'n gneud, fe gychwynnodd Sam ar yr Honda i gyfeiriad Rhiwogo. Pe bai raid iddo gychwyn am Lundain cyn nos, yna nid ar yr MBX y bwriadai neud hynny. Mi fyddai'r Kawasaki yn hanfodol ar gyfer y daith honno.

* * *

'Be ddeudodd o wedyn, Caroline?'

'Wel! Doedd o ddim yn ryw hapus iawn, fel y medri di ddychmygu.'

'Hy! Cadw Turner yn hapus ydi'r peth ola ar fy meddwl i ar hyn o bryd.' Roedd sŵn mwy na syrffed yn llais Julian Carson; roedd ynddo chwerwedd hefyd.

'Weli di ddim bai arno fo, Julian. Mae o fwy neu lai'n gaeth i'w dŷ ers tridia a mwy, medda fo, ac mae peth felly'n groes iawn i'r graen i rywun fel fo.'

'Eitha gwaith â'r diawl am neud ffyliaid o'n hogia ni.' Roedd pob ymgais i guddio'r chwerwedd wedi mynd.

'Wel ia, dwi'n dallt pam dy fod ti'n teimlo fel'na, ond mi fedri di ddallt rhwystredigaeth Semtecs ei hun hefyd, siawns. Fel ro'n i'n deud, isio gwbod y sefyllfa ddiweddara ynglŷn â Zahedi oedd o.'

'Ac mi ddeudist . . . be? . . . wrtho fo?'

'Dim. Dyna gytunwyd. Mi smalis i nad oedd dim gwybodaeth bellach wedi dod ynglŷn â hwnnw.'

'Soniaist ti'r un gair fod Zahedi wedi llwyddo i groesi'r Sianel?'

'Naddo, Julian.'

'Da iawn. Mi fasa'n gas gen i feddwl am Turner yn clochdar mai fo oedd yn iawn wedi'r cyfan.' Roedd y sgwrs yn y Swyddfa Dramor rai dyddia ynghynt yn dal i fod yn fyw iawn yng nghof Dirprwy Gomisiynydd Scotland Yard, ac er na fydda fo byth yn cyfadde hynny i neb, mi oedd o rŵan yn difaru swnio mor bendant a hunan-sicir ynglŷn â'r trefniada i gadw Zahedi allan o'r wlad.

'Ond mae'n rhaid imi gyfadda, Julian, fy mod i'n teimlo'n ddigon euog ynglŷn â'r peth. Mi ddyla fo gael gwbod bod Zahedi ym Mhrydain.'

'Faint callach fydda fo, Caroline? Does ganddo fo na gwn na dim! Sut fydda fo'n ei amddiffyn ei hun?'

'Mae o'n foi go arbennig. Fedri di ddim gwadu hynny.'

'Falla 'i fod o.' Crintach oedd y gydnabyddiaeth. 'Ond,

fel ro'n i'n deud, does ganddo fo ddim un ffordd i'w amddiffyn ei hun yn erbyn rhywun fel Zahedi. Rydan ni eisoes wedi deud yn berffaith glir wrtho fo na fedrwn ni ddim caniatáu iddo fo gael gwn. Na, Caroline, mi fydd yn rhaid iddo fo fodloni, a gadael i'n hogia ni ei amddiffyn o a'i deulu.'

'Am ba hyd y bydd hynny, Julian?'

'Cyhyd ag y bydd raid, ond ddim yn hir iawn, siawns. Efo MI5 ac MI6 a ninna ar ei wartha, fydd traed Zahedi ddim yn rhydd yn hir iawn eto, fe gei di weld. Matar o amsar, dyna i gyd. Sut bynnag, fedra i ddim fforddio cadw cymaint o ddynion i fyny yng ngogledd Cymru, yn y gongol-pen-draw'r-byd 'na, felly dwi wedi galw chwech ohonyn nhw'n ôl bora 'ma.' O glywed syndod yn sŵn yr anadl yn cael ei ddal ar ben arall y lein, prysurodd Carson i gyfiawnhau ei benderfyniad, 'Mae'n amlwg mai yma yn Llundain y mae Zahedi, Caroline. Rydan ni'n weddol sicir o hynny . . . '

'Ond *chwech*, Julian! Faint fydd ar ôl yno wedyn?'

'Dau. Mae'n hen ddigon. Mae gen i bedwar wedi bod yn gweithio shifftia i gadw llygad ar gartra'r Semtecs 'ma, fel y gwyddost ti. Gwarchod tŷ gwag! Jyst rhag ofn y byddai Zahedi yn ymddangos yno. Ac fe welist ti drosot dy hun sut ddaru Turner dalu'n ôl i'r rheini.'

'Ia, ond . . . '

'Ac mae pedwar arall wedi bod yn gwarchod Turner a'i deulu yn . . . yn Poolelly. Mi fydd dau yn hen ddigon yn fan'no hefyd o hyn allan . . . yn enwedig gan fod Superman ei hun yno i gadw llygad ar betha. Mae 'na fwy o'u hangan nhw yma, yn Llundain, rŵan.'

O synhwyro nad oedd o eto wedi'i darbwyllo hi ac nad oedd ei wawd wedi gadael argraff rhy ffafriol arni, fe aeth ymlaen i achub ei gam. 'Gwranda, Caroline! Yn ôl be dwi wedi'i glywed bore 'ma trwy MI5, mae'r Mossad wedi anfon tîm drosodd i Brydain ar ôl Zahedi. Does dim rhaid imi d'atgoffa di pam! Rwyt ti *yn* cofio am Ymgyrch

Omega?' Oedodd eiliad i'w chlywed hi'n mwmblan cadarnhad. 'Wel, gad imi ddeud cymaint â hyn, Caroline. Gora po gynted y caiff y byd wared â rhai fel Zahedi, dwi'n dallt peth felly, ond nid yma ym Mhrydain y mae hynny'n mynd i ddigwydd. Fel y gwyddost ti, mae gynnon ni ddigon o broblema yn y Dwyrain Canol fel ag y mae hi ar hyn o bryd, heb adael i'r Mossad o bawb anfon eu *hit squads* i mewn yma. Does 'na neb sy'n fwy ymwybodol na'r Swyddfa Dramor, mae'n siŵr gen i, o'r sefyllfa ffrwydrol sy'n bodoli yn ne-ddwyrain Twrci. Fedar Prydain ddim fforddio cael ei thynnu i mewn i'w potas nhw . . . Ddim mwy nag sydd raid, beth bynnag.'

Yn rhinwedd ei swydd, fe wyddai Caroline Court at be yr oedd Julian Carson yn cyfeirio. Onid oedd Martin Calshot, yr Ysgrifennydd Tramor, wedi beirniadu llywodraeth Twrci yn hallt yng nghyfarfod diwetha'r Cenhedloedd Unedig am y ffordd yr oedd y Cwrdiaid yn cael eu herlid yn ne-ddwyrain y wlad honno? Roedd ei araith wedi cynhyrfu'r dyfroedd gwleidyddol yn arw iawn ar y pryd wrth iddo fynd ymlaen i edliw record waedlyd Twrci dros y can mlynedd ddiwetha yn dileu hefyd gannoedd o filoedd o Armeniaid a Swriani o'u tir. Ar ben hynny, roedd wedi cyhuddo'r llywodraeth yn Ankara o fandaliaeth anghyfrifol yn eu polisi o ddinistrio cannoedd ar gannoedd o eglwysi a mynachlogydd hynafol yr Armeniaid, adeiladau Cristnogol anhraethol bwysig yn ddiwylliadol a chrefyddol. Roedd geiria byrbwyll Calshot wedi gneud mwy o les i undod Islamaidd na dim, a chaed cynrychiolwyr o Iran, Syria, Lebanon, Gwlad Iorddonen, Yemen, Pacistan ac eraill, heb sôn am Rwsia a Tseina, yn neidio ar eu traed i brotestio ac i edliw i Brydain ei gorffennol imperialaidd gwaedlyd ei hun. Roedd hyd yn oed gweinidog tramor America, yn ei araith i dawelu'r dyfroedd, wedi rhoi cerydd cynnil i Calshot ac fe wyddai Caroline Court, ymysg eraill yn y Swyddfa Dramor, fod swydd yr

Ysgrifennydd Tramor wedi bod yn y fantol am rai dyddia wedyn tra bod y wasg dabloid yn udo am ei ddiswyddiad.

'Dwi'n dallt hynny, Julian, ond mae gynnon ni ddyletswydd i Semtecs hefyd, cofia. Pe bai rhywbeth yn digwydd iddo fo neu 'i deulu . . . '

Ond doedd Dirprwy Gomisiynydd Scotland Yard ddim am ystyried y posibilrwydd. 'Ydi Syr Leslie Garstang wedi cysylltu o gwbwl?'

'Dim gair.'

'Rhyfadd! Wyt ti'n meddwl fod gan MI6 eu hagenda eu hunain? Synnwn i ddim.'

'Dwi'n ama hynny, Julian. Mae Syr Leslie'n rhwym o hysbysu'r Ysgrifennydd Tramor o bob datblygiad.'

'Hm! Gawn ni weld.'

'Rwyt ti'n swnio'n amheus iawn.'

'Hy! MI6 ydi MI6 wedi'r cyfan! Fe wyddost ti cystal â finna mor dan-din y maen nhw ac MI5 yn medru bod. Bob amser yn barod i gydweithredu tra medrwn *ni* fod o help iddyn *nhw*, ond fel arall . . . Sut bynnag, gad imi wybod os daw yna unrhyw wybodaeth.'

Wrth roi'r ffôn yn ôl yn ei grud ar y ddesg, fe deimlodd Caroline Court ias o unigrwydd, fel cawod o law mân yn syrthio'n oer drosti. Ers derbyn dyrchafiad i'w swydd bresennol fel ysgrifenyddes breifat – i Shellbourne i ddechra, a rŵan i Fairbank – dyma'r tro cynta iddi synhwyro diffyg cydweithrediad ymysg y lluoedd diogelwch. Fe deimlodd hefyd bwl o euogrwydd oherwydd y ffordd yr oedd Semtecs yn cael ei drin.

* * *

'Aros yn fama!' Gorchymyn trwy ddannedd oedd y geiria, ond ufuddhaodd Karel Begh yn ddigwestiwn. Breciodd hwnnw'n ysgafn nes i'r Astra gwyrdd lonyddu o flaen gwesty di-raen yr olwg, yna gwyliodd ei gydymaith – Yunus Kikmet, y contractwr prysur o Dwrci – yn neidio'n ystwyth allan i'r palmant.

Nid car wedi'i ddwyn oedd hwn, ond un ail law, wedi'i brynu'n barchus. Yunus Kikmet, alias Zahedi, fyddai'r ola i fentro'r eironi o gael ei arestio am rywbeth mor ddiniwed â dwyn car.

'Aros nes i mi gyrraedd y groesffordd a dod o fewn golwg y tŷ.' Daeth clep drws y car fel atalnod llawn ar y gorchymyn a gwyliodd y Cwrd ifanc, a adwaenid bellach fel Karel Begh, ef yn pellhau oddi wrtho i gyfeiriad y goleuada traffig ar y groesffordd lle'r oedd Pocock Street yn torri i ddau gyfeiriad ar draws y stryd brysur yr oeddynt arni ar hyn o bryd, sef y Great Suffolk. Uwchben, câi'r cymyla trymion eu herlid gan wynt o Ffrainc.

Yna'n ddirybudd, rhyw ddecllath cyn iddo gyrraedd y groesffordd, gwelodd ef yn newid drosto. Gallai daeru fod Yunus Kikmet wedi baglu ac wedi troi ei droed yn o arw. Un funud, gŵr ystwyth a phwrpasol ei gam oedd yn pellhau oddi wrtho; yr eiliad nesa gwelodd ŵr musgrell a chloff yn rhoi ei hun yn boenus i bwyso yn erbyn wal y tro ar y groesffordd. Gwenodd yn ddihiwmor wrth fod yn dyst i'r gweddnewidiad. Doedd dim ynglŷn â Zahedi yn ei synnu bellach. Aildaniodd Karel Begh yr Astra ac ymuno â llif y traffig ar y Great Suffolk gan arwyddo yr un pryd ei fwriad i droi i'r dde i mewn i Pocock Street.

Wrth i'r Astra gyrraedd y groesffordd, ac i'r goleuada droi'n wyrdd hwylus iddo, prin y cymerodd y gyrrwr ifanc unrhyw sylw o'i gyn-gydymaith ar y pafin. Gyrrodd y car yn ara, fel pe bai'n ansicir o ba dŷ yn union i stopio o'i flaen. O'r diwedd, cyrhaeddodd yr un drws melyn â'r rhif 121 arno, a breciodd yn derfynol. Heb oedi, a chan wybod bod llygaid Zahedi yn fyw i bob symudiad yn y stryd brysur, neidiodd allan o'r car, gneud sioe o'i gloi, a chamu'n bwrpasol wedyn dros y ddwylath o balmant rhyngddo a'r drws ffrynt. Doedd dim rhaid iddo sefyllian yn hir ar y trothwy, oherwydd roedd ganddo oriad i fynd i'r tŷ ond, yn ôl ei arfer, ddaru o ddim rhuthro chwaith, er mwyn rhoi cyfle i'w gyfaill weld a oedd rhywun yn cadw llygad ar y lle.

Roedd y bywiogrwydd sydyn yn y fan wen, hanner ffordd i lawr y stryd a rhyw hanner canllath ymhellach draw na rhif 121, yn ddigon o rybudd i'r gŵr musgrell a oedd yn dal i gael ei wynt ato ar y groesffordd. Bu'r llygaid yn ddigon craff i weld y cynnwrf o fewn y fan wrth i rywun godi ffôn at geg a chlust.

Sythodd yn ara, a pharhau ar ei daith gloff dros y groesffordd ac i lawr Great Suffolk Street. Yna, allan o olwg y fan wen ac yn y sicrwydd nad oedd neb arall o bwys yn cadw golwg arno, fe ddiflannodd y cloffni a syrthiodd y blynyddoedd oddi arno. Roedd Zahedi wedi gweld digon i wybod bod yr Iddew felltith yn dal ar ei wartha.

Pennod 10

Teirawr ar y mwya o gwsg a gafodd Sam Turner y noson honno. Bu'n gorwedd yn gwrando ar anadlu dwfn a rheolaidd Rhian wrth ei ymyl ac ar y glaw yn cael ei chwipio'n gawodydd ysbeidiol yn erbyn ffenest y llofft. Fe ddylai fod yn ddiolchgar am ei le, meddyliodd, wrth glywed y gwynt yn chwibanu'n oer ac yn wlyb tu allan. At ganol bore trannoeth y cawsai'r tywydd stormus yma ei ddarogan, ond rhaid bod y gwasgedd isel wedi symud yn gyflymach na'r disgwyl i fyny o'r de-orllewin dros Fae Ceredigion. Diflas oedd y rhagolygon tymor-hir hefyd, efo'r naill wasgedd yn dilyn y llall o'r môr.

Ond nid y tywydd oedd yn anniddigo Sam ac yn ei gadw'n effro. Y ffaith oedd na allai gofio diodde cyfnod mor segur â hyn erioed o'r blaen. Nid y segurdod ynddo'i hun oedd y broblem chwaith, ond yn hytrach y caethiwed o fethu gneud dim byd ymarferol i liniaru'r sefyllfa. Un funud, dychmygai weld Zahedi yn llithro fel cysgod trwy strydoedd cefn Llundain a Marcus Grossman, gwn mewn llaw, yn ei erlid. Y funud nesa fe'i gwelai yn llechu yn y coed wrth ymyl Hen Sgubor efo'i wn lled-otomatig yn barod i boeri tân. Ac unwaith, fe ddaeth i Sam fflach o'r bwledi hynny'n rhwygo'n boeth trwy gorff meddal Tecwyn Gwilym. Ond prin bod y darlun hwnnw wedi cael amser i ffurfio'n iawn yn ei feddwl nad oedd Sam wedi ei ysgwyd yn syth o'i ben. Doedd dim un ffordd, meddai wrtho'i hun, y câi Zahedi ddod o fewn can milltir i'r plentyn, nac i Rhian chwaith.

Pan stwyriodd ei wraig am ddeng munud i wyth a throi pen i edrych ar ei gŵr, doedd dim sôn amdano yn ei hymyl. Cymerodd hitha'n ganiataol ei fod yn y gegin yn sipian coffi neu wedi mynd i ddiddanu'r bychan am fod hwnnw wedi deffro'n gynnar. Ond y gwir oedd fod Tecwyn Gwilym yn dal i gysgu'n sownd a bod Sam wedi codi a gwisgo er cyn saith ac wedi mynd i redeg. Fe aethai hefyd â'i ffôn mudol efo fo.

Wrth adael y tŷ fe ofalodd godi llaw gyfeillgar i gyfeiriad y car lle y gwyddai fod un o ddynion Julian Carson yn llechu. Ni thrafferthodd chwilio am y llall. Er yn dal yn wyntog, roedd y glaw wedi peidio, am ryw hyd beth bynnag.

Gan fod yr ardal yn gymharol ddiarth iddo, doedd dim y gallai Sam ei neud ond dilyn ei drwyn, ac fe aeth hynny â fo allan o'r dre i gyfeiriad Clynnog a Chaernarfon. Teimlodd yr allt yn tynnu ar ei gyhyra, yn ei atgoffa iddo fod ddyddia heb ymarfer. Yna, yn dilyn trochfa wrth i lorri fawr ddisbyddu pwll o ddŵr glaw drosto, manteisiodd ar ei gyfle cynta i adael y ffordd fawr gan ddewis lôn wledig a'i harweiniodd, ymhen hir a hwyr, i bentre bach gwasgaredig Rhos-fawr. O fan'no, rhip o ffordd unionsyth am yn agos i filltir, a theirgwaith tra oedd ar honno fe fu'n rhaid iddo arafu'i gam a symud o'r neilltu i roi lle i danceri llaeth gwag Hufenfa De Arfon wrth i'r rheini gychwyn o Rydygwestl ar waith y dydd. Ar y gyffordd gynta iddo'i chyrraedd, trodd i'r chwith gan gymryd yn ganiataol bod y cyfeiriad yn mynd i'w arwain yn ôl i gyrion Pwllheli yn hwyr neu'n hwyrach. Ddwywaith fe'i gorfodwyd gan gawodydd trymion i geisio cysgod o ryw fath yn y coed oedd yn troi ffordd gul yn fawr lletach na llwybyr. Ar un o'r troeon hynny deialodd rif mudol Grossman a'i gael i ganu.

'Grossman! Pa newydd?'

'Pwy? Semtecs? Chdi sy 'na?' Llais un yn deffro o gwsg trwm.

'Ia. Zahedi. Be ydi'r hanas?'

'Uffar dân, Sam! Hannar awr wedi saith ydi hi.'

'Mi wn i. Paid â deud mai gorweddian yn dy wely'r wyt ti?'

'Fu lwc imi ddod iddo fo.'

'Pam?'

'Am fy mod i wedi bod allan y rhan fwya o'r nos, dyna pam.'

'Zahedi?'

'Ia. Ffycin Zahedi!'

'Mae o'n dal yn Llundain, felly! Be sy wedi digwydd?'

'Fe gei di'r hanas yn un o'r papura bora 'ma, mae'n siŵr gen i. Mi fu bron iddo fo ladd un arall o 'nynion i neithiwr.'

Gallai Sam synhwyro rhwystredigaeth yr Iddew yn gymysg â'i ddicter. 'Be ddigwyddodd 'ta?'

'Grenêd maen nhw'n dybio.'

'Nhw?'

'Yr heddlu. Doedd dim posib i mi fynd yn agos at y lle i weld drosof fy hun . . . ond mae'n siŵr eu bod nhw'n iawn.'

'Be ddigwyddodd 'ta?' Methai Sam â chadw'r sŵn diamynedd o'i lais.

'Y tŷ lle'r oedd Zahedi a'i fêt yn aros . . . Pocock Street yn Southwark. Mi ddeudis i wrthat ti ein bod ni'n cadw golwg ar y lle.'

'Wel?'

'Roedd gen i ddyn yn gwylio'r tŷ. Roedd o'n cuddio mewn fan oedd wedi'i pharcio lai na chanllath i ffwrdd. Fe ddaeth rhywun heibio ar feic modur a rowlio grenêd o dan y fan . . . neu felly dwi'n tybio beth bynnag.'

Rhyfeddodd Sam fod Grossman wedi gosod un o'i ddynion mewn sefyllfa mor ddiamddiffyn, ond brathodd ei dafod rhag deud dim. 'Ond mae o'n fyw?'

'Ydi, ac yn gythreulig o lwcus. Llosgiada i'w wyneb a'i ddwylo yn benna, ac un ffêr wedi'i thorri. Mi allai fod yn llawer gwaeth. Mae'n debyg bod y grenêd wedi rowlio'n bellach na'r disgwyl cyn iddi ffrwydro a'i bod hi tua dwylath oddi wrth y fan erbyn hynny. Lwcus hefyd bod y tanc petrol bron â bod yn wag. Pe bai hwnnw wedi bod yn llawn . . . ' Gadawodd yr Iddew i Sam ddychmygu'r gyflafan drosto'i hun.

'A Zahedi? Be amdano fo?'

'Be uffar wyt ti'n feddwl dw i wedi bod yn ei neud

drwy'r nos, Semtecs, ond chwilio amdano fo? Mae o a'i fêt wedi diflannu eto.'

'Ond yn Llundain y mae o o hyd, rwyt ti'n siŵr o hynny?'

'Ia . . . Ydw. Mae ganddo fo ddigon i'w helpu yma, mae'n debyg. Lle wyt ti'n feddwl mae o'n cael ei arfa.'

Er nad cwestiwn oedd y sylw dwytha, eto i gyd fe geisiodd Sam gynnig ateb iddo. 'Fe ddeudist fod 'na gell weithredol o Gwrdiaid yn Llundain yn ogystal â Pharis. A be am y Mafiozniki? Fe wyddost ti, debyg, am y gell oedd ganddyn *nhwtha*'n arfar bod yn y brifddinas?'

'Fe soniaist ti am y peth wrtha i, do. Oes gen ti gyfeiriad?'

'Nagoes, ond siawns y medra i gael gwybodaeth.' Caroline Court ddaeth gynta i'w feddwl. Roedd ganddo fwy o ffydd ynddi hi nag yn Scotland Yard neu MI5 neu Garstang. 'Gwranda, Marcus! Lle wyt ti ar hyn o bryd?'

'Gwesty yn Shoreditch. Y Commercial ar Calvin Street.'

'Dos yn ôl i gysgu. Mi fydda i efo ti erbyn amsar cinio.'

'Iawn. Mi fydda i'n falch o dy help . . . O! Gyda llaw, Sam! Glywist ti'r newyddion hwyr neithiwr? Mae'n 'na rwbath wedi digwydd ym Mharis hefyd.'

'Kemal, wyt ti'n meddwl?'

'Dim byd sy'n sicrach! Synagog oedd y targed, ond dyna hynny o wybodaeth oedd ar gael neithiwr, heblaw bod dau wedi'u lladd a hanner dwsin wedi'u hanafu. Ond go brin y bydd y stori honno wedi cyrraedd Fleet Street yn ddigon buan i'r rhifynna cynnar.'

Lledodd Sam ei gamau o fan'no mlaen. Teimlai gymysgedd o ryddhad a phryder; rhyddhad ei fod o'r diwedd wedi dod i benderfyniad, a phryder ynghylch goblygiada posib y penderfyniad hwnnw. Pe bai rhywbeth yn digwydd i Rhian a'r bychan tra oedd o i ffwrdd . . . Caeodd y peth o'i feddwl wrth i gawod drom arall ei ddal. Y tro yma ni thrafferthodd chwilio am gysgod.

Dri chwarter awr yn ddiweddarach, roedd teiars y Kawasaki yn llyncu'r milltiroedd gwlyb rhwng Pwllheli a Phorthmadog.

* * *

Tua'r amser yr oedd Sam yn croesi'r Cob ar aber yr Afon Glaslyn, roedd Syr Leslie Garstang, Dirprwy Gyfarwyddwr MI6, yn cael clywed yn Vauxhall Cross bod ei ddynion ym Mharis wedi llwyddo i gysylltu efo Saqqiz, yr asiant rhan-amser a adwaenid ganddo wrth y rhif M4202UKN a bod hwnnw ar ei ffordd drosodd i Lundain i'w gyfarfod.

* * *

Ar ei ben ei hun y croesodd Reza Kemal y Sianel, a hynny mewn cwch cyflym oedd wedi'i logi'n bwrpasol ar ei gyfer. Pum munud ar hugain i ddeg meddai'r wats ar ei arddwrn. Roedd ganddo le i deimlo'n fodlon efo'i waith ym Mharis, meddyliodd – difrod i un synagog a bom arall wedi'i gosod yn seler yr ysgol Iddewig yn y ddinas. Fe gâi'r bom honno ei darganfod mewn da bryd, wrth gwrs. Wedi'r cyfan, meddai wrtho'i hun, doedd dim angen gelyniaethu gormod chwaith ar wledydd y gorllewin. Roedd jyst dangos be *ellid* ei neud yn ddigon weithia. Cael eu sylw oedd yn bwysig i ddechra, yna eu cefnogaeth i sefydlu Cwrdistán rydd a hunanreolus. Cael gwared â gorthrwm hir gwledydd fel Twrci ac Irac ac Iran ar ei bobol. Dychmygodd, serch hynny, y dychryn a'r ffieidd-dra a deimlid pan gâi'r bom ei darganfod, yna'r rhyddhad o'i gneud hi'n ddiogel, ac yn ola yr ofn a gâi ei greu yng nghalonna pobol wrth iddyn nhw sylweddoli i ba radda erchyll yr oedd y PKK yn barod i fynd er mwyn cael cyfiawnder gwleidyddol.

Edrychai Reza Kemal – neu'n hytrach Rehman Bey o

Istanbul, yn ôl y pasport ffug a baratowyd iddo gan Lucine yn y selar ar y Rue Niel – ymlaen rŵan i ail-ymuno efo Zahedi yn Llundain ac i weld pa waith oedd yn fan'no ar ei gyfer. Fe gâi Yacoub a Lucine barhau efo'r gwaith da ym Mharis, meddyliodd. Yr hyn na wyddai'r Cwrd oedd bod y Sureté, yr eiliad honno, yn gosod cyffion ar arddyrna Yacoub a Lucine, gan ar yr un pryd felltithio'u blerwch eu hunain am adael i'r pysgodyn mwya, sef Reza Kemal, lithro drwy'r rhwyd ac o'u gafael.

* * *

Dim ond unwaith y cafodd coluddion dur y Kawasaki gyfle i oeri rhywfaint yn ystod y daith, a hynny pan benderfynodd Sam gymryd seibiant a phaned o goffi yn un o'r llefydd bwyta ar yr M40. Roedd y daith hyd yma wedi bod yn un digon anodd a chymharol araf, efo'r gwynt cry o hyd ac o hyd yn bygwth hyrddio'r beic i lwybyr lorri neu gar. Mi fyddai llif cyson yr M1 wedi bod yn gymaint gwaeth, meddyliodd, o gofio mor drwm oedd y traffig ar yr M6 gynna; yn uffern go iawn heddiw efo pob lorri a fan uchel yn bygwth crwydro allan o'i flaen yn ddirybudd yn effaith pob croeswynt ac yn ailgylchu dŵr y ffordd yn gawodydd o law mân drosto.

Cyn mynd i'r caffi, ac ar ôl ymweld â'r toileda, cofiodd newyddion Grossman yn gynharach y bore hwnnw ac aeth i'r siop i brynu papur neu ddau. Daeth oddi yno efo'r *Times*, y *Guardian* a'r *Daily Express*, a hynny am iddo weld cyfeiriad ymhob un o'r tri at y ffrwydrad ym Mharis. Manteisiodd hefyd ar gyfle i roi caniad i Caroline Court i'w hysbysu ei fod ar ei ffordd ac y carai gael sgwrs efo hi. Aeth cyn belled â gofyn iddi neud ymholiada ynglŷn â'r gell yn yr East End oedd yn arfer gneud gwaith y Mafiozniki yn Llundain, y gell y bu Andrew Mailer yn bwydo gwybodaeth iddi yn uniongyrchol o'r Swyddfa Dramor. Ond braidd yn gyndyn, fe deimlai, oedd ei haddewid i neud hynny, fel pe bai hi isio caniatâd rhywun arall cyn cydsynio. A mwy cyndyn fyth i'w gyfarfod! Pwysa gwaith yn esgus; 'yn mynd i fod allan o'r swyddfa y rhan fwya o'r dydd, Sam'.

Digon tena o wybodaeth oedd adroddiad yr *Express* a'r *Guardian* ar y ffrwydrad ym Mharis, ond roedd gan y *Times* nid yn unig fwy o fanylion ond hefyd lun o'r difrod yn ogystal. *Scoop* yn eu barn nhw, ac roedd yn amlwg bod y golygydd newyddion wedi gneud newidiada munudola er mwyn gneud lle i'r llun ac i'r stori ar ei dudalen flaen. Ond er bod digon o fanylion am erchylltra'r digwyddiad, a'r llun yn dangos sgrech o fetal du a fu unwaith yn gar coch y tu allan i synagog, eto i gyd fedrai awdur y sgŵp ddim cynnig unrhyw eglurhad boddhaol ar yr hyn a gâi ei alw ganddo'n *'weithred o derfysgaeth ysgeler'*. Ond doedd Interpol chwaith, mwy na'r Sureté ym Mharis, meddai, ddim yn medru cynnig eglurhad ar hyn o bryd. Roedden nhwtha lawn cymaint yn y niwl ynglŷn â'r cyfan. Un eglurhad posib oedd bod ffwndamentalwyr Islamaidd yn gweithredu ar y gorchymyn a wnaed gan y *mullah* Ali Khamenei yn Tehran rywbryd ym mis Ionawr *'i ddileu Israel oddi ar fap y byd'*.

Gwenodd Sam yn ddihiwmor wrth ddod i ddiwedd yr erthygl a dechra chwilio'r tudalenna eraill am gyfeiriad at y bom yn Pocock Street. Fe'i gwelodd o'r diwedd, a hynny mewn crynodeb byr iawn ar y dudalen ôl. Dim manylion ond bod fan wedi ffrwydro ar Pocock Street yn Southwerk gan greu cryn ddifrod i nifer o ffenestri adeilada cyfagos. Un dyn wedi'i anafu. Yr heddlu yn gwrthod datgelu p'run ai bom ynte piben nwy ddiffygiol ynte'r tanc petrol yn ffrwydro fu'n gyfrifol am y llanast. Perchennog y fan wedi cael ei gludo i sbyty St Bartholomew's mewn cyflwr difrifol.

Roedd mwy o ddireidi yng ngwên Sam y tro yma. Mor barod, meddyliodd, oedd llygad-dystion a gohebwyr papura newydd i roi'r ochor ddua bosib i bob anffawd.

Edrychodd ar ei wats. Chwarter i un ar ddeg. Dylai gyrraedd Whitehall o fewn deugain munud.

* * *

Tri ac nid pump a ddaeth ynghyd ger y fynedfa i Blatfform 1 yng ngorsaf Waterloo, a byr fu'r cyfarchion rhyngddyn nhw. Gan nad oedd Zahedi'n awyddus i sefyllian yn hir mewn lle mor gyhoeddus, a chan fod dau neu dri o blismyn i'w gweld yn crwydro yma ac acw yng nghyntedd yr orsaf, yna fe aeth ef a Reza Kemal i gaffi gerllaw a llwyddo i gael bwrdd mewn congol a oedd yn ddigon pell oddi wrth y ffenest. Gadawyd yr un a'i galwai ei hun bellach yn Karel Begh i aros wrth y platfform am Yacoub a Lucine.

Sgwrs mewn islais ac mewn Cwrdeg oedd yr un rhwng Kemal a Zahedi. Doedd dim arwydd bod unrhyw gyfeillgarwch rhwng y ddau. Dau heb ffrindia oedden nhw, ac felly'r oedden nhw'n dymuno aros. Roedd tân mewnol yn mudlosgi yn y ddau; y tân hwnnw i'w weld yn ysbeidiol yn fflach beryglus eu llygada duon; tân nad oedd dim prinder tanwydd i'w gadw ynghynn, oherwydd bod llwythi ohono wedi'i gasglu dros y cenedlaetha. Tân oedd o yn ffynnu ar drallod ddoe ac ar ddialedd heddiw.

'Ac rwyt ti'n ei gwarfod pnawn 'ma?' Zahedi oedd yn holi.

Gwelodd Kemal y ddrwgdybiaeth yn syth. 'Rydw i'n cwarfod *rhywun*; dwn i ddim pwy, eto. Ond does gen ti ddim lle i boeni. Er 'mod i wedi gneud rhywfaint o waith iddyn nhw yn y gorffennol, eto i gyd does ganddyn nhw ddim syniad pwy ydw i go iawn. Dwi wedi bod yn ofalus iawn o hynny. Rhif yn unig ydw i iddyn nhw ac maen nhw wedi gaddo mai felly y bydd petha'n aros . . . ' Ceisiodd anwybyddu Zahedi'n ffroenochi'n wamal. ' . . . Y cwbwl a wyddan nhw ydi fod gen i gysylltiad efo'r

117

PKK. 'Chân nhw ddim gwybodaeth gen i . . . ' Roedd rhywfaint o barch cyndyn tuag at ei gydymaith yng ngoslef y gŵr ifanc; doedd dim ond craffter oer yn llygaid y llall. ' . . . Sut bynnag, dwi wedi gneud rhywfaint o waith iddyn nhw o'r blaen, fel y gwyddost ti'n iawn. Ac mae'r gwaith hwnnw wedi bod er budd ein pobol ni bob tro. Fedri di ddim gwadu hynny.'

'Ba!' Roedd yn amlwg nad oedd gan Zahedi fawr o feddwl o gysylltiada'r llanc.

'Fe ddewisaist *ti* weithio trwy Mosco. Fedri di ddeud dy fod *ti* wedi cyflawni rhywfaint mwy na fi?'

Roedd y gallu gan Zahedi i rythu'n hir heb i'w amranna symud o gwbwl a chafodd Kemal y teimlad oer o fod yn cael ei fygwth, ei hypnoteiddio bron. Gwelodd y croen yn plycio'n dynn o gwmpas creithia'r ddwy foch. Gwelodd ddannedd melyn yn cael eu noethi a chig anghynnes y geg yn ymddangos mewn crechwen.

'Wyt ti wedi deud wrthyn nhw fy mod *i* yma?'

'Be? Dy fod ti yma yn Llundain?' Tro Kemal oedd hi i ddangos ei ddirmyg ac i fagu rhywfaint o her. 'Wrth gwrs 'mod i ddim! Yn enw'r Proffwyd, be wyt ti'n feddwl ydw i? Cofia efo pwy wyt ti'n siarad! Cofia fod pris ar fy mhen inna hefyd. A chofia be sydd newydd ddigwydd ym Mharis. Fy ngwaith i a neb arall oedd hwnnw, a chofia 'mod i hefyd wedi achub dy groen ditha yno.'

Er i lygaid Zahedi fynd yn gul ac yn fach, ac er i gudyn hir o'i wallt seimllyd syrthio'n ddirybudd i guddio rhagor arnyn nhw, eto i gyd doedd dim modd anwybyddu'r fflach orffwyll oedd yn treiddio trwy'r cyfan. Ac er i'w wefusa dynhau yn un llinell fain, roedd y dirmyg yno o hyd.

'Gwranda yma, y lwmp bach sych o gachu camal! Paid ti â rhyfygu deud wrth neb, byth, fod Zahedi o bawb yn dy ddyled *di* . . . os nad wyt ti isio cael dy gladdu hyd at dy wddw yn nhywod yr anialwch efo neb ond y sarff a'r sgorpion yn gwmni iti. Gweddïa ar Allah na fyddi di byth eto'n collfarnu Zahedi nac yn croesi'i lwybyr o fel y gwnest ti rŵan.'

Er mai mewn islais yr oedd yn hisian, eto i gyd roedd y ffordd fygythiol yr oedd wedi plygu 'mlaen dros y bwrdd wedi tynnu sylw mwy nag un o gwsmeriaid y caffi. Syllai rheini rŵan yn gegrwth, a heb lai na pheth dychryn, ar y düwch oedd yn cymylu ac yn anffurfio gwyneb y dieithryn anolygus. Ac yn chwilfrydig, troesant eu golygon ar y sawl a eisteddai gyferbyn â fo, i weld pa effaith a gâi'r edrychiad brwnt ar hwnnw. Yr hyn a welent oedd gwyneb iengach a mwy golygus nag un ei gyfaill. Os cyfaill hefyd! Roedd gwallt hwn yn fyrrach ac ôl crib yn batrwm trwyddo, o'r talcen ac uwchben y clustia. Doedd yr aelia chwaith ddim mor drwm â rhai ei bartner ond eu bod nhwtha hefyd rŵan wedi eu crychu mewn gwg.

Yna, fel pe bai'n sylweddoli'n iawn ei fod wedi tynnu sylw anffafriol ato'i hun, pwysodd Zahedi ei gefn yn ôl i'w gadair a gadael i'r tyndra lifo o'i wyneb unwaith eto. Bu un edrychiad llym ganddo o'i gwmpas yn ddigon wedyn i yrru pob cwsmer busneslyd yn ôl i'w gragen.

'Does dim angen iti siarad fel'na efo fi.' Roedd llais a gwyneb Reza Kemal, darpar arweinydd y PKK ac olynydd cydnabyddedig Abdullah Ocalan, yn awgrymu dyfnder y sarhad a deimlai. Fe'i synnwyd ac fe'i cynhyrfwyd gan ymosodiad annisgwyl Zahedi, ond roedd ei hunanfeddiant yn llifo'n ôl yn gyflym. 'Fe ŵyr Allah fy mod i'n dangos parch i rai hŷn na fi ac i rai sydd wedi cyflawni gwrhydri yn enw Mohammed. Rwy'n cydnabod hefyd yr enwogrwydd sydd iti drwy'r Dwyrain Canol ac yma yn Ewrop. Mae dy enw di'n ddychryn i bob inffidel ac i holl elynion Islam. Ond fe wnes innau fy rhan hefyd, Zahedi. Tra oeddit ti'n crwydro hwnt ac yma ar draws y gwledydd, y fi oedd gartre yn ymladd yr anghyfiawnder yn erbyn ein pobol. A phan arestiwyd Abdullah Ocalan, ddwy flynedd yn ôl, trwy dwyll yr Iddew, pwy oedd yno i barhau'r frwydyr ac i gynnal morál y Cwrdiaid yn wyneb y gormes o Ankara a Baghdad a Tehran? Nid ti, Zahedi. Doeddet ti ddim ar gael. Felly, er gwaetha fy mharch tuag atat yng ngŵydd Allah, paid ti â fy mygwth na fy sarhau.'

Yn fodlon ei fod wedi tynnu blewyn o drwyn ei gydderfysgwr ifanc, daeth diddordeb newydd i lygaid Zahedi, wrth iddo weld Karel Begh yn prysuro tuag atyn nhw rhwng y byrdda.

'Be wna i?' oedd geiria cynta hwnnw wrth iddo gyrraedd talcen y bwrdd a gneud sioe o ddal bys ar wyneb ei wats. 'Does dim sôn am yr un ohonyn nhw, Lucine na Yacoub. Dwi wedi bod yn sefyll yno ers hanner awr a phum munud. Oes angen aros rhagor? Mae'r plismyn wedi dechra talu sylw imi.'

Sylwodd ambell gwsmer go graff ar gyrff y ddau a eisteddai wrth y bwrdd yn ymlacio rhywfaint. Gwelsant hwy'n codi a gadael heb brin gyffwrdd y paneidia o goffi du oedd erbyn hyn wedi hen oeri.

Ni thorrwyd gair pellach rhwng y tri nes eu bod allan o'r orsaf ac allan o olwg pob plismon. Karel Begh oedd yn gynta i dorri'r tawelwch. 'Be rŵan? Ydach chi'n meddwl fod Yacoub a Lucine wedi cael eu dal?'

Zahedi: 'Eu blerwch nhw, os ydyn nhw.'

Reza Kemal: 'Rhaid aros i weld. Fe gawn benderfynu wedyn be i neud.' Edrychodd ar ei wats. 'Rhaid i mi fynd.' Yna'n gyndyn wrth Zahedi, 'Be fydd dy hanes di? Ymhle fedrwn ni gyfarfod?'

'Mae gen inna gynllunia.' Roedd sŵn breuddwydiol wedi magu yn y llais, a daliai ddarn o bapur yn ei law efo rhywbeth tebyg i gyfeiriad wedi'i sgrifennu arno. 'Mae'r Iddew Grossman a'i giwed wedi dod yn rhy agos unwaith eto ac yn bygwth llwyddiant ein hymgyrch ni yma yn Llundain. Fedra i ddim mentro gadael iddo fo neud hynny, felly mi fydda i'n diflannu am ddiwrnod neu ddau.'

Karel Begh: 'Diflannu?'

Zahedi: 'Jyst yn ddigon hir i'w daflu fo oddi ar y trywydd. Ar ôl be ddigwyddodd yn Pocock Street neithiwr mi fydd ganddo fo fwy o achos fyth dros ddial. Ac mi fydd ar ei wyliadwriaeth. Ond mi ddaw fy nghyfle efo *fo* rywbryd eto, a hynny'n fuan . . . ' Roedd ei lais wedi magu tôn fombastig. 'Sut bynnag, mae gen i rywbeth lawn mor bwysig i'w gyflawni tra ydw i yma yng ngwlad yr inffidel.'

Heb orfod gofyn, fe wyddai Kemal fod gan y tamaid papur mewn llaw rywbeth i'w neud â'r gwaith ychwanegol – ond fe wyddai hefyd nad oedd pwynt holi rhagor. Sut bynnag, meddai wrtho'i hun, mi fydd yn braf cael gwared â fo am chydig a chael llacio tipyn ar yr awyrgylch sydd wedi bod yn ein llethu ni byth ers iddo fo ymuno efo ni ym Mharis.

'Y car. Mi fydda *i* isio hwn.' Deud yn hytrach na gofyn. Roedden nhw wedi cyrraedd y stryd gefn lle'r oedd yr Astra gwyrdd wedi'i barcio. 'Ac fe gawn ni gwarfod yn y warws yn Wapping ymhen rhai dyddia. Dyna lle fydd raid inni aros o hyn ymlaen, dach chi'n dallt hynny? Cysgu'r nos yno hefyd, fel neithiwr. Gan na fyddi di'n dod yno efo ni rŵan, oherwydd dy gyfarfod pwysig, bydd raid iti ffeindio'r lle drosot dy hun.'

Gwnaeth Kemal ei ora i anwybyddu dychan amlwg y geiria. 'Mi ffonia i hwn os bydd raid . . . ' Nodiodd i gyfeiriad Karel Begh a dangos ei ffôn mudol ei hun yr un pryd. ' . . . ac fe geith drefnu lle i 'nghwarfod i.'

'Na. Mae o'n dod efo fi . . . '

Pe bai Zahedi wedi digwydd edrych ar y myfyriwr ifanc, byddai wedi gweld siom yn cymylu gwyneb hwnnw.

' . . . Mi fydda i ei angen o fel cyfieithydd . . . a dreifar. Sut bynnag, ddylet ti ddim cael trafferth i ffeindio'r lle. *Underground* i steshon Wapping, cadw i'r chwith am ganllath ac fe weli di Clave Street. Mae'r warws yn fan'no. Drws gwyrdd efo'r enw Hilliards Shipping Co. mewn gwyn arno fo. Mae'r lle'n wag. Dyma fo'r goriad . . . a phaid â'i golli fo. A phaid â thynnu sylw atat dy hun trwy neud rhywbeth gwirion fel cymryd tacsi at y drws. Mi fydda i wedi dy ffonio di ac yn disgwyl iti fod yno pan ddo i'n ôl.'

'*Dod 'nôl?*' Dyna gymaint o gwestiwn ag yr oedd Kemal am ei fentro. Roedd wedi hen ddiflasu ar agwedd atgas Zahedi.

'Ia. Mi fydda i'n gadael Llundain am rai dyddia.'

'Ac yn ôl pryd?'

'Pwy ŵyr! Mae'n dibynnu pa mor rhwydd fydd petha yn y pen arall.'

Er aros yn dawel am rai eiliada, ddaeth dim eglurhad ar lle oedd '*y pen arall*'. Ond roedd Karel Begh yn gwybod, *ac* yn anesmwytho.

Gwyliodd Reza Kemal yr Astra yn cael ei lyncu gan draffig y stryd brysur, gollyngodd ochenaid fechan o ryddhad, edrychodd ar ei wats, edrych ar y map, edrych eto ar ei wats a phenderfynu bod ganddo ddigon o amser i gerdded i'w gyfarfod pwysig.

* * *

Yn y cyfamser roedd Sam wedi cyrraedd y Swyddfa Dramor ers dwyawr neu fwy ac wedi methu cael mynediad. Roedd y porthor wedi bod yn bendant iawn yn ei wrthod, fel pe bai o wedi cael cyfarwyddyd ymlaen llaw i fod ar ei wyliadwriaeth.

'Mae'n ddrwg gen i, syr, ond os nad yw'r *pass* swyddogol gennych chi . . . ' Barnai nad oedd angen gorffen y frawddeg.

'Caroline Court . . . Ysgrifenyddes Breifat Mr . . . ' Roedd Sam wedi crafu ei gof am yr enw. ' . . . Mr Fairbank, y Cyfarwyddwr Rheolaeth Gyda Gofal Am . . . '

'Mi wn i'n iawn pwy a be ydi Mr Fairbank, syr, ond y

ffaith ydi nad oes gen i hawl i ganiatáu mynediad i chi nac i neb arall os nad yw'r *pass* swyddogol gennych chi.'

Gydag arwydd diamynedd efo'i law, roedd Sam wedi cyfeirio at y swyddfa fechan yn y porth. 'Wel ffoniwch swyddfa Miss Court o fan'cw 'ta. Fe ddylai ei gair hi fod yn ddigon.'

'Dydi Miss Court ddim yn ei swyddfa bore 'ma, syr. Mae'n ddrwg gen i ond does dim y medra i ei neud, mae arna i ofn.'

Roedd yn amlwg fod y dyn yn deud celwydd, ond ei fod yn gneud hynny ar orchymyn rhywun mewn awdurdod. Ond dyna fo, doedd y cradur ond yn gneud ei ddyletswydd, meddyliodd Sam yn flin, gan sylweddoli na fedrai ddibynnu bellach ar y Swyddfa Dramor, na'r gwasanaetha cudd chwaith o ran hynny, am lawer o gydweithrediad. Chwyrnodd y Kawasaki'n fygythiol, fel pe bai'n adleisio tymer ei berchennog, wrth anelu am Shoreditch i gadw oed efo Iddew o'r enw Marcus Grossman yn y Commercial Hotel ar Calvin Street.

* * *

Rhwng popeth – y traffig trwm a'r ffaith eu bod mor anghyfarwydd efo'r ardal ac yn gorfod stopio ar bob gola coch – fe gymerodd yn agos at ddeugain munud i'r Astra ddod o'r diwedd i olwg y warws ar Clave Street yn Wapping. Roedd y lle'n gweddu i'r dim i'w fwriad, meddyliodd Zahedi. I Allah y bo'r diolch am lwyddiant yr alwad ffôn bnawn ddoe. A bydded i Allah roi ei holl fendith hefyd ar ei waith ef, Zahedi, yma yng ngwlad yr inffidel.

Pan laniodd yn Lloegr yng nghwmni Karel Begh rai dyddia'n ôl, ei unig gyswllt yn y brifddinas oedd cyfeiriad y teulu o Gwrdiaid yn Pocock Street a rhif ffôn yn yr East End. Roedd y rhif hwnnw wedi bod yn ei feddiant ers misoedd, bron ers cychwyn ei ymgyrch dial.

Fe'i cafodd gan Yakubovich cyn i hwnnw fynd yn fwyd i bysgod y Moskva. Cafodd gan hwnnw hefyd y geiria cod a fyddai'n sicrhau pob cydweithrediad iddo yn Llundain.

Gan nad oedd ganddo unrhyw afael ar Saesneg, Karel Begh fu'n rhaid gneud yr alwad ffôn drosto ac egluro i'r ferch ar ben arall y lein eu bod angen gwybodaeth yn ogystal â tho diogel uwch eu pennau tra yn Llundain. Yna, ymhen hir a hwyr, yn dilyn llawer o holi o'i rhan hi a llawer o gyfieithu wedyn rhwng y ddau Gwrd cyn i atebion gael eu cynnig, clywodd Karel Begh ewinedd ei bysedd prysur yn dawnsio ar fysell rhyw gyfrifiadur. 'A!' meddai'r llais yn foddhaus o'r diwedd wrth iddi ganfod y wybodaeth y chwiliai amdani. 'Zahedi! Iraciad . . . '

'Nage, Cwrd. Wedi ei eni yn Irac efallai, ond Cwrd.'

'Iawn.' Ond doedd y llais ar ben arall y lein ddim fel pe bai'n dallt chwaith, nac yn malio. 'Cwrd, yn byw yn Rwsia . . . '

Doedd y myfyriwr ddim wedi trafferthu i'w chywiro hi yr eildro.

' . . . Un o ddynion Yakubovich *(deceased)*, yn ôl y wybodaeth sydd gen i yn fama.' Roedd yn amlwg mai darllen oddi ar sgrîn y cyfrifiadur yr oedd hi. 'Viktor Semko *(deceased)* yn enw arall sy'n cael ei gysylltu efo fo.' Roedd hi wedi chwerthin yn fyr wedyn a deud, 'Mae'n ymddangos nad ydi Mr Zahedi yn gneud llawer o les i iechyd neb.' A phan na chawsai unrhyw ymateb, roedd hi wedi mynd ymlaen i egluro. 'Ffoniwch eto ymhen yr awr ac fe gawn ni weld be ellir ei drefnu ar eich cyfer.'

Ymhen yr awr roedd ganddi orchymyn iddyn nhw fynd ar eu hunion i Wapping Gardens ac aros yn fan'no wrth y giât yn wynebu'r eglwys nes i rywun gysylltu â nhw. Fe'u cadwyd i aros am ddeng munud neu ragor dros yr amser penodedig, ond o'r diwedd daeth pedwar dyn digon trwsiadus yr olwg i'w cyfarch trwy ffenest agored Mercedes du a gorchymyn iddyn nhw eu dilyn yn yr Astra. Arweiniwyd hwy o Wapping Gardens i'r warws hon ar Clave Street ac wedyn bu Karel Begh yn brysurach nag erioed yn cyfieithu cwestiyna ac atebion rif y gwlith. Tra wrth y gwaith hwnnw, roedd y myfyriwr ifanc wedi sylwi fod pob un o'r pedwar dieithryn yn cario gwn a bod yr un pen moel oedd yn holi yn dal llun o Zahedi yn ei law ac yn cymryd ei amser i gadarnhau'r tebygrwydd. Rhaid eu bod nhw wedi cael eu darbwyllo o'r diwedd, oherwydd ymhen rhyw ugain munud o holi ac o edrych yn amheus yn ôl a blaen o'r gwyneb i'r llun, roedd y Pen Moel wedi gwenu'n sych ac wedi taflu goriad y warws i ddwylo Zahedi efo'r rhybudd, 'Parcha'r lle! A phaid â rhoi achos i'r heddlu orfod galw yma. Dallt?'

Doedd Karel Begh ddim wedi meiddio cyfieithu'r cwestiwn bygythiol ola, am y gwyddai mor hawdd oedd i Zahedi gael ei daflu oddi ar ei echel. Yn hytrach, fe roddodd yr addewid o'i ben a'i bastwn ei hun. Yna fe basiwyd darn o bapur i'w ddwylo.

'Dyna fo'r cyfeiriad roeddach chi 'i isio. Ond does gynnoch chi mo'r syniad lleia sut i fynd yno, mae'n siŵr?' Ac i ateb ei gwestiwn gwamal ei hun roedd wedi estyn map ac wedi egluro'n fanwl iddyn nhw y ffordd gyflyma o Lundain i dre o'r enw Abercymer yng ngogledd Cymru. 'Dwn i ddim be ydi'ch busnas chi yno, ond gofalwch neud job dda ohoni. Mae 'na ddau o 'nynion i yng ngharchar am oes oherwydd y diawl yna.' Gyda'i ben roedd wedi amneidio at y cyfeiriad ar y papur yn llaw Zahedi.

Yna, fel roedden nhw'n troi i adael, roedd Zahedi wedi cyfarth cwestiwn i Karel Begh ei ofyn. 'Fedrwch chi gael gynnau inni?' meddai hwnnw.

Roedd y Pen Moel wedi syllu'n hir mewn distawrwydd arnyn nhw wedyn, fel pe bai'r penderfyniad ddim yn un hawdd. 'Chwe chanpunt y gwn,' meddai o'r diwedd. *'US Ingram automatic machine pistol.* Y gora a'r ysgafna ar y farchnad. Neu'r *Heckler an' Koch G3 SG/1 sniper rifle* os lici di. Hwnnw ganpunt yn ddrutach.'

Roedd y prisia'n afresymol o uchel, meddyliodd Karel Begh wrth gyfieithu i Zahedi, ond synnodd weld hwnnw'n mynd yn ddigwestiwn i boced ei gôt, ac allan o bentwr trwchus o bapura hanner canpunt yn rhifo trichant ar ddeg o bunnoedd i law y Pen Moel. 'A! Un *Ingram* ac un *Heckler*, felly?' oedd ymateb y Sais, gan adael i wên ffals ledu dros ei wyneb. 'Mae'n dda gneud busnes efo dyn sy'n gwybod be 'di be. Fe fyddan yma iti cyn nos.' A bu'n driw i'w air. Ei eiria ola cyn eu gadael oedd 'Gyda llaw, y rhent am fan'ma fydd dau gant a hanner y dydd. Hynny'n rhesymol iawn dwi'n credu. O! Ac fe gewch chi'r map am ddim . . . *gratis!*'

Cofiodd Karel Begh rŵan fel roedd gwên wamal a hunanfodlon y pedwar wrth droi i adael wedi ei wylltio, ond nad oedd y wên honno na'r rhent afresymol wedi creu unrhyw argraff ar Zahedi.

O Waterloo i Wapping fu dim gair rhwng y ddau. Roedd Zahedi'n drwm yn ei gynllunia ei hun tra bod y myfyriwr ifanc yn meddwl mewn sobrwydd am y dyddia nesa, y byddai'n rhaid iddo eu treulio yng nghwmni'r fath lofrudd. Poenai ynghylch ei ddyfodol ei hun; poenai hefyd ynglŷn â be oedd wedi digwydd i'w ddau gyfaill ym Mharis.

Roedd y warws yn un eang, efo mwy na digon o le i gadw'r car o'r golwg ynddi. Ar hyd un ochor i'r adeilad safai pentwr ar ôl pentwr o haearn sgrap. Wrth y wal gyferbyn roedd y matresi y bu'r ddau yn gorwedd arnyn nhw neithiwr. Roedd Zahedi wedi cau ei lygada am chwarter i un ar ddeg y nos ac wedi eu hagor am chwarter wedi pump drannoeth, wrth i'r wawr gynnar dreiddio trwy'r gwydra yn nho'r adeilad. Ond prin y cofiai Karel Begh gael eiliad o orffwys, heb sôn am gwsg, a hynny oherwydd caledwch y concrit oer o dan ei fatres dena. Yn y gornel bella, gyferbyn â'r drws, roedd stafell fechan yn cynnwys toiled a sinc. Tap dŵr oer yn unig oedd ar honno. Roedd y sgwâr o deils gwyn ar hyd un wal yn fân gracia duon i gyd a'r bowlen molchi ei hun yn slafan o oeliach a baw ond doedd Zahedi ddim fel pe bai'n sylwi o gwbwl. Gwyliodd Karel Begh ef yn noethi'i hun hyd at ei hanner, yn tasgu dŵr oer dros ei wyneb ac yn sychu'i hun wedyn efo cynffon ei grys. Yna gwelodd ef yn agor bag colur a chofiodd ei fod wedi gwylio'r ddefod yma unwaith o'r blaen, yn y tŷ haf yn Argenteuil tu allan i Baris. Ac fel y tro hwnnw, safodd eto'n fud i wylio Carla Begh yn ymrithio o'i flaen – colur yn drwm ar fochau nes cuddio'r creithia, lliw llwydlas o gylch y llygada, trwch mascara ar yr amranna, pensel ddu ofalus dros yr aelia, wìg gloywddu llaes, dwy frest ffug a llac, ac yna'r ffrog dywyll flodeuog. Teits wedyn, a phâr o esgidia sodlog anghyfforddus yr olwg. Yna'r ddwy gadwyn o fwclis lliwgar am y gwddw a chlustdlysa digon mawr i hongian llenni oddi arnynt. Ac yn ola, y minlliw rhy goch ar wefusa. Doedd 'ei fam' mo'r peth tlysa ar wyneb daear, meddyliodd Karel yn ddihiwmor, a go brin y byddai unrhyw ddyn yn edrych ddwywaith arni. Ond dyna'r holl fwriad wedi'r cyfan. Beth bynnag a feddyliai o Zahedi fel dyn, roedd yn rhaid iddo edmygu ei ddawn a'i fenter.

'Reit! Amser cychwyn!' cyfarthodd y wraig ddiolwg gan gamu'n ddynol at fŵt yr Astra i neud yn siŵr bod y gynnau a'r cyflenwad o fwledi yn dal yn fan'no. Taflodd hefyd ei ddillad newid i mewn.

Pennod 11

Mewn cornel o dafarn brysur y Kennington ar Harleyford Road, o fewn tafliad carreg i adeilad mawreddog Vauxhall Cross ar lan ddeheuol y Tafwys, eisteddai tri dyn mewn sgwrs ddwys a difrifol, yn gwyro 'mlaen dros y bwrdd crwn oedd rhyngddynt, er mwyn medru clywed a deall geiria'r naill a'r llall. Sais mewn siwt lwydlas oedd un, ei aelia, fel ei wallt, yn drwchus a brith. Golwg estron oedd ar y llall, ei ddillad yn rhatach ac yn ysgafnach eu brethyn. A barnu oddi wrth liw ei groen a düwch disglair ei wallt, roedd yn hanu o un o wledydd y Dwyrain Canol. Estron oedd y trydydd hefyd, ond yn fwy graenus ei wisg, yn fwy parchus ei olwg na'r llall. Fel cyfieithydd swyddogol i MI6, fe wyddai hwnnw be oedd waled lawn. Fe wyddai hefyd be oedd cadw cyfrinachedd. Ac ynta, ers tro byd, wedi arwyddo'r *Official Secrets Act*, roedd ganddo syniad go dda be allai ddigwydd iddo pe bai'n bradychu cyfrinach.

O'u blaen, wedi'i wthio i le amlwg rhwng y peth dal halen a'r pot pupur, roedd cerdyn efo'r gair *Reserved* arno. A da i hwnnw fod yno, oherwydd ni fyddai gobaith fel arall gael cerdded i mewn i'r Kennington am chwarter i dri ar unrhyw bnawn, heb sôn am bnawn Sadwrn, a disgwyl cael lle i eistedd. Roedd pob bwrdd yn y stafell eang yn llawn – criwia ifanc yn benna, a'r rheini o bob lliw a llun ac yn gynrychiolaeth dda o genhedloedd y byd. Fel y rhan fwya o dafarna safonol canol Llundain, roedd y Kennington mor gosmopolitaidd â'r ddinas ei hun, yn feicrocosm ohoni.

Gwibiai gweinyddwyr hwnt ac yma i glirio'r gwydrau a'r llwythi o lestri gwag oddi ar bob bwrdd. Yn ogystal â bod yn dafarn boblogaidd, fel y tystid gan y wasgfa o gyrff wrth y bar hir i lawr un wal, roedd y Kennington yn dŷ bwyta ffyniannus iawn hefyd; yn lle i'r ffyddloniaid breintiedig dyrru iddo'n ddyddiol am eu prydau parod canol dydd ac yn lle i oedi ynddo wedyn i sgwrsio ac i hamddena, fel pe bai'r fath beth â diwrnod gwaith ddim yn bod. Ac oherwydd mai Sadwrn oedd hi heddiw, a hwnnw'n Sadwrn gwanwynol, yna roedd y bar o dan ei sang, ac wedi bod felly er cyn canol dydd.

Yn sŵn y parablu cyson doedd dim gobaith i neb glustfeinio ar sgwrs y tri yn y gornel. Nid bod neb yn dangos unrhyw awydd i neud hynny sut bynnag. Pawb i'w fusnes ei hun oedd hi yma, bob amser. Bu'r gŵr o MI6 yn ddoeth yn ei ddewis o fan cyfarfod ac roedd yr asiant rhan-amser M4202UKN, alias Saqqiz, er gwaetha'i lygaid aflonydd a drwgdybus, yn gwerthfawrogi hynny.

'Rydan ni'n deall ein gilydd, felly?'

Gwnaeth Syr Leslie Garstang ystum i godi, tra bod ei gwestiwn yn cael ei gyfieithu. Heb i neb sylwi, cododd dau arall oddi ar eu stolion ym mhob pen i'r bar. Yn ystod y deugain munud dwytha, tra bu'r sgwrs yn mynd yn ei blaen wrth y bwrdd, doedd yr un o'r ddau yma wedi gadael i'w lygaid grwydro'n rhy bell oddi wrth y gornel honno.

' . . . Cyfle i gael gair efo fo, dyna'r cwbwl a ofynnwn, ac os y llwyddwn ni i'w ddarbwyllo, ac os y cytunith o i gydweithio, yna mi wnawn ninna wedyn bob dim fedrwn ni i hyrwyddo'ch achos chitha yn nwyrain Anatolia . . . '

Ddaeth dim newid dros wyneb y llall. Roedd mor ddifynegiant ag y bu gydol y sgwrs. Byddai ambell un llai craff na Syr Leslie wedi teimlo 'i fod yn gwastraffu'i amser efo fo, ond fe wyddai'r gŵr o Vauxhall Cross fod y cynnig yn apelio i'r Cwrd ifanc ond bod hwnnw falla'n gweld problem neu ddwy i'w goresgyn cyn y gallai gydsynio.

'Be wyt ti'n ddeud, Saqqiz?' Gwenodd Dirprwy Gyfarwyddwr MI6 wrth weld fflach sydyn o syndod yn neidio i'r llygada tywyll. 'Paid â phoeni, . . . ' Parhâi'r wên. ' . . . rhif yn unig wyt ti yn Vauxhall Cross. Fi ydi'r unig un fydd yn dy nabod ti fel Saqqiz. Ac fe wyddost pam, wrth gwrs, fy mod i wedi rhoi'r enw hwnnw iti . . . '

Roedd llygaid y Cwrd wedi meinhau rhyw gymaint wrth i wên y gŵr o MI6 ledu. Yna diflannodd y wên honno a daeth mwy o galedwch, mwy o graffter, i wyneb y Sais.

' . . . Saqqiz ydi'r dre yn Iran y cest ti dy eni ynddi, ynde?'

Roedd y naill yn syllu'n ddwfn i lygad y llall tra câi'r geiria eu cyfieithu, y Cwrd yn oer ac yn ddrwgdybus, Syr Leslie Garstang yn fwriadol awgrymog. 'Ond fel roeddwn i'n deud, gwybodaeth i'w chadw rhyngot ti a fi ydi hyn'na.'

Cododd y Dirprwy Gyfarwyddwr o Vauxhall Cross i'w draed a chychwynnodd y ddau wrth y bar am y drws, i aros amdano, eu llygaid profiadol yn gwibio'n ôl a blaen dros y stafell i neud yn siŵr nad oedd unrhyw beryg yn bygwth. Wrth droi i'w adael, ac wedi gneud yn berffaith siŵr nad oedd neb arall o fewn clyw, gostyngodd Syr Leslie Garstang ei lais a chyda winc awgrymog meddai, 'Fe gawn ni gyfarfod eto . . . yn fuan . . . Reza Kemal.' Gwthiodd ei ffordd am y drws, efo'r cyfieithydd i'w ganlyn, gan adael y Cwrd yn llai sicir ohono'i hun nag oedd pan ddaeth i mewn i'r Kennington lai nag awr yn ôl. Ond doedd y fantais ddim i gyd yn nwylo'r Sais, chwaith, meddyliodd. Chydig a feddyliai hwnnw y gellid bod wedi cynnal y sgwrs heb help y cyfieithydd.

Be oedd Reza Kemal, darpar arweinydd y PKK, ddim yn ei wybod oedd bod dau arall o ddynion MI6 yn aros amdano tu allan, i'w ddilyn i ble bynnag y bwriadai fynd ar ôl gadael y dafarn.

* * *

Yn dilyn y cyfarchion arferol, cafodd Sam fraslun gan Grossman o bob peth oedd wedi digwydd i hwnnw ers iddo lanio ym Mharis.

' . . . Yr unig beth da, hyd yma,' meddai'r Iddew wrth ddod â'i hanes i ben, 'ydi bod dau ohonyn nhw wedi cael eu dal yn Ffrainc.'

'Dau stiwdant bach ifanc!' Amlwg nad oedd Sam yn gweld llawer o achos clochdar. 'Ac un o'r rheini'n ferch!'

Ond doedd Grossman chwaith ddim mewn rhyw lawer o hwylia i dderbyn beirniadaeth. 'Stiwdants neu beidio, maen nhw'n ddigon hen i osod bom ac i greu llanast a lladd.'

Gwelodd Sam yr Iddew arall, yr un a elwid Josef, yn nodio cytundeb.

'Ro'n i'n meddwl mai Reza Kemal oedd yn gyfrifol am hynny?'

'Ia, ond efo help y ddau rwyt ti'n eu galw'n *stiwdants bach ifanc*. Mae'r Sureté wrthi'n holi rheini ar hyn o bryd. Os bydd ganddyn nhw unrhyw wybodaeth o bwys, yna mi fydda i'n siŵr o gael clywed.'

Nid am y tro cynta, fe deimlodd y Cymro ryw barch cyndyn tuag at Grossman ac at drylwyredd y Mossad. 'Ond does gen ti ddim syniad lle mae Zahedi.' Deud yn fwy na gofyn.

'Ar hyn o bryd, nagoes. Ond matar o amser, dyna i gyd. Fedra i ddim bod yn hollol siŵr pam mae o wedi dod yma i Brydain o gwbwl. Un o dri rheswm, hyd y gwela i. I ymuno efo'r gell o Gwrdiaid sydd wedi cael ei sefydlu'n ddiweddar, rywle yn Llundain 'ma, gyda'r bwriad o greu hafoc i sefydliada Iddewig. Neu ei fod o'n awyddus i sefydlu cyswllt efo'r gell sydd gan y Mafiozniki ym Mhrydain. Neu ei fod o yma'n unswydd i ddod ar dy ôl di.' Aeth yr Iddew yn ddistaw am rai eiliada, fel pe bai'n pwyso a mesur y posibiliada yr oedd o ei hun wedi'u hamlinellu. 'Dydw i ddim yn rhoi llawer o styriaeth i'r opsiwn cynta,' meddai o'r diwedd. 'Mae Zahedi wedi arfer chwara gêm dipyn mwy na honna. Gwaith i derfysgwyr llai fasa hwnna yn ei olwg o, dwi'n siŵr. Dydw i ddim yn meddwl bod y trydydd opsiwn yn un i boeni'n ormodol yn ei gylch chwaith . . . '

Chwarddodd yn fyr. 'Paid ag edrych arna i fel'na, Sam. Be dwi'n feddwl ydi hyn – os mai chdi ydi prif darged Zahedi, yna mi fyddet ti wedi gwybod hynny cyn rŵan mae'n siŵr iti, oherwydd dydi o ddim yn un i adael i chwyn dyfu o gwmpas ei draed. Mi fasa fo wedi'i gneud hi am ogledd Cymru ymhell cyn hyn. Felly, dwi'n rhesymu mai'r opsiwn canol ydi'r un mwya tebygol, sef bod Zahedi yn trio creu cyswllt efo'r gell sydd gan y Mafiozniki rywle yn yr East End.'

'I be, meddat ti?' Doedd dim sŵn cytuno yn llais Sam.

'Cyffuria'n benna.'

Chwarddodd y Cymro yn fyr ac yn chwerw. 'O! Tyrd o'na, Marcus! Rwyt ti newydd ddeud bod chwythu synagoga ac ati yn rwbath sydd islaw sylw Zahedi erbyn hyn, ac eto ar yr un gwynt rwyt ti'n awgrymu ei fod o yma i brynu a gwerthu cyffuria! Choelia i fawr! Mae'n debycach o lawar gen i ei fod o yma i neud pob un o'r petha y soniaist ti amdanyn nhw, a mwy hefyd o bosib. Gyda llaw, sut mae dy fêt di? Yr un gafodd ei chwythu gan y grenêd.'

'Mae o'n eitha, ond y drwg ydi ei fod *o* hefyd yn broblem imi erbyn hyn. Fel y gelli di ddychmygu, mae Scotland Yard yn fwy nag awyddus i'w holi fo ynglŷn â'r ffrwydrad yn Pocock Street ac maen nhw wedi rhoi plismon i gadw llygad rownd y cloc ar y ward yn St Bartholomew's, nes y daw Leon ato'i hun ac y bydd o'n ffit i gael ei groesholi.'

'Dod ato'i hun? Ond mi ddeudist ti rŵan ei fod o'n o lew.'

'Nid cyflwr ei iechyd o ydi'r broblem. Mi fydd y llosgiada ar ei wyneb a'i freichia fo wedi mendio'n fuan, ac mi ddaw ei goes o ati'i hun hefyd ymhen mis neu ddau, ond ar hyn o bryd mae o'n gorfod smalio ei fod o'n waeth nag ydi o, nad ydi o'n cofio dim am y ddamwain

. . . nad ydi o hyd yn oed yn cofio pwy ydi o.'

Dalltodd Sam. 'Dwyt ti ddim am i Scotland Yard gael ei holi fo.'

'Yn hollol. Dydi rheini ddim yn dwp. Yn hwyr neu'n hwyrach maen nhw'n siŵr o ddallt pwy neu be ydi Leon. Synnwn i ddim nad ydyn nhw wedi sylweddoli hynny'n barod. Pam fasan nhw'n rhoi rhywun i'w wylio fo, fel arall? Fedri di ddychmygu'r embaras gwleidyddol i Israel os ceith o 'i brofi bod *hit squad* y Mossad wedi cael ei anfon drosodd i Brydain? Fedri di ddychmygu'r propaganda fyddai'r Arab yn ei odro allan o sefyllfa o'r fath? Fedri di ddychmygu be fyddai ymateb hunangyfiawn y Clerigwyr yn Iran?'

Gwenodd Sam yn dosturiol. 'Be wyt ti am neud, felly?'

'Oes gen i ddewis?'

'Rwyt ti am gipio dy fêt allan o dan drwyna'r plismyn!'

'Ydw. Fedra i ddibynnu arnat ti am help, Semtecs?'

'Ha!' Roedd sŵn anghrediniol yn llais y Cymro, fel pe bai'n methu credu bod yr Iddew wedi gofyn y fath beth. 'Wyt ti am fy ngweld inna hefyd yn y jêl? Na, sori, Grossman. Dy broblem di.'

Daeth cwmwl dros wyneb golygus yr Iddew wrth iddo redeg ei fysedd fel crib trwy'i wallt gloywddu. Yna, ymhen eiliada, 'Sori, Sam. Dy broblem ditha hefyd.'

'Be wyt ti'n feddwl?'

'Wyt ti'n cofio pam dy fod ti yma, yn Llundain? Wyt ti am ddelio efo Zahedi dy hun bach?'

'Os bydd raid, ydw.'

'Heb arf?'

Gwelodd Sam y gola coch. 'Rwyt ti wedi gaddo gwn, Grossman. Fedri di ddim mynd 'nôl ar dy air.'

'Y gwir ydi, ti'n gweld . . . ' Roedd y mân grychni yng ngorneli llygaid yr Iddew yn awgrymu direidi a chelwydd. ' . . . mai gwaith Leon oedd gofalu am y gynna.

Dim ond fo sy'n gwybod ymhle maen nhw wedi cael eu cuddio.'

Gwylltiodd y Cymro. 'Paid â chwara efo fi, Grossman. Wyt ti'n meddwl 'mod i'n ddiniwad, 'ta be?'

'Ffaith iti, Semtecs, 'rhen ddyn! Does gan Josef na finna ddim syniad lle maen nhw wedi cael eu storio. 'Dan ni'n dibynnu'n llwyr ar Leon i ddangos inni lle mae'r gynna'n cael eu cadw.'

'Damia dy liw di, yr Iddew ddiawl!' Roedd goslef y llais yn awgrymu ei fod wedi cael ei drechu; cystal ag awgrymu, 'Olreit 'ta. Be wyt ti isio imi neud?'

* * *

'Mae hi'n gymun yn capal bora fory, Rhian, ac mi fydd raid imi fynd yno, ti'n dallt. A fedar dy dad ddim aros adra'n hawdd iawn chwaith.'

Newydd ddod i lawr o'r llofft yr oedd Rhian, ar ôl bod â'i mab bychan i'w wely. Ochneidiodd yn ddiamynedd rŵan wrth synhwyro bod ei rhieni newydd fod yn trafod yr hyn a ystyrient yn broblem.

'Mam! Newch chi plîs beidio gneud môr a mynydd o betha! Dwi'n dallt bod yn rhaid ichi fynd i capal. Dwi'n dallt mai chi sy'n gyfrifol am baratoi'r cymun, a dwi'n dallt bod yn rhaid i Dad fod yno am 'i fod o'n flaenor. Be 'di'r broblem? Rhyw awr a chwartar fyddwch chi o'ma ar y mwya.'

'Os oes raid iti fynd adra i Hen Sgubor fory i nôl rhagor o ddillad ac ati, yna pam na wnei di aros tan y pnawn, fel y medar dy dad a finna ddod efo chi'n gwmni?' Roedd taerineb Nan Gwilym yn amlwg yn lleithder ei llygada.

Ceisiodd Rhian neud yn fach o'i phryder. Trodd at ei thad. 'Dad! Wnewch chi ddeud wrth y ddynas 'ma am beidio ffysian?' Ond chydig iawn o gefnogaeth a gafodd hi o'r cyfeiriad hwnnw. Dim byd mwy ma 'Mmm?'

breuddwydiol. Roedd Bob Gwilym yn rhy brysur yn clustfeinio ar benawda newyddion y teledu. Wnâi hi mo'r tro o gwbwl ganddo pe bai lleisia uchel ac estron o'r bocs yn y gongol yn cadw'r ŵyr bach rhag cysgu.

Trodd Rhian unwaith eto at ei Mam i geisio tawelu ofnau honno. 'Be *all* ddigwydd, Mam? Fydda i ddim yn y tŷ fwy na hannar awr i gyd. Jyst digon o amsar i daflu chydig o ddillad i gês. Mae Semtecs Bach a finna angan tipyn mwy o betha nag y ces i amsar i'w pacio wythnos yn ôl. Ac fe wyddoch chi o'r gora y bydd un neu ragor o'r dynion sy'n cadw golwg ar y tŷ yn mynnu dod efo ni, beth bynnag. Felly, be 'di'r broblem?'

Ochenaid oedd unig ymateb y nain, fel pe bai hi'n ymroi yn anfodlon i'w ffawd. Trodd yn ôl am y gegin a throi eto cyn diflannu drwy'r drws. 'Ond wnei di un ffafr â fi?' Roedd y difrifoldeb yno ar ei gwyneb o hyd.

'Be felly?'

'Wnei di alw'r hogyn bach 'na wrth ei enw iawn, bendith y Tad iti! Buan y bydd pawb arall yn ei alw fo wrth y llysenw gwirion 'na hefyd os na fyddi di'n ofalus.'

'O Mam!' Chwarddodd Rhian, a gwyddai fod ei Mam yn gwenu hefyd wrth fynd i roi'r tecell i ferwi.

* * *

Tipyn o hunlle i Karel Begh fu'r daith i ogledd Cymru. Lai nag wythnos yn ôl doedd ganddo ddim profiad o gwbwl o yrru car ar ochor chwith y ffordd ond dyma fo rŵan wedi gorfod ymgodymu efo tagfeydd canol Llundain a gwallgofrwydd yr M25 a'r M1, i gyd o fewn yr un diwrnod. Gydol y daith, cyndyn fu Zahedi – Carla Begh, yn hytrach! – i gynnig help o unrhyw fath. Roedd yn well ganddo ymgolli yn ei feddylia'i hun na chymryd unrhyw ddiddordeb na chyfrifoldeb am y daith. O ganlyniad, bu raid i'r dreifar ifanc fod yn effro iawn i'r gwahanol arwyddion a phan ddaethant o'r diwedd at Gyffordd 19, oherwydd ei fod yn y lôn ganol ar y pryd yn goddiweddyd rhes o lorïa a fanïa uchel, bu ond y dim iddo golli'r arwydd am yr M6 a Birmingham a gogledd Cymru. Ar y funud ola, ac yn ddirybudd, gwthiodd ei ffordd rhwng dwy lorri a chlywed cyrn rheini o'i ôl yn melltithio'r Astra gwyrdd a'i ddreifar anghyfrifol. Ond prin y cododd Carla Begh ei phen.

'Mae o'n bellach nag oeddwn i wedi meddwl,' meddai'r Cwrd ifanc o'r diwedd, er mwyn torri ar ddiflastod y daith yn fwy na dim arall. Roedd pwysa'r traffig yng nghyffinia Spaghetti Junction, y symud ara a'r stopio rheolaidd, wedi rhoi'n agos at dri chwarter awr ar ben eu siwrna ond rŵan roedd petha'n dechra llacio chydig, a thraffordd fwy agored yn ymestyn o'u blaen. O gael dim ateb eto, aeth ynta hefyd yn ôl i'w gragen, ac felly yr arhosodd y ddau wrth i'r milltiroedd lifo heibio.

'Aros! Dos i mewn i fan'na!'

Roedden nhw'n nesu at ynys go brysur ar ffordd osgoi tre Amwythig. Pwyntiai Zahedi at feithrinfa blanhigion ar y chwith.

'Mi fydd y lle wedi cau.'

'Gwna fel dwi'n deud, y drewgi! Mae 'na ola ymlaen.'

Yn sŵn crensian teiars yr Astra ar gerrig mân y fynedfa daeth gwyneb dynes ganol oed i'r golwg yn nrws un o'r tai gwydyr. Ysgydwodd law yn negyddol uwch ei phen a gweiddi, 'Sori, ond 'dan ni wedi cau ers meitin.'

'Dos allan a gofyn iddi werthu basged wellt iti. Un fawr, i'w chario dros y fraich. Mae lle fel hyn yn siŵr o fod yn gwerthu petha felly . . . '

Teimlodd Karel Begh bapur hanner canpunt yn cael ei wthio i'w law.

' . . . Paid â chymryd dy wrthod. A thyrd â llond y fasged o floda, rhosod coch os yn bosib.'

Dringodd y gyrrwr ifanc allan o'r car a chychwyn cerdded i gyfeiriad y ddynes. Gyda phob cam, gwelodd yr amheuaeth, yn gymysg ag ofn, yn magu yn ei llygaid.

'Mae'n ddrwg gen i'ch poeni chi, ond tybed a fyddech chi'n fodlon gwerthu basged wellt efo'i llond hi o floda imi? Mae Mam a finna isio mynd ag anrheg i rywun sydd wedi bod yn garedig iawn wrthon ni, ond mae pob siop yn siŵr o fod wedi cau erbyn hyn. Roedden ni wedi gobeithio cael galw yn rwla ar ein ffordd o Lundain, ond roedd y traffig mor ofnadwy . . . '

Gadawodd iddi weld y papur hanner canpunt yn ei law a pharodd hynny, ynghyd â thôn ymbilgar ei lais, iddi feddalu.

'Mae'r basgedi mwya sydd gen i yn bymtheg punt,' meddai hi, 'ond mae 'na rai rhatach.'

Dilynodd Karel Begh hi trwy ddrws y tŷ gwydyr a oedd ond megis coridor o floda yn arwain i siop go eang yn llawn o bob math o offer garddio a gwahanol fatha o blanhigion.

'Oes gynnoch chi rosod coch?'

'Oes, ond maen nhw'n ddigon drud yr adeg yma o'r flwyddyn, cofiwch. Dyma nhw'r basgedi. Pa un gymrwch chi?' Roedd hi'n cyfeirio efo'i bys at dri phentwr o fasgedi gwellt o wahanol faint. 'Pymtheg punt ond ceiniog . . . un bunt ar ddeg ond ceiniog . . . a nawpunt ond ceiniog ydi'r rhai lleia 'ma.'

Cydiodd ynta yn y fwya. 'A'r rhosod? Lle mae rheini?'

Dilynodd hi trwodd i stafell oedd â'i thymheredd yn dipyn is nag un y siop ei hun. Roedd canol llawr hon o'r golwg o dan floda; bwndeli ar fwndeli ohonyn nhw wedi eu stwffio i fwcedi o ddŵr. Pwyntiodd y wraig at ddau fwced, un yn llawn o rosod cochion a'r llall yn gymysg o rai pinc a rhai melyn. Plesiwyd hi'n fawr gan benderfyniad y dieithryn i gymryd y rhai coch i gyd.

Pan ddychwelodd i'r car efo'r fasged orlawn, ac ugain punt a thair ceiniog o newid yng nghledar ei law, y cyfan a wnaeth Zahedi oedd mwmblan rhywbeth am 'or-neud petha' a chau ei lygada wedyn fel pe'n awgrymu ei fod isio llonydd.

Fe ddaeth y glaw yn fuan wedi iddyn nhw adael Amwythig o'u hôl; cawod fer i ddechra ond y dafnau mawrion a myllni'r aer, heb sôn am y taranu pell, yn bygwth rhywbeth llawer gwaeth i ddod. Roedd y nos hefyd yn prysur gau amdanyn nhw.

LLANGOLLEN. Yn fflach y fellten gynta, neidiodd y gair tuag atyn nhw o'r mwrllwch, cyn diflannu eilwaith tu ôl i len o ddŵr ac i nos dywyllach na chynt. Ar adega, teimlai Karel Begh ei fod yn gyrru'n ddall wrth i'r glaw trana hyrddio'i hun yn fwy ffyrnig yn erbyn y sgrin wynt nag y gallai'r sychwyr ymgodymu â fo. Dro arall, deuai gola ceir i chwalu'n orchudd disglair dros y gwydyr o'i flaen gan fygwth gyrru'r Astra i grafu yn erbyn wal garreg y ffordd droellog, gul. Unwaith, bu'n ddigon beiddgar i awgrymu cael lle hwylus i aros nes i'r storm fynd heibio, ond roedd gwrthodiad Zahedi yn fwy o chwyrniad anifail gwyllt na dim arall.

Erbyn iddyn nhw gyrraedd cyrion Abercymer, roedd hi'n chwarter wedi deg y nos ac roedd straen y daith wedi rhoi cur pen ofnadwy i'r myfyriwr ifanc. Diolchodd am faes parcio ac am gyfle i ymlacio a gorffwys, gan ddisgwyl mai Zahedi fyddai'n cymryd cyfrifoldeb am ffeindio llety a phryd o fwyd i'r ddau. Teimlodd ei lygaid yn cael eu tynnu ynghau yn eu blinder.

'Dos i holi.' Roedd y 'wraig' hyll wrth ei ymyl wedi taro swits y gola mewnol yn yr Astra a rŵan yn gwthio darn papur i gyfeiriad ei 'mab'. Teimlodd hwnnw'r diflastod yn llifo trwy'i gorff fel pe bai gwaed ei wythienna wedi troi'n fwd oer.

'Be? Heno?' A phan ddaeth yn amlwg iddo nad oedd Zahedi am gydnabod y cwestiwn, heb sôn am ei ateb, gollyngodd y myfyriwr ochenaid flinedig, cyn cydio yn y papur. Yn union dros y ffordd iddyn nhw roedd garej. 'Fasa ddim yn well inni lenwi'r tanc? Mi fydd dyn y garej yn barotach i helpu cwsmer.'

Aeth Carla Begh i'r bag a fu'n gorwedd wrth ei thraed

gydol y daith, a thynnodd bapur hanner canpunt arall ohono.

Er nad oedd y storm, bellach, yn ddim ond sŵn taranau pell, eto i gyd roedd y glaw yn dal i ddymchwel. Digon gwir bod canopi'r garej yn cynnig rhywfaint o gysgod ond, wrth iddo gamu allan o'r car, teimlodd Karel Begh yr oerni llaith yn cau amdano a'r gwynt yn torri fel cyllell trwy'i ddillad tena. Wrth aros i'r Astra sychedig lyncu gwerth pymtheg punt ar hugain o betrol di-blwm, fe'i cafodd ei hun yn hiraethu am gnesrwydd Anatolia.

'Sorry matey! I can't even pronounce the bleudy name, let alone tell ya where it is. Only been 'ere a couple of years, see. Can you 'elp, mate? You're local ain't ya?' Roedd y perchennog wedi troi i gyfarch un arall o'i gwsmeriaid oedd, ar y pryd, yn dewis nifer o fân nwyddau iddo'i hun oddi ar silffoedd siop y garej.

Daeth hwnnw ymlaen i ddarllen y cyfeiriad. 'Rhiwogof? Pentra tua phedair milltir yr ochor bella i'r dre.' Defnyddiodd law a braich i roi cyfeiriada. 'Cadw ar y ffordd osgoi nes dod i ynys ym mhen pella'r dre, cadw ar y chwith yn fan'no nes y doi di at ynys arall. Syth ymlaen yn fan'no a dilyn yr arwydd am Borthmadog. Deng munud, ar y mwya.'

Diolchodd Karel Begh am y gymwynas, prynodd ddau becyn o frechdana parod, pedwar paced o greision a photel bedwar peint o lefrith, cyn dychwelyd i'r car.

'Wel?' Roedd Carla Begh yn ei chwman ac wedi suddo'n isel i'w sedd, rhag tynnu unrhyw sylw diangen ati'i hun.

'Mae Allah o'n plaid! Dim ond rhyw wyth cilometr eto. Deng munud ar y mwya, medda fo.' Trosglwyddodd y bwyd a'r diod i lin ei gydymaith ac aildanio'r car.

Ddeng munud yn ddiweddarach, roedd yr Astra'n sefyll ar sgwâr pentre Rhiwogof, yn ymyl siop fechan a gyferbyn â thafarn y King's Head, a'r ddau Gwrd yn mwynhau eu pryd cynta ers oria. Yr unig beth ar feddwl

Karel Begh bellach oedd lle y caen nhw lety a chysur mor hwyr â hyn ar noson mor oer a gwlyb. Gwyliodd Zahedi'n drachtio'n hir o'r botel lefrith blastig gan adael rhimyn anghynnes o finlliw coch o gwmpas ei cheg a chan lenwi'r car efo sŵn ei lwnc.

'Tybed a gawn ni lety yn y dafarn 'ma?' Roedd y cwestiwn yn un digon diniwed, meddyliodd, ac yn sicir ddim yn haeddu'r dirmyg a ddaeth i'w ateb.

'Llety?' Roedd y gwefusa cochion wedi tynhau mewn gwawd. 'Fydd dim llety iti heno. Mae gwaith i'w neud. Yna, gyda bendith Allah, mi fyddwn ni'n cychwyn yn ôl am Lundain.'

Ar ôl yr ychydig fodlonrwydd a ddaethai i ganlyn stumog lawn, suddodd calon y myfyriwr ifanc unwaith eto. 'Be? Mae'n rhaid gneud y gwaith heno? Rŵan?'

Roedd cwsmeriaid y King's Head yn troi tua thre o un i un.

'Dos i ofyn i un o'r rheicw.'

Gydag ochenaid hyglyw, cydiodd Karel Begh yn y darn papur unwaith eto a dringo allan o'r car. Ar yr un eiliad, daeth dyn tal a thena trwy ddrws y dafarn gan anelu ar draws y ffordd i'w gyfeiriad. Roedd Gwil, perchennog Siop Gwalia, wedi bod am ei ddeubeint wythnosol. Oedodd yn ddrwgdybus rŵan ar ganol cam wrth weld y dieithryn tywyll a thlawd yr olwg yn dod i'w gyfarfod.

'Fedrwch chi helpu, plîs?'

Gwelodd Gwil y darn papur yn cael ei wthio tuag ato.

'Fedrwch chi ddweud wrthyf ymhle mae'r tŷ hwn?'

Wedi craffu eiliad, cododd y siopwr ei ben. Roedd ei lygad yn llawn cwestiwn. 'Hen Sgubor? Cartra Sam Turner? Fydd o ddim isio gweld neb mor hwyr â hyn yn reit siŵr. Dydw i ddim yn meddwl ei fod o gartra, beth bynnag. Dydw i ddim yn meddwl ei fod o adra eto o'i fis mêl.' Yna, wrth weld y cyfyng-gyngor yng ngwyneb y llanc estron, 'Ydi o'n dy ddisgwyl di?'

'A! Ydi,' meddai'r Cwrd wrth i'w ddychymyg gynnig ateb parod iddo. 'Mae Mr Turner wedi gofyn i Mam yn fan'cw . . . ' Pwyntiodd dros ysgwydd at y car. ' . . . alw i ddweud eu ffortiwn. Sipsiwn ydyn ni, dach chi'n gweld, ac mae Mam yn enwog am ddweud ffortiwn.'

'Sam Turner isio cael deud ei ffortiwn? Am ddeng munud wedi un ar ddeg ar nos Sadwrn? Rwyt ti'n tynnu 'nghoes i!'

Gwelodd Karel Begh y gola coch mewn da bryd. 'Na, *Mrs* Turner sydd wedi gofyn, rwy'n credu. A doeddem ni ddim yn bwriadu mynd yno heno, beth bynnag. Dim ond gwneud ymholiadau at y bore. Rydym yn aros yn y dre fawr . . . ' Pwyntiodd eto, i gyfeiriad Abercymer y tro yma.

I Gwil, roedd y rheswm yn swnio'n ddigon derbyniol. 'Llawn cystal,' meddai, 'oherwydd fe gaech chi drafferth ffeindio Hen Sgubor yn y twyllwch fel hyn. Sut bynnag,' ychwanegodd, fel math o rybudd gormodol, 'efo'r system ddiogelwch sydd gan Sam o gwmpas ei dŷ, fedrech chi ddim mynd o fewn canllath i'r lle heno heb ddeffro'r wlad.'

'Ond yn y bore?'

'Dim problam yn y bora. Hynny ydi, os y byddan nhw gartra, 'nde. Os felly, yna mi fydd y system ddiogelwch wedi cael ei throi i ffwrdd. Ond os ydyn nhw'n dal ar eu mis mêl, yna mi fedrwch chi gael tipyn o sioc, a ffeindio'ch hunain yn jêl.' Teimlai Gwil ei fod wedi gneud ei ddyletswydd i Sam trwy or-liwio'r sefyllfa, yna pwyntiodd i lawr y ffordd. 'Pan ddowch chi'n ôl yn y bora, ewch ymlaen ar hyd y ffordd fawr a thros y bont yng ngwaelod y pentra yn fan'cw. Ymhen rhyw ganllath go dda mi fyddwch chi'n gweld ffordd gul yn mynd i fyny drwy'r coed ar y dde. Hon'na ydi'r ffordd i Hen Sgubor.'

'Diolch yn fawr, syr. Bendith Allah fo ar eich pen chi.'

'Hm!' meddai Gwil Siop wrtho'i hun pan oedd yn datgloi drws ei dŷ. 'Wyddwn i ddim bod sipsiwn yn addoli'r un duw â'r Arabs 'na. Ond dyna fo, mae rhywun yn dysgu rhwbath newydd o hyd yn yr hen fyd 'ma.'

Pennod 12

Roedd Zahedi wedi bod yn falch o'r rhybudd ynglŷn â'r system ddiogelwch, ond wnaeth y wybodaeth ddim gwahaniaeth o gwbwl i'w gynllunia na'i fwriad. Bu'n rhaid i Karel Begh ddilyn cyfarwyddiada'r siopwr a mynd â'r Astra gwyrdd i lawr drwy'r pentre nes dod i olwg y ffordd gul rhwng y coed.

'Gollwng fi yn fa'ma! A dos i chwilio am le diogel i guddio'r car, ond heb fod yn rhy bell. Pan ddo i'n ôl, dwi'n disgwyl cael cychwyn yn syth.'

Roedd y Cwrd ifanc wedi gollwng ochenaid ddistaw o ryddhad wrth sylweddoli nad oedd raid iddo fynd efo Zahedi'n gwmni. Gwyliodd ef yn newid o'r ffrog a'r sgidia sodlog ac yn tynnu'r wìg oddi ar ei ben, ond heb drafferthu i sychu'r colur. Yna, wedi aros iddo estyn y ddau wn a'r bwledi o gist gefn y car a'i wylio'n diflannu i dduwch y coed, aeth ynta i chwilio am le cuddiedig i'r car. Fe'i cafodd yn ddigon buan ond heb fawr sylweddoli bod car arall, Rover 220, a dau blismon y tu mewn iddo, wedi gweld mantais yr union le rai nosweithia'n ôl.

Rhaid ei fod wedi cysgu'n syth ac yn drwm. Fe'i deffrowyd gan glec wrth ei glust dde. Neidiodd yn ei ddychryn wrth weld wyneb Zahedi yn cael ei wthio'n flin yn erbyn ffenest y drws a baril y gwn yn curo'n ddiamynedd yn erbyn y gwydyr. Rhaid ei fod wedi bod yno am chydig eiliada yn methu cael mynediad i'r car am fod y gyrrwr ifanc wedi cloi pob drws.

Wedi dod dros ei ddychryn prysurodd Karel Begh i agor iddo. Bron na theimlai fel chwerthin wrth weld y gwallt gwlyb fel cynffona llygod mawr a'r colur wedi rhedeg yn llinella duon ac yn staenia coch yn y glaw. Edrychodd ar ei wats wrth i'r drws agored daflu gola cyfeillgar drwy'r car. Chwarter i dri! Doedd fawr ryfedd bod Zahedi'n wlyb at ei groen. Doedd fawr ryfedd chwaith bod golwg ddig arno.

'Gwna di hyn'na un waith eto, ti sydd â bwch gafr yn dad iti, ac mi fydd dy gnawd yn hongian yn stribedi oddi ar ganghennau'r coed o'th gwmpas.'

Diflannodd pob awydd i chwerthin wrth i ofn gydio yng nghalon y Cwrd ifanc. Yr hyn oedd yn fwy dychrynllyd na dim iddo oedd sylweddoli bod Zahedi'n orffwyll, yn meddwl pob gair, a'i fod o ar fin cyflawni'i fygythiad. Ymddiheurodd eto, yn fwy taer a chan ymbilio drosodd a throsodd am faddeuant Allah.

Fu dim gair pellach rhyngddyn nhw weddill y nos, ac er i Zahedi ddwyn teirawr neu ragor o gwsg yn ei ddillad gwlyb, ni feiddiodd Karel Begh gau llygad wedyn. Roedd ei flinder wedi diflannu i'w ofn. Treuliodd ei amser yn dychmygu be fyddai'n digwydd nesa. Rhaid nad oedd Zahedi wedi cael llwyddiant yn y tŷ neu mi fydden nhw ar eu ffordd yn ôl am Lundain erbyn hyn. Rhaid bod y dyn wrth y dafarn yn deud y gwir a bod y sawl oedd am gael ei ladd yn dal i fod oddi cartre. Ar ei fis mêl! A theimlodd Karel Begh don o dosturi dros rywun nad oedd o erioed wedi ei weld. Roedd unrhyw elyn i Zahedi yn haeddu pob cydymdeimlad, meddai wrtho'i hun. Pwy bynnag oedd y cradur, rhaid bod Allah'n gwenu arno, i'w gadw draw. Daeth y cwestiwn eto i feddwl y Cwrd ifanc – Be rŵan? Be nesa? Ond Zahedi'n unig fedrai ateb hwnnw.

Rywbryd yn ystod y nos fe gliriodd y glaw, a phan ddaeth y wawr roedd hi'n oer ac yn glir. Trwy'r briga o'i gwmpas, gwyliodd Karel Begh olau'r haul yn dod yn goron ac yna'n glogyn cynnes am gopaon y mynyddoedd yn y pellter. Rhyfeddodd hefyd at rywbeth na chafodd gyfle i sylwi arno hyd yma. O boptu'r ffordd yn arwain i mewn i'r pentre tyfai miloedd, yn llythrennol, o floda melyn tal a rheini'n stwyrian yn ddiog yn awel y bore. Yna, wrth i belen yr haul ymddangos o'r diwedd i yrru'i belydra hyd lawr y cwm, trodd pob blodyn yn drwmped o aur disglair, gan beri i'r Cwrd ifanc ddal ei anadl mewn rhyfeddod. Agorodd fymryn ar ei ffenest a theimlo ffresni dail a bloda yn ymosod ar ei ffroena. Roedd yr holl liw, yr holl brydferthwch, mor annisgwyl, meddyliodd, mewn byd oedd mor greulon ac annheg.

Yna roedd y goleuni'n chwarae ar ffenest y car gan beri i Zahedi hefyd stwyrian ac agor ei lygada.

* * *

'Dydw i ddim yn licio'ch gweld chi'n mynd eich hunain. Pam nad arhoswch chi tan pnawn, i ni ddod efo chi?'

Dyma ymgais ola Nan Gwilym, cyn cychwyn yn gynnar am y capel i baratoi at y cymundeb, i ddarbwyllo'i merch. Safai rŵan yn nrws agored y tŷ, a Bob Gwilym ei gŵr yn ei hymyl, y ddau'n dal llyfr emynau yn dynn yn eu cesail er mwyn cadw o leia un llaw yn rhydd i gyffwrdd pen yr ŵyr bychan wrth i hwnnw wibio fel peth gwirion yn ôl a blaen rhyngddynt. Roedd y plentyn wedi dallt ei fod yn cael mynd allan o'r tŷ o'r diwedd, a hynny ar fore gwanwynol cynnes yn dilyn storm. Ac onid oedd o hefyd newydd gael sgwrs efo'i dad dros y ffôn? Ac onid oedd hwnnw wedi gaddo 'presant mawr mawr' iddo fo o Lundain bell os oedd o'n hogyn da i'w fam a'i daid a'i nain?

'Mam!' Gwnaeth Rhian sioe o'i gwthio hi trwy'r drws agored. 'Rydan ni wedi cael y ddadl yma ganwaith yn barod. Ewch am y capal, wir dduw, neu chaiff y cyfiawn rai, sydd arnynt newyn a syched, fyth mo'u diwallu.'

'Rhian! Paid â chablu!' Ond chwerthin wnaeth y tri. 'Cymerwch ofal beth bynnag.'

Ddeng munud yn ddiweddarach, am chwarter wedi naw, efo Rhian yn gyrru a'r plismon *Special Branch* yn cadw llygad ar Tecwyn Gwilym yn y sedd gefn, cychwynnodd y VW Golf gwyn i lawr Heol Madryn ac anelu am y ffordd allan o'r dre i gyfeiriad Porthmadog a Threcymer.

'O leia fe geith eich partner saib tra byddwn ni o'ma.'

Pe bai Rhian wedi medru cadw'i llygad eiliad yn hirach ar ei drych, mi fyddai hi wedi gweld rhywbeth tebyg i euogrwydd yn dod i wyneb y plismon yng nghefn y car. Nid ei le fo, wedi'r cyfan, meddai hwnnw wrtho'i hun, oedd deud wrthi mai dau yn unig ohonyn nhw oedd yna bellach i'w gwarchod hi, a'u bod nhw'n gorfod gweithio patrwm shifftia wyth awr yr un.

* * *

'Dos i'r siop i nôl rhywbeth inni 'i fwyta.'

Roedd yn ugain munud i ddeg a dyma'r geiria cynta i gael eu hynganu rhwng y ddau ers i Zahedi ddeffro. Tan rŵan bu Karel Begh yn eistedd yn ufudd, fel plentyn, tu ôl i lyw y car, yn ceisio dychmygu be fyddai'n digwydd nesa, gan synhwyro bod rhwystredigaeth ei gydymaith wrth ei ochr yn cynyddu gyda phob eiliad. Roedd yn amlwg fod Zahedi, am unwaith, mewn cyfyng-gyngor mawr. Pa mor hir, tybed, fydda fo'n bodloni ar aros i ddyn-y-tŷ-yn-y-coed ddod yn ei ôl? Pwy oedd hwnnw, a be oedd mor bwysig ynglŷn â chael dial arno fo? Be oedd y pwyth oedd raid ei dalu?

Gwnaeth y Cwrd ifanc symudiad i danio injan y car ond rhoddodd geiria'r llall stop arno.

'Cerdda! Dydi o ddim yn bell.'

Wrth bellhau oddi wrth yr Astra, dechreuodd y myfyriwr flasu'r rhyddid byr-o-dro, fel ci yn cael ei ollwng oddi ar ei dennyn. 'Wna i ddim rhuthro,' medda fo wrtho'i hun wrth nesu at y bont yng ngwaelod y pentre, a dod i olwg y dafarn a'r siop gyferbyn â'i gilydd ar y sgwâr.

Yn ôl yn y car, roedd Carla Begh wedi ailwisgo'i ffrog ac yn estyn am ei bag colur.

* * *

Fe deimlai Sam rywfaint yn well ar ôl cael gair efo Rhian a chlywed llais y bychan. Fe ffoniai eto at amser cinio, i gael y tawelwch meddwl o wybod eu bod nhw i gyd yn iawn. Yn y cyfamser, byddai'n rhaid iddo gadw'i air i Grossman a helpu i gael ffrind hwnnw allan o'r ysbyty, a hynny o dan drwyn y plismon oedd yn cadw golwg ar y ward. Oedd, roedd yr Iddew yn ei ddefnyddio i'w bwrpas ei hun, fe sylweddolai hynny, ond be arall fedra fo 'i neud ond cydweithredu? Wedi'r cyfan, dyna'i unig obaith i gael gwn. Roedd o ar drugaredd Grossman a byddai'n rhaid diodde hynny am ryw hyd eto.

Daeth i'w feddwl gysylltu efo Caroline Court i weld a fedrai honno roi gwybodaeth iddo am y ddau a garcharwyd am oes am ladd ei hen ffrind Sarjant Titch a'r peilot Stan Merryman. Wedi'r cyfan, os oedd Zahedi mewn cysylltiad â chiwed y Mafiozniki yn Llundain yna dyna, o bosib, y lle iddo ddechra gneud ei ymholiada. Ond cofiodd wedyn am ei ymweliad diweddara â'r Swyddfa Dramor a'r ffordd y cafodd ei wrthod bryd hynny. Cofiodd hefyd ei bod yn fore Sul a doedd wybod sut y medrai gael gafael ar Caroline Court. 'Na, os ydw i am ddod o hyd i'r Cwrd,' meddai wrtho'i hun yn chwerw, 'yna mi fydd raid imi neud hynny trwy help rhywun heblaw'r diawliaid yna.'

Roedd y ddau ohonyn nhw, Grossman ac ynta, wedi penderfynu mai callach fyddai i Sam beidio aros yng ngwesty'r Commercial. Doedd wybod pa ddatblygiada oedd yn eu haros yn ystod y dyddia nesa, a gwell fyddai iddyn nhw beidio cadw cysylltiad rhy amlwg. Fe gafodd y Cymro, felly, stafell iddo'i hun mewn gwesty bychan – yr Ealing – ar Bishopsgate yn ardal Broadgate, heb fod yn rhy agos i Calvin Street lle'r oedd Grossman a Josef yn aros, a heb fod yn rhy bell chwaith.

Roedd hi rŵan o fewn dau funud i fod yn hanner awr wedi deg a Sam, yn unol â threfniada'r noson gynt, yn sefyll tu allan i orsaf Liverpool Street yn aros i'r ddau

Iddew alw amdano. O'i flaen safai rhes aflonydd o geir tacsi, ac wrth i'r rhai blaen adael am wahanol ranna o'r ddinas, deuai eraill i ymestyn y gynffon o hyd. Mae cadw trefn a disgyblaeth yn rwbath pwysig, hyd yn oed ym mywyd gyrrwr tacsi, meddai wrtho'i hun.

Cyrhaeddodd Grossman i'r eiliad a dringodd y Cymro i gefn y Peugeot 506 du. Dim ond ar ôl i'r car ailymuno â llif y traffig y cafodd gair ei dorri.

'O lle daeth hwn?'

Cymerodd Grossman yn ganiataol mai cyfeirio at y car yr oedd ei ffrind. 'Car wedi'i logi. Gwell hynny.'

Gwenodd Sam. 'Yn dy enw di 'ta yn enw Jacob?'

Gwenodd yr Iddew hefyd. 'Yn enw Mervyn Redhouse sy'n byw yn Spa Lane, Tunbridge Wells.' Doedd dim angen ychwanegu mai dychmygol oedd y dyn ac mai ffug oedd y cyfeiriad.

'Trwy ba gwmni gest ti fo? Hertz? Avis? Wnaethon nhw ddim tsecio ar y cyfeiriad cyn rhoi car iti?'

'Semtecs bach! Wyt ti'n meddwl mai efo'r gawod ddwytha y dois i? Garej stryd gefn bia'r car yma. Os mai nhw pia fo hefyd! Mi fetia i 'mhen nad ydi'r platia rhif yn perthyn iddo fo o gwbwl.'

Barnodd Sam ei bod hi'n bryd troi'r stori a dod at betha pwysicach. 'Be ydi dy gynllun di?'

Rhoddodd Grossman hanner tro yn ei sedd wrth ymyl y dreifar ac edrych ar y Cymro. 'I gael Leon o'r sbyty wyt ti'n feddwl? Rhaid inni weithredu o fewn yr awr nesa.' Yna, o weld y cwestiwn yn y ffordd y cododd Sam ei aelia, aeth ymlaen i egluro. 'Mae'r plismyn sy'n cadw golwg ar y ward yn gweithio mewn shifftia o chwe awr. Mae'r boi sydd ar ddyletswydd ar hyn o bryd wedi bod yno ers chwech o'r gloch bore 'ma. Mi fydd rhywun yn cymryd ei le am hanner dydd. Dwi'n bargeinio fod pob un ohonyn nhw, wrth ddod at ddiwedd ei shifft ddigyffro, yn ymlacio rhyfaint ac yn cymryd gormod yn ganiataol. Dyna'r adeg i weithredu. Felly, gyda lwc, mi fyddwn ni wedi cael Leon allan i'r car cyn i'r shifft nesa gyrraedd.'

'A sut wnei di hynny?' Er yn gofyn y cwestiwn, fe wyddai Sam fod cynllun yr Iddew yn mynd i fod yn un trwyadl.

Gwenodd hwnnw'n ddireidus. 'Fel y gwyddost ti, Semtecs, y cynllun symla ydi'r un gora fel rheol. Fe gawn ni weld sut yr eith petha. Yr unig beth dwi am ofyn i ti ei neud ydi gwthio Leon allan o'r sbyty mewn cadair olwyn.'

Chwarddodd y Cymro'n anghrediniol ac yn wamal. 'O! Dim ond hynny! Ac mi gewch chitha'ch dau fynd am banad, mae'n debyg, tra bydda i wrthi?'

'Amynedd, Semtecs! Amynedd!' A dyna'r cyfan a ddywedwyd nes cyrraedd safle'r sbyty.

Er bod y maes parcio'n gymharol lawn, sylwodd Sam fod Josef yn parcio'n llawer pellach nag oedd raid iddo oddi wrth y drws a'i fod wedi dewis lle digon anhwylus rhwng fan Ford Transit a'r wal derfyn. Ond gwelodd pam hefyd, yn fuan.

Yng nghist gefn sylweddol y Peugeot roedd cadair olwyn wedi'i phlygu a phlanced sgwarog gynnes yn gorchuddio rhywbeth odditani. Cydiodd Josef yn y gadair, ei hagor yn ofalus a'i gosod mor agos at gefn y car ag y gallai. Wedyn gwelodd Sam y blanced yn cael ei chodi i ddatgelu . . . corff? Chwarddodd yn ysgafn wedyn wrth weld y 'corff' yn cael ei godi'n rhwydd ac yn ddiseremoni a'i osod i eistedd yn y gadair. Roedd pen a gwyneb y dymi bron o'r golwg mewn rhwymyn, efo dim ond lle clir i'r llygaid gael gweld ac i'r geg fedru anadlu. Dim ond penna bysedd y dwylo oedd hefyd yn dangos gan fod y gweddill, yn ogystal â'r breichia gellid tybio, o'r golwg mewn cadacha. Roedd y corff wedi'i wisgo mewn pyjamas rhesog glas a gwyn.

Tra bod Josef yn gosod y 'claf' yn y gadair ac yn ei lapio'n gynnes yn y flanced, cadwai Marcus Grossman lygad barcud rhag i rywun ddod heibio a'u gweld.

'Reit, Semtecs! Fuost ti'n bortar mewn sbyty erioed?' Taflodd yr Iddew gôt ysgafn lwydlas i'w ddwylo. 'Mae hon'na siŵr o fod yn ddigon mawr iti.'

Gan nad oedd dim amser i oedi, gwisgodd Sam y gôt ac aros i dderbyn cyfarwyddiada.

'Bydd mor naturiol ag y medri di. Mi fydd Josef a finna'n cerdded o dy flaen di at y lifft. Mi awn ni i fyny wedyn i'r trydydd llawr, lle mae Leon yn cael ei gadw ar ei ben ei hun mewn ward fach, efo'r plismon yn eistedd tu mewn neu jyst tu allan i'r drws. Pan weli di fo'n gadael, dos yn syth i'r ward a rhoi hwn yn y gwely yn lle Leon, a dod â Leon allan yn lle hwn. Chydig funuda fydd gen ti, felly mi fydd raid iti fod yn sydyn.'

'Dwi'n cymryd mai chi'ch dau fydd yn tynnu sylw'r plismon, ond beth pe bai nyrsys neu ddoctor o gwmpas?'

'Paid â phoeni. Mi dynnwn ni sylw rheini hefyd. Mae pob dim wedi'i drefnu. Rŵan cadwa rhyw dri neu bedwar cam tu ôl inni.'

Ar eu ffordd ar draws y maes parcio, edrychodd ambell ymwelydd yn dosturiol i gyfeiriad y claf anffodus yn y gadair, a synhwyrai Sam eu bod hefyd yn feirniadol o ysbyty oedd yn caniatáu mynd â rhywun mewn cyflwr mor druenus allan ganol mis Mawrth efo dim ond blanced annigonol drosto. Wedi cyrraedd y cyntedd eang, ac wrth anelu am y coridor llydan i gyfeiriad y wardia, dechreuodd chwibanu'n ysgafn fel rhywun oedd wedi bod wrth y gwaith ers blynyddoedd. Efo cymaint o gleifion eraill o gwmpas, rhai ar wella ac yn cael crwydro'r sbyty fel y mynnen nhw, eraill ar wastad eu cefnau ar droli yn cael eu gwthio am sgàn neu belydr X, neu hyd yn oed falla i'r theatr am driniaeth, doedd neb yn troi pen i edrych ar Sam na'i glaf. Sylwodd ei fod yn gwisgo'r un math o gôt yn union â phob porter arall. Roedd Marcus Grossman wedi gneud ei waith cartre! Doedd hyd yn oed y nyrsys a'r doctoriaid, heb sôn am y staff gweinyddol, ddim yn cymryd unrhyw sylw wrth ddod i'w cyfarfod neu wrth groesi eu llwybyr. Pawb at y peth y bo oedd hi.

O'r diwedd, daethant at sgwâr eang efo pedwar lifft ar y chwith yn wynebu pedwar arall ar y dde. Heb feddwl ddwywaith roedd y ddau Iddew wedi anelu am y rhai ar y dde ac wedi pwyso botwm. Safodd Sam yn union tu ôl iddyn nhw a gwylio'r gola coch yn cyhoeddi bod lifft ar ei ffordd i lawr.

Bu'n rhaid rhannu'r daith i fyny i'r trydydd llawr efo mam a'i dau blentyn, rheini'n holi llawer pryd y câi eu tad ddod adre ac yn cymryd diddordeb digywilydd yn y dyn yn y gadair olwyn. Aeth un ohonyn nhw cyn belled â phlygu i drio syllu drwy'r cadacha i lygaid y claf.

'Bydd ofalus, 'machgan i,' meddai Sam yn rhybuddiol. 'Rhag ofn! Dydi o ddim yn dda iawn, ti'n gweld, a dydi'r doctoriaid ddim yn siŵr iawn be sy'n bod arno fo.'

'Tyrd yma Jason, y cythral bach!'

Gwelodd Sam y ddau Iddew yn gwenu'n braf wrth i'r bychan gael cefn llaw famol am fod mor rhyfygus.

Ar arwydd cynnil gan Grossman, arafodd Sam yn nrws y ward i wylio'r ddau yn pellhau oddi wrtho. Roedd sawl ward lai o fewn y brif ward, wedi eu gosod gyferbyn â'i gilydd ac wedi eu rhifo o *Bay 1 (Male)* a *Bay 1 (Female)* ymlaen. Hanner y ffordd i lawr roedd desg gron, fel ynys ar ganol ffordd brysur. O fewn y ddesg roedd dwy nyrs wrth eu gwaith, un yn brysur yn clercio a'r llall mewn trafodaeth ddwys efo dau o'r meddygon. Gwelodd eraill mewn cotia gwynion yn symud o un bae i un arall. Rhaid bod y doctoriaid ar ganol eu hymweliada boreol. Tu draw iddyn nhw cafodd Sam gip o blismon lifrog. Roedd diflastod hwnnw'n amlwg yn y ffordd roedd o'n camu'n ôl a blaen tu allan i ddrws caeëdig ac yn taflu cip ar ei wats bob yn ail a pheidio. Aeth y ddau Iddew heibio heb gymryd y sylw lleia ohono a diflannu i'r bae pella un ar y dde.

'Be rŵan, tybad?' meddyliodd y Cymro.

Fu dim rhaid aros yn hir. O'r bae hwnnw dechreuodd y sgrechian mwya ofnadwy, fel pe bai rhywun yn cael ei lofruddio. Cymysgedd o oernada ac o weiddi bygythion. Fferrodd pawb drwy'r ward am eiliad, yna wrth glywed y sgrechian yn parhau, dechreuodd pob nyrs a phob doctor redeg i'r un cyfeiriad, yn un llif o bryder a gofal. Hwnnw, meddyliodd Sam, oedd ei arwydd ynta.

Roedd cefn y plismon tuag ato wrth iddo gyflymu'i gam tu ôl i'r gadair olwyn. Fo, yn ei iwnifform, oedd yr unig berson llonydd yn yr holl ward a doedd dim sôn ei fod o'n bwriadu gadael ei le. Parhâi'r sgrechian, er bod nifer o nyrsys a meddygon wedi tyrru i mewn i'r bae erbyn hyn i weld be oedd achos y cynnwrf. Yna, fe ymddangosodd Grossman unwaith eto, yn gwthio trwy'r staff meddygol ac yn gneud arwyddion gwyllt ar y plismon, cystal ag awgrymu bod rhyw drosedd erchyll ar fin cael ei chyflawni a bod gwirioneddol angen cymorth yr heddlu.

Byr fu cyfyng-gyngor yr heddwas, ac wedi taflu cip sydyn i'r ward fach i neud yn siŵr nad oedd peryg i Leon gymryd y goes, brysiodd i gyfeiriad y sgrechian di-baid. Gwelodd Sam fod y ddau Iddew rŵan wedi gosod eu hunain fel dau sentinel yn nrws y bae, yn benna i gadw golwg ar y plismon ac i neud yn siŵr ei fod yn aros lle'r oedd am ryw hyd eto.

Eiliada'n unig y parhaodd petha wedyn. Gynted ag yr agorodd Sam ddrws y ward, neidiodd Leon, orau allai, allan o'i wely a helpu i godi'r dymi o'r gadair a'i roi i orwedd rhwng y blancedi. Sylwodd y Cymro nad oedd unrhyw wahaniaeth ym mhyjamas y ddau a dotiodd eto at drylwyredd Grossman. Yna, wedi gneud yn siŵr bod y Leon ffug yn gorwedd yn yr un ystum anymwybodol â'i ragflaenydd, lapiwyd y claf go-iawn yn y blanced yn y gadair ac aethant allan o'r ward gan gau'r drws o'u hôl.

Roedd y sgrechian a'r rhuthro o gwmpas yn parhau wrth i Sam wthio Leon i'r lifft. Dim ond ar ôl i'r drws gau o'u hôl y daeth distawrwydd.

'*Semtecs, I presume?*' meddai'r llais o ganol y cadacha, a gwyddai Sam fod yr Iddew, er gwaetha'i anghysur, yn gwenu'n braf.

* * *

'A Tecwyn Gwilym ydi dy enw di, felly? A faint ydi oed hogyn mawr fel chdi os gwn i? Dwi'n siŵr dy fod ti'n ddwy oed o leia. Dwi'n iawn?'

'Deud wrth Yncl faint ydi dy oed di, Tecwyn,' meddai Rhian yn Gymraeg, gan ymestyn ei phen i gael cip ohono yn y drych. 'Mae o'n deud mai dim ond dwy oed wyt ti!'

'Tair!' meddai'r bychan gan syllu'n heriol i lygad y plismon.

'Nag wyt, rioed!' meddai hwnnw, wedi iddo gael cyfieithiad. 'Tair oed? Bobol bach! Rwyt ti bron yn ddigon mawr i fod yn ddyn.'

Gwenodd Rhian wrth glywed sŵn cytuno yn dod o wddw'i mab. Er nad oedd y plentyn wedi dallt gair, rhaid ei fod wedi cael ei blesio gan sŵn y rhyfeddod yn llais y dyn diarth.

'Mae gynnoch chi blant eich hun.' Nid cwestiwn oedd o.

'Dau,' meddai'r llais o'r cefn. 'Dwy ferch. Un yn bymtheg a'r llall yn ddeuddeg. Un wedi dechra ar ei chwrs TGAU a'r llall ar ei blwyddyn gynta yn yr ysgol uwchradd.'

'Rydach chi'n gorfod bod i ffwrdd o gartra'n amal, mae'n debyg?'

'Rhy amal o lawar a deud y gwir. Mae f'angan i adra'n amlach y dyddia yma. Mae Chloë, y ferch hyna 'cw, mewn oed go ddrwg ac yn cicio'n erbyn y tresi. Mae'r wraig yn cael dipyn o drafferth efo hi ers mis neu ddau.

Mi wyddoch chi fel mae'r bobl ifanc 'ma . . . '

'Adra y dylech chi fod, felly, yn hytrach nag yma yn cadw llygad diangan arnon ni yn fa'ma.' Roedd sŵn ymddiheurol wedi dod i lais Rhian.

'Dyna'r math o job ydi hi, mae gen i ofn. Faint o ffordd sy 'na eto, Mrs Turner?'

'Rhian! Galwch fi'n Rhian! . . . Milltir neu ddwy, dyna i gyd.'

'Colin ydi f'enw finna.'

Lai na phum munud yn ddiweddarach roedd y VW Golf gwyn yn dod i olwg pentre Rhiwogo ac yn arafu'n raddol er mwyn cael troi i'r dreif i fyny am Hen Sgubor. Oni bai bod Tecwyn bach ar yr eiliad dyngedfennol honno wedi gollwng ei degan ar lawr y car, ac oni bai ei fod ynta wedi plygu i'w estyn yn ôl iddo, yna byddai'r plismon llygadog yn siŵr o fod wedi gweld yr Astra gwyrdd yn llechu tu ôl i'r llwyni ar ymyl y ffordd. Ond nid felly oedd hi i fod!

* * *

'Rhaid iti wisgo yn y car. Does gen ti ddim dewis.' Josef oedd yn tynnu ar ei ffrind ac yn cael hwyl am ben ei drafferthion. 'Fedrwn ni ddim mynd â chdi i mewn i'r gwesty mewn cadair olwyn ac yn dy byjamas, y clown!' Roedd cadacha'r gwyneb a'r pen wedi cael eu tynnu i ddangos cnawd oedd yn gig noeth llidiog mewn ambell le ac yn bothellog a melynddu fel arall. Rhwng popeth – fflama'r ffrwydrad a gwaith y doctoriaid wrth drin y clwyfa – chydig iawn o wallt oedd gan Leon druan ar ôl, ac roedd hynny hefyd yn destun miri i Josef, yn union fel pe bai ei ffrind ond wedi bod at ryw farbwr dibrofiad.

Y goes mewn plastar oedd yn peri'r anhawster mwya ar hyn o bryd yng nghefn cyfyng y Peugeot. Roedd Josef wedi llwyddo i dynnu trowsus y pyjamas yn weddol ddidrafferth ond y broblem rŵan oedd gwisgo'r trowsus iawn yn ei le; cael hwnnw i ffitio dros y plastar ffres ar y goes ddrwg. O'r diwedd, wedi amal i waedd o boen a mwy o dynnu coes a chwerthin, fe ddaethant i ben â hi a medrodd Leon ei osod ei hun yn fwy cyfforddus yn y sedd ôl. Gwyrodd ymlaen i edrych ar ei lun yn nrych y car a thynnu gwynt yn swnllyd rhwng ei ddannedd.

'Cha i ddim hogan i 'ngwely fi heno, mae'n beryg!'

'Sgin ti ddim gobaith, boi! Rwyt ti'n ddigon hyll ar y gora ond efo gwynab fel hwn'na . . . ' Gadawodd Josef y frawddeg heb ei gorffen wrth i'r ddau yn y sedd ffrynt chwerthin ac wrth i Leon smalio bytheirio'n ddig.

'Be gythral oedd yn mynd ymlaen yn y ward 'na gynna, Marcus?' Roedd chwilfrydedd Sam yn mynnu eglurhad.

'O! Dim ond rhyw wraig yn colli arni'i hun, yn meddwl ei bod hi'n marw, ac mai'r nyrsys a'r doctoriaid oedd yn trio'i lladd hi.' Daeth gwên i lygad yr Iddew. 'Rhyfedd fel y mae lliw pres yn medru effeithio ar ambell un!'

'Faint gostiodd o iti?'

Chwarddodd Josef. a fo hefyd atebodd. 'Dim ond hannar canpunt. Pan aethon ni o gwmpas y ward ddoe, fe'i spotiodd Marcus hi'n syth. Rêl hen geg! Pladras o ddynas fawr oedd yn gneud dim byd ond cwyno ynghylch ei lle! Dwi'n siŵr ei bod hi wedi meddwl ar y cychwyn mai rhyw fath o inspectors oedd Marcus a finna yn gneud arolwg o'r ysbyty. Diffyg gofal digonol . . . nyrsys a doctoriaid yn ddiog a ddim yn gwybod eu blydi gwaith . . . bwyd yn uffernol, yn oer ac yn ddiflas . . . 'Sa ti feddwl ei bod hi wedi arfer byw yn Mayfair neu rwla felly.' Chwarddodd eto. 'A'r blydi lol o wrthod gadael iddi gymryd smôc yn ei gwely! . . . Mi fasa'n werth iti weld ei gwynab hi'n newid pan wnaeth Marcus y cynnig iddi.'

'Felly,' meddai Sam, 'y cwbwl oedd raid ichi 'i neud heddiw oedd rhoi'r arwydd iddi hi?'

Rhagor o chwerthin, a Grossman, y tro yma, yn ateb. 'Fe gest golled, Sam! Y fath act! Roedd hi wedi taflu'i hun ar ei chefn ar draws y gwely ac yn rowlio a gwichian fel hen hwch fawr wedi cael ei sticio yn ei gwddw.'

'Yn y goban fach dena 'na roedd hi'n ddigon i godi dychryn a chyfog ar unrhyw fwtsiar. *Kosher* neu beidio, mi feddylia i ddwywaith cyn bwyta ham byth eto.'

'Wnei di gau dy geg, Josef! Oes gen ti syniad gymaint o boen dwi'n gael wrth chwerthin?' Roedd gwyneb Leon yn edrych yn fwy llidiog na chynt a'r croen i'w weld yn boenus o dynn wrth iddo wenu. 'Rhowch rywfaint o'r cadacha 'na i guddio'r gwaetha ac ewch â fi'n ôl i'r gwesty.'

Ciliodd y wên o wyneb Marcus Grossman. 'Sori, Leon, ond mae'r ymgyrch drosodd i ti. Dwi'n mynd â chdi'n syth rŵan i'r llysgenhadaeth. Fe gân nhw drefnu i fynd â chdi'n ôl i Israel.'

Dechreuodd y claf brotestio, ond torrodd Sam ar ei draws. 'Cyn iti fynd, mi gei di ddeud wrthon ni lle mae'r gynna wedi'u cuddio.' Er mai cyfarch Leon yr oedd o, eto i gyd ar Marcus Grossman roedd o'n edrych.

*   *   *

Ei siomi a gafodd Karel Begh. Doedd Siop Gwalia ddim yn agor tan un ar ddeg ar fore Sul a doedd dim sôn am unrhyw siop arall yn y lle. Roedd y pentre'n hollol wag a distaw efo dim ond ambell gar yn teithio trwodd ar y ffordd fawr.

Safodd ar y groesffordd am rai eiliada yn ceisio penderfynu be i'w neud. Mi fyddai unrhyw beth yn well na mynd 'nôl i'r car at Zahedi, meddyliodd, ond pa ddewis oedd ganddo fo? Doedd ganddo rŵan ddim hyd yn oed esgus i din-droi a chymryd ei amser. Felly, rhag codi gwrychyn ei gydymaith sych, ac efo'i galon unwaith yn rhagor yn ei sodla, cychwynnodd yn ôl am y car. Ei unig obaith oedd y byddai Zahedi erbyn rŵan wedi cael amser i feddwl, ac wedi penderfynu ei fod am droi am Lundain unwaith eto.

Deuai arogl y bloda melyn i'w gyfarfod wrth iddo groesi'r bont, ond chafodd o fawr o gyfle i oedi nac i werthfawrogi, oherwydd yr hyn a'i gwynebai yn y pellter oedd Carla Begh, yn ei holl ogoniant ac efo'r fasged floda ar ei braich, yn gneud arwyddion diamynedd arno i frysio. Cyflymodd ynta 'i gam gan ama'r gwaetha am yr hyn oedd yn ei aros.

'Tyrd! Maen nhw'n ôl!' Tynnodd ddigon o'i law allan o'r rhosod yn y fasged i ddangos i Karel Begh fod yr *US Ingram* yn barod ganddo yn fan'no. 'Dos ditha i'r car i nôl y reiffl.'

Ufuddhaodd y Cwrd ifanc i gyfeiliant ei galon ei hun yn dyrnu. Aeth i gist gefn yr Astra a thynnu'r *Heckler and Koch* allan yn araf. Dim ond unwaith o'r blaen oedd o wedi cael cyfle i gydio mewn unrhyw fath o wn a doedd y profiad yma rŵan, mwy na'r profiad cynta hwnnw, ddim yn rhywbeth oedd yn apelio ato fo. Am y canfed tro, melltithiodd y ffordd roedd o, a Celine a Yacoub – myfyrwyr bach diniwed yn y Sorbonne ar y pryd – wedi cael eu rhwydo i mewn i waith budur y PKK.

'Cadw tu ôl i mi, a phaid â dod i olwg y tŷ.' Câi'r cyfarwyddiada eu cyfarth ato wrth i'r ddau gerdded yn gyflym i fyny rhwng y coed. 'Dy waith di fydd gwarchod fy nghefn i. A gofala neud hynny! Fe gei di guddio yn y llwyni tra bydda i'n mynd at y drws.'

Erbyn iddo ddod i olwg y llannerch, lle'r oedd llwyfan o darmac du yn ffinio ar adeilad chwaethus a drud, roedd calon Karel Begh yn boen gwyllt yn ei frest. Methai weld pam bod yn rhaid iddo fod yno o gwbwl a theimlodd ysfa, anorchfygol bron, i droi a rhedeg yn ôl i lawr y llwybyr. Yr unig beth a'i darbwyllai rhag gneud hynny oedd y sicrwydd o dderbyn bwled o wn Zahedi yn ei gefn. Meddyliodd unwaith am fod y cynta i daro, a thrwy hynny gael gwared â'r ellyll oedd wedi dod i ddifetha'i fywyd. Ond gwyddai nad oedd saethu dyn yn ei gefn, er mai anifail o ddyn oedd hwnnw, ddim yn ei natur o. Felly, efo'r reiffl *Heckler and Koch* yn crynu yn ei ddwylo, aeth i guddio i'r llwyn y pwyntiai Zahedi ato.

O'i guddfan, gwyliodd y sipsi Carla Begh, efo'r fasged drom o rosod ar ei braich chwith, a'i llaw dde o'r golwg yn y bloda, yn croesi'n fusgrell tuag at ddrws y tŷ. Gwelodd hi'n oedi eiliad i daflu llygad dros y car gwyn oedd wedi'i barcio yno ac yna, cyn rhoi bys ar y gloch, yn taflu golygon llechwraidd o'i chwmpas rhag i rywun ddod ati'n ddirybudd o'r cefn. Bu'r eiliad yn ddigon iddi fethu gweld gwyneb y dyn yn ymddangos yn y ffenest tu ôl iddi. Aeth y bys eto at y botwm ac aros yno'n fwy taer y tro yma.

O'r diwedd, cafodd y drws ei agor yn gyflym a gwyddai Zahedi fod y dyn a safai yno yn cuddio gwn tu ôl i'w gefn. Y sioc fwya iddo oedd sylweddoli nad Turner *alias* Semtecs *alias* William Boyd, y bradwr, oedd yno o gwbwl ond un o luoedd diogelwch yr heddlu.

Poerodd yr *Ingram* otomatig bum gwaith trwy wiail y fasged a rhwygodd y bwledi i frest y plismon gan daflu hwnnw wysg ei gefn yn ôl i'r tŷ. O'i guddfan yn y coed, gwyliodd Karel Begh ef yn cymryd cam i mewn ar ôl y corff ac yna'n diflannu i'r tŷ. Y peth nesa a ddaeth i glustia myfyriwr oedd sgrech merch, a honno'n mynd ymlaen ac ymlaen yn ddiddiwedd, nes peri i'w waed fferru yn ei wythienna. Yna, dyna Zahedi'n ymddangos unwaith eto, ond dim ond yn ddigon hir i arwyddo'n ddiamynedd arno i ymuno efo fo yn y tŷ.

Erbyn i'r Cwrd ofnus gyrraedd y stafell, roedd y sgrechian wedi stopio a safai gwraig ifanc felynwallt, a thrawiadol o dlws, yn wynebu Zahedi ac yn cuddio plentyn tu ôl i'w chefn i'w warchod. Roedd ei boch yn gwaedu lle trawyd hi gyda blaen y gwn i'w thawelu. Gorweddai corff llonydd ar ganol llawr y stafell a'r staen coch yn lledu wrth yr eiliad dros grys a fu gynt yn las.

'Gofyn iddi lle mae o!' Rhwng yr olwg orffwyll arferol, y dillad merch a'r colur trwm, roedd Zahedi'n ddigon i godi dychryn ar unrhyw un. Roedd rŵan wedi tynnu'r wìg a'i ollwng wrth ei draed.

Mewn llais crynedig, dywedodd y myfyriwr ifanc, 'Mae o isio gwybod ymhle mae dy ŵr.' Gallai weld gwefusa'r wraig ifanc yn symud ond yn methu deud dim. Roedd ei hofn wedi gneud mudan ohoni. 'Gwell iti ddeud, a hynny'n sydyn.'

Synhwyrodd Rhian fod y gŵr ifanc yn cydymdeimlo rhywfaint efo hi a bod ofn i'w glywed yn ei lais ynta hefyd. Roedd hynny'n achos mwy o ddychryn iddi. 'Ydi o . . . ydi o'n mynd i'n . . . i'n lladd ni?' Sibrydiad gwyntog oedd ei geiria wrth iddi deimlo breichia'i phlentyn yn gwasgu am ei choesa o'r cefn.

'Mi neith, os na ddeudi di wrtho fo yn lle mae dy ŵr.'

'Dydw i ddim yn gwbod. Ar fy ngwir! Heblaw ei fod o yn Llundain yn rwla . . . yn chwilio am hwn!' Gadawodd Rhian i'w llygaid grwydro eiliad i gyfeiriad y llofrudd. Fe wyddai hi i sicrwydd, bellach, pwy oedd o.

Gwrandawodd yn grynedig ar yr un ifanc yn cyfieithu ac yna arswydodd wrth weld y gwn yn llaw y llall yn codi tuag ati. Yn reddfol, a chyda sgrech o anobaith, trodd i syrthio dros ei mab ac i daflu'i breichia amdano, mewn ystum i'w warchod rhag y bwledi poeth. Ac yn yr eiliada hir hynny, fe gafodd hi gip trwy lygaid ei chof o'r llunia gwaedlyd o Maria Soave yr actores a'i theulu wedi i'r bwystfil yma eu llofruddio nhw yn eu cartref ar lethr Feswfiws llynedd.

Pa mor hir y bu hi yno'n cyrcydu ac yn igian crio ac yn gwasgu ei phlentyn, wyddai hi ddim, ond yn raddol fe ddaeth yn ymwybodol o'r siarad tu ôl iddi a'r llais ifanc fel pe bai'n dadla efo'r llall ac yn ceisio'i ddarbwyllo. Roedd yr aros yn dragwyddol.

Yna, o'r diwedd, dyna'r llais ifanc yn gofyn, 'Fedri di

gysylltu efo dy ŵr?' ac yna ychwanegu'n rhybuddiol, 'Gobeithio y medri di!'

Dalltodd Rhian yr hyn yr oedd yn geisio'i ddeud wrthi. 'Mae gen i rif ffôn i gysylltu efo fo,' meddai, a gweld hanner gwên ddiolchgar yn hofran dros wefus y llanc.

Trodd Karel Begh unwaith yn rhagor i drafod efo Zahedi. Roedd gwewyr y wraig ifanc a'i phlentyn wedi bod yn lles iddo fo'i hun fagu nerth a mwy o ryfyg. Am unwaith, roedd yn barod i ddadla efo'i gydymaith hŷn.

'Faint gwell wyt ti o'u lladd nhw? Fydd gen ti ddim syniad wedyn ymhle mae'i gŵr hi na phryd y daw o ar dy ôl di. Pam na ddefnyddi di nhw i'w ddenu fo atat ti?'

'Wyt ti'n meddwl fy mod i'n mynd i aros oria yn fa'ma nes y daw o i fyny'n ôl o Lundain?'

'Nacdw, wrth gwrs! Mi fyddai peryg i ninna'n dau gael ein dal fel llygod mewn trap wedyn. Ond meddylia pe baen ni'n medru mynd â'r ddau yma'n ôl i Lundain efo ni, i'w cadw yn y warws, wel . . . ' Gadawodd i Zahedi gnoi cil ar ei ddychymyg.

Ymhen hir a hwyr, clywodd Rhian sŵn traed yn mynd drwodd i'r gegin a sŵn droria a chypyrdda'n cael eu hagor a'u cau yn wyllt. Yna teimlodd ddwylo brwnt yn ei thynnu i'w thraed a meddyliodd am sgrechian eto, cyn sylweddoli mai eu bwriad oedd clymu ei thraed a'i dwylo a gneud yr un peth i'w phlentyn. Bodlonodd yn ddibrotest. O leia roedd y ddau ohonyn nhw'n dal yn fyw . . . am ryw hyd eto!

* * *

Roedd Sam yn ôl yng ngwesty'r Ealing yn Broadgate yn studio'r gwn a gawsai gan Marcus Grossman – *Browning Hi-Power* lled-otomatig. 'Nid dyma fyddai fy newis i wedi bod,' meddai wrtho'i hun, 'ond fe neith y tro. O leia mae'r stoc bwledi yn un hael. Y cam nesa fydd dod o hyd i

Zahedi, cyn i hwnnw ddod i chwilio amdana i.'

Roedd wedi bod yn crafu'i ben yn ofer uwchben y broblem. Roedd Grossman o'r farn na allai'r teulu o Gwrdiaid oedd yn byw ar Pocock Street gynnig unrhyw wybodaeth a doedd ynta, Sam, yn gweld dim mantais o fynd i holi'r ddau lofrudd yng ngharchar, y rhai a laddodd Sarjant Titch a'r peilot Sam Merryman llynedd. Go brin y byddai rheini, o bawb, yn rhoi iddo'r cyfeiriad yr oedd arno 'i angen. A falla nad yn yr East End yr oedd pencadlys y Mafiozniki ym Mhrydain erbyn hyn, beth bynnag. A falla nad oedd gan y Cwrd unrhyw gyswllt efo rheini, beth bynnag.

Nid am y tro cynta'n ddiweddar, melltithiodd bobol fel Syr Leslie Garstang a Julian Carson a Caroline Court am eu diffyg cefnogaeth. Yr unig lygedyn o obaith oedd clywed Grossman yn deud bod rhif ffôn mudol Zahedi ganddo; ei fod wedi'i gael o gan y *concierge* ym Mharis pan dreuliodd y Cwrd noson neu ddwy yn y *pension* rhad yn ardal Bagnolet o'r ddinas. *Cellnet* yn ôl y rhif. Tybed a fyddai'n bosib cael gwybod gan y cwmni hwnnw o ble y gwnaed yr alwad ddwytha? Mi allai hynny fod o help. Ond go brin y bydden nhw'n barod i ddatgelu, mae'n beryg.

Cydiodd Sam yn ei ffôn mudol ei hun a deialu Llecyn Glas ym Mhwllheli. Nan Gwilym a atebodd, a hynny ar unwaith.

'Oeddach chi'n ista ar y ffôn, Nain?'

'O, Sam! Diolch i'r drefn dy fod ti wedi galw.' Nid rhyddhad oedd i'w glywed yn ei llais ond ofn.

'Nain! Be sy? Oes 'na rwbath yn bod? Lle mae Rhian? Tecwyn?'

'O, Sam! Maen nhw wedi mynd ers canol bora a dydyn nhw byth wedi dod 'nôl.'

'Mynd?' Roedd tôn ei lais wedi codi. 'Mynd i ble? Efo pwy?'

'Mi fynnodd fynd i Hen Sgubor i nôl rhagor o ddillad

i'r ddau ohonyn nhw . . . '

'Be? Ar eu penna'u hunain?' Roedd ei lais yn amlygu'i ofn ynta hefyd erbyn hyn.

'Na. Mi aeth un o'r plismyn efo nhw.'

'Un? Dim ond un?'

'Does 'na 'mond dau yma rŵan, Sam. Mae'r ddau'n gweithio trwy'i gilydd.'

'Be dach chi'n feddwl, "*dim ond dau*"? Dau ar bob shifft dach chi'n feddwl.'

'Nage. Dim ond dau sy 'na i gyd, er ddoe. Mae'r lleill wedi cael eu galw'n ôl i Lundain, mae'n debyg.'

'Arglwydd mawr! A be am Hen Sgubor? Mae 'na rywun yn fan'no?'

'Nagoes, yn ôl y plismon sydd ar ôl yn fa'ma rŵan. Mae o yn y tŷ efo ni yr eiliad 'ma, os wyt ti isio gair efo fo. Rydan ni wedi methu cael atab yn Hen Sgubor, Sam, ac mae hwn wedi methu cael ei ffrind i atab er bod ffôn hwnnw hefyd i'w glywad yn canu. Be nawn ni, Sam?'

Hawdd gwybod ei bod hi ar fin drysu.

'Rhowch y plismon i siarad efo fi.' Teimlai Sam fel pe bai ei ben yn llawn o ddŵr oer, a'i galon ar fin ffrwydro. 'Helô? . . . Helô? . . . '

'Helô?'

'Be uffar sy'n digwydd yna? Sut ddiawl mai dim ond un ohonoch chi aeth efo nhw?'

'Shifft Colin oedd hi. Doedd fy shifft i ddim yn dechra tan ddau y pnawn. Rhyw chwartar awr sydd ers imi gyrraedd.'

Gwylltiodd Sam wrth ei glywed yn ymgreinio i achub ei gam. 'Blydi amaturiaid! Penderfyniad pwy oedd o i alw'r gweddill ohonoch chi'n ôl i Lundain? Deud wrtha i! Julian Carson?'

'Does wybod.'

'Wel be uffar sy'n digwydd yna rŵan?'

'Dwi wedi gofyn i'r heddlu lleol yn Abercymer fynd i'ch cartre chi i tsecio. Mae'n siŵr y bydd pob dim yn iawn.' Ond doedd fawr o argyhoeddiad yn ei lais.

Rhoddodd Sam derfyn ar y sgwrs ar ei chanol a deialu'r steshion yn Abercymer. Iwan Watkins, cwnstabl ifanc, a atebodd.

'Iwan? Sam Turner sy 'ma. Rho fi trwodd i Sarjant Ken Harris.'

'Sori, Sam, ond dydi o ddim yma. Mae o wedi atab cais ac wedi mynd i neud yn siŵr fod pob dim yn iawn yn dy gartra di yn Rhiwogo.'

'Wel cysyllta efo fo yr eiliad 'ma, a deud wrtho fo am fy ffonio fi'n ôl yn syth bìn. Ti'n dallt? Dyma fo'r rhif . . . '

Synhwyrodd hwnnw'r panig yn llais Sam a gaddo gweithredu ar ei union.

Yn ystod y pum munud nesa, tra'n aros i Ken Harris ffonio'n ôl, roedd yn rhaid iddo frwydro yn erbyn ysfa i neidio ar y beic a chychwyn am ogledd Cymru. Fflachiai pob math o feddylia gwaeth na'i gilydd trwy'i ben, a phan ganodd y ffôn o'r diwedd roedd o eisoes wedi penderfynu bod y gwaetha wedi digwydd.

'Ken? Oes 'na rwbath wedi digwydd?'

Ddaeth yr ateb ddim yn syth. 'Dwn i ddim be i ddeud wrthat ti, Sam.'

'Tria'r gwir! Be uffar sy'n mynd ymlaen yna, Ken? Wyt ti wedi gweld Rhian a'r bychan? Ydyn nhw yna?' Er yn mynnu ateb, mi oedd o hefyd ofn be oedd i ddod.

'Na, dydyn nhw ddim yma, Sam, er bod car Rhian yn dal yma. Ond dydi petha ddim yn edrych yn dda, mae gen i ofn. Mae 'na gorff yma. *Special Branch*, mae'n debyg. Wedi'i saethu bum gwaith yn ei frest. A llwyth o rosod o'i gwmpas o! Be sy'n mynd ymlaen, Sam? Oes gen ti syniad? Oes gen ti syniad lle y gallai Rhian a'r hogyn fod?'

Theimlodd Sam Turner erioed mor wag a diffrwyth. 'Oes 'na rwbath arall, Ken?' gofynnodd o'r diwedd, gan anwybyddu cwestiyna'i ffrind. 'Nodyn neu rwbath felly?'

'Dim byd ond wìg du. Hwnnw hefyd wedi'i daflu ar lawr. A rowlyn o dâp. Mae rhywun wedi bod trwy'ch cypyrdda a'r droria chi yn y gegin. Mae'n bosib mai o fan'no y daeth y tâp a'i fod o wedi cael ei ddefnyddio i glymu Rhian a'r bychan. Dyna be dwi'n feddwl, beth bynnag. Disgwyl dynion ydw i ar hyn o bryd, i chwilio'r coed a'r tir o gwmpas. Blydi hel, Sam! Ro'n i'n meddwl eich bod chi'ch dau yn Awstria ar eich mis mêl?'

O glywed dim ymateb o ben arall y lein, fe aeth y Sarjant yn ei flaen, 'Oes gan hyn rwbath i'w neud efo'r busnas 'na llynadd, Sam?'

'Ffonia fi os cei di ryw newyddion, Ken . . . yn syth . . . plîs.'

* * *

Aeth awr a chwarter heibio, efo Sam yn gneud dim ond cerdded llawr ei stafell yn y gwesty, ac yn rhegi'n hyglyw bob hyn a hyn. Roedd y rhwystredigaeth yn ei ladd. Safodd unwaith i syllu i ddrych hir ei wardrob a gweld yno rywun nad oedd yn ei adnabod yn iawn. Oedd, roedd ei wallt yn hirach nag y bu ers tro byd, diolch i apêl Rhian cyn y briodas, ac erbyn rŵan roedd wythnos o dyfiant wedi rhoi egin barf am ei ên. Ond nid dyna âi â'i sylw, ond yn hytrach yr olwg ddidostur yn ei lygada. Gwelodd galedwch ynddyn nhw, a phenderfyniad oer. A gwyddai ei fod yn feddyliol barod i ddifa Zahedi. Roedd sylweddoli hynny'n sioc iddo, ond nid yn ddychryn.

Yna canodd y ffôn. Ken Harris efo'r datblygiada diweddara.

'Gwranda, Sam! Mae'r stori wedi mynd allan i'r pentra'n syth, fel tân gwyllt, a phawb wedi dychryn yn arw fel y gelli di ddychmygu. Dyma'r trydydd llofruddiaeth yn y cyffinia o fewn tair blynadd, ac mae dau ohonyn nhw wedi bod yma, yn Hen Sgubor. Sut bynnag, mi ddaeth rhyw Gwilym Edwards o Siop Gwalia yma rhyw hannar awr yn ôl i chwilio amdana i – ti'n ei nabod o, mae'n siŵr? Roedd ganddo fo stori go ryfadd i'w deud wrth un o'r hogia oedd yn gneud ymholiada o gwmpas y lle ac mi anfonodd hwnnw fo i fyny'n syth i ddeud wrtha i. Roedd y Gwilym Edwards 'ma yn gadael y King's Head neithiwr, tua chwartar i un ar ddeg mae'n debyg, pan welodd o gar gwyrdd yn y maes parcio wrth dalcan ei siop. Fedra fo ddim deud pa fath o gar, gwaetha'r modd, a ddaru o ddim meddwl gneud nodyn o'i rif o, medda fo. Sut bynnag, mi ddaeth dreifar y car i ofyn iddo fo'r ffordd i Hen Sgubor. Dyn ifanc, tuag ugain oed, yn siarad Saesneg eitha rhugl ond efo acen drom. Mae'r siopwr yn eitha sicir mai o'r Dwyrain Canol yn rwla roedd o'n dod ond, wrth gwrs, fedri di ddim bod yn siŵr y dyddia yma gan fod cymaint ohonyn nhw wedi cael eu geni a'u magu yn y wlad yma erbyn hyn. Ydi'r disgrifiad yn golygu rwbath iti?'

'Nacdi.' Doedd o 'mo Zahedi, ond alla fo fod yn Reza Kemal, gofynnodd Sam iddo'i hun, gan deimlo'i galon yn mynd yn drymach fyth.

'Sut bynnag, mi oedd mam hwnnw efo fo yn y car . . . '

'Ei fam o?' Trwy godi'i lais, methodd Sam â chelu ei syndod a'i anghredinedd.

' . . . Roedd hi'n eistedd yn y car, a chafodd y siopwr ddim golwg iawn arni yn y tywyllwch. Roedd hi, yr hen wraig, i fod i alw yn Hen Sgubor fora trannoeth – hynny ydi, bora heddiw – medda'r bachgan wrtho fo. Wedi trefnu efo chi, efo Rhian falla, i ddod draw i ddeud eich ffortiwn chi. Dyna'r stori. Ond dwi'n cymryd mai stori glwyddog oedd hi a dwi eisoes wedi rhoi rhybudd allan trwy Gymru a Lloegar i stopio a holi pob cwpwl mewn car gwyrdd sy'n ateb y disgrifiad yna . . . '

'Nid dynas oedd hi, Ken. Dau ddyn oedd yn y car.'

'Ond . . . ? Roedd dyn y siop yn swnio'n eitha sicir o'i betha.'

'Mae'n siŵr ei fod o, ond cymer fy ngair i, Ken. Dyn

nid dynas oedd yn y car. Wedi'i wisgo fel dynas, falla, i daflu llwch i lygada pobol fel Gwil Siop, ond dyn oedd o yn siŵr iti. Ac nid dyn cyffredin chwaith, ond un o'r terfysgwyr perycla yn Ewrop.'

Sarjant Ken Harris oedd un o'r chydig rai yn ardal Trecymer oedd yn gwybod rhywfaint o gefndir Sam. Fe wyddai chydig am ei gyfnod yn yr SAS ac am y profiada a gawsai mewn llefydd fel Irac a Beirut a Gogledd Iwerddon. Ac am fod Sam ei hun wedi datgelu hynny iddo'n gyfrinachol, fe wyddai hefyd am y busnes yn y Dwyrain Canol llynedd pan oedd Sam wedi diflannu o'i waith am rai wythnosa ar yr esgus o fod yn gofalu am fusnes cyfrifiadurol y teulu yn Lincoln yn ystod salwch ei dad. Gneud gwaith i MI6 a'r Swyddfa Dramor oedd o bryd hynny, a daeth Ken Harris yn sicrach fyth yn ei feddwl rŵan bod cysylltiad rhwng y gwaith hwnnw a'r hyn oedd newydd ddigwydd yn Hen Sgubor.

'Mi ro i alwad arall allan, Sam, efo'r wybodaeth yna. Rydw i eisoes wedi rhybuddio fod y ddau yn y car yn beryglus iawn ac yn cario gynna, ac wedi deud hefyd y gall fod 'na wraig a phlentyn yn teithio efo nhw. Dwi'n ama eu bod nhw wedi mynd â Rhian a'r bychan efo nhw, yn wystlon.'

'Gobeithio dy fod ti'n iawn, Ken,' meddai Sam wrtho'i hun, gan gau'r opsiwn arall o'i feddwl. 'Gobeithio dy fod ti'n iawn.'

Pennod 13

Fe gymerodd awr neu ddwy i Rhian gael y gora ar ei hofn ac i sylweddoli fod ganddi ddyled go fawr i'r terfysgwr ifanc. Er nad oedd hi wedi dallt gair o'r ddadl rhwng y ddau ddyn, doedd dim isio llawer o ddychymyg i weld be oedd bwriad y Zahedi 'na. Ac er bod Tecwyn bach a hitha wedi cael eu clymu, ddwylo a thraed, a'u taflu'n ddiseremoni i gist gefn y car gwyrdd, ac er eu bod rŵan yn cael siwrna fwya anghyfforddus eu bywyd, eto i gyd roedd ganddi le i ddiolch eu bod yn dal yn fyw.

Yn dilyn y ddadl, roedd Zahedi wedi gorchymyn clymu dwylo a thraed y plentyn efo'r tâp glud llydan o'r cwpwrdd yn y gegin. Yna, roedd ynta'i hun wedi mynd ati i'w chlymu hi, Rhian, ac i neud hynny mewn ffordd giaidd o dynn, efo'i dwylo tu ôl i'w chefn. Roedd hefyd wedi gwasgu darn o'r tâp am ei cheg a gorchymyn i'w bartner neud yr un peth i'r hogyn, ond gynted ag yr aeth Zahedi i chwilio am ddŵr a sebon i olchi'r colur oddi ar ei wyneb ac i gael gwared â'r wisg merch, fe fanteisiodd y llall ar y cyfle i'w hailrwymo hi mewn ffordd lai poenus ac i lacio rhywfaint ar y tâp dros ei cheg, rhag iddi fygu. Roedd yn gysur i Rhian wybod bod cymaint â hynny o gydymdeimlad hefyd wedi'i ddangos tuag at Tecwyn bach.

Wedi i'r un ifanc ddod â'r car at y tŷ, hi, Rhian, gafodd ei rhoi'n gynta yn y gist, efo'i phen a'i chefn yn crymu a'i phenglinia bron yn ei cheg. Gosodwyd y bychan wedyn yn ei chôl, a chyn i'r caead gael ei gau ac i'r tywyllwch ddod, roedd hi wedi cael cip ar lygada mawr a thorcalonnus ei mab. Yr olwg honno oedd wedi cynnal ei phenderfyniad, yn ystod yr awr a hanner nesa ac mewn lle cyfyng, i wingo ac i ymdrechu'n ddi-baid ac mewn tipyn o boen, i lacio mwy a mwy ar y tâp ar ei garddyrna. Ond cyn hynny bu'n rhwbio a rhwbio'i gwyneb yn erbyn siâp yr olwyn nes tynnu gwaed ond llwyddo o'r diwedd i gael y tâp yn rhydd oddi ar ei cheg. Ar ôl hynny, medrodd o leia sibrwd cysuron yng nghlust y bychan a thawelu rhywfaint ar ei ofna a'i ddagra. Ac yna, ymhen hir a hwyr, dyna lwyddo hefyd i gael ei dwylo a'i breichia'n rhydd. Mater o amser fu hi wedyn cyn medru datod rhwyma Tecwyn a'i dynnu ati i'w anwylo nes iddo syrthio i gysgu yn ei flinder. Doedd y daith ddim mor annioddefol o hynny mlaen, er bod yr ofn yn codi'n don yn ei brest bob yn hyn a hyn.

* * *

Karel Begh go wahanol oedd yn gyrru'r Astra yn ôl am Lundain. Roedd ei lwyddiant i ddarbwyllo Zahedi ynglŷn â lladd y fam a'i phlentyn wedi rhoi iddo rywfaint o hyder yn ogystal ag ewfforia. Roedd ei ofn o Zahedi wedi dechra cilio a theimlai fodlonrwydd hefyd o fod wedi cael dangos caredigrwydd tuag at y ddau wystl, er y carai fedru gneud mwy i leddfu eu dolur. Roedd meddwl amdanyn nhw wedi eu cau mewn lle mor gyfyng yn ddychryn i rywun fel fo oedd yn glostroffobig ei hun.

'Lle fyddwn ni'n stopio am fwyd? Ar y draffordd?' Roedd wedi sylwi bod y map yn agored ar lin Zahedi.

'Na. Dim traffordd.'

'Be wyt ti'n feddwl? Rydan ni ar draffordd yn barod, siŵr!' Roedden nhw ar yr M54 ac yn gwibio heibio Telford ar y pryd.

'Ond mi fyddwn ni'n ei gadael hi rŵan, ymhen cilometr neu ddwy.'

Taflodd Karel Begh gip sydyn i weld at lle'r oedd y bys yn pwyntio. 'Cyffordd 4? Lle wedyn 'ta?'

'Dilyn hon.'

Cip arall i weld y bys ar ffordd werdd ac yn pwyntio ar y rhif A5. 'Lle fydd honna'n mynd â ni?'

'I'r un lle.'

'Be? Llundain?'

Gwnaeth Zahedi sŵn cytuno yn ei wddw, fel 'tai o wedi blino ateb cwestiyna.

'Pam? Mi fydd y draffordd yn llawer cynt.'

'Ac yn fwy tebygol o fod yn cael ei gwylio gan yr heddlu. Rŵan, paid â dadla.'

Junction 4 DONNINGTON $1/2$ milltir. Pwyntiodd Zahedi at yr arwydd ac ufuddhaodd y gyrrwr yn ddigwestiwn trwy symud i'r lôn araf, yn barod i adael y draffordd.

'Mi fydd raid inni gael bwyd cyn hir.' Ac eithrio'r frechdan a'r pacedi creision neithiwr, doedd o ddim wedi cael pryd iawn er bore ddoe. 'A chyfle i ddwyn chydig o gwsg. Mae fy llygada i'n dechra cau.'

Aeth bys Zahedi eto at y map, i bwyntio at le bychan o'r enw Weston-under-Lizard, rhyw saith milltir i ffwrdd.

Roedd petha'n edrych yn fwy addawol, meddyliodd y myfyriwr, wrth ei weld ei hun yn cael ei ffordd, eto fyth. Bu'n ddigon hy wedyn i roi'r radio ymlaen ac i lenwi'r car efo cerddoriaeth bop. Yn rhyfedd iawn, ddaeth dim gwrthwynebiad oddi wrth Zahedi. Naill ai ei fod yn ymlacio mwy ar ôl gadael y draffordd neu roedd ei feddwl ar betha eraill.

Ar stryd fawr Weston, llwyddodd Karel Begh i ddod o hyd i siop oedd ar agor ar y Sul ac a oedd yn gwerthu, ymysg petha eraill, pob math o fwyd parod a ffrwytha. Wrth iddo agor y drws, daeth cymysgedd o arogleuon i ymosod ar ei ffroena ac i'w atgoffa'n bleserus am ei newyn. Roedd yno hefyd gwpwrdd oer yn llawn o boteli a chania diodydd.

Fu arian erioed mor barod ganddo, meddyliodd. Diolch i Zahedi! Doedd hwnnw ddim i'w weld yn poeni o gwbwl am unrhyw arian mân a geid yn newid o'r papura hanner canpunt. Felly, wedi llygadu a studio cynnwys y cas gwydyr hir oedd hefyd yn gownter, prynodd lond ei haffla o ddanteithion a mynd wedyn i

169

ddewis o'r ffrwytha. Yma eto gadawodd i'w ffroena wledda ar y cymysgedd o arogleuon iach oedd yn ei atgoffa'n hiraethus o farchnad brysur tre 'i febyd. Prynodd fwndel sylweddol o rawnwin a llond bag o afala. Yna, wedi gwthio dau afal a rhywfaint o'r grawnwin i bocedi'i gôt, aeth yn ôl am y car.

'Mi ffeindia i le tawel i stopio,' meddai, gan drosglwyddo'r bwydydd i sedd ôl yr Astra, 'lle cawn ni gyfle i fwyta ac i orffwys chydig.' Er bod llygaid Zahedi ynghau, gwyddai'r myfyriwr o'r gora nad oedd o'n cysgu.

Yng nghist dywyll y car, unwaith bod y radio wedi distewi, gallai Rhian glywed os nad deall y rhan fwya o'r hyn oedd yn cael ei ddeud. Teimlai fod ei chorff wedi cyffio'n lân ac roedd meddwl am deithio yr holl ffordd i Lundain ar rywbeth heblaw traffordd yn boen ychwanegol iddi wrth sylweddoli y gallai'r siwrna gymryd cymaint â dwyawr yn fwy. At hynny, rhwng gwres mewnol y car a phelydra'r haul yn taro ar ei fetel gwyrdd, roedd ei charchar cyfyng wedi troi'n bopty poeth. Ac, yn wahanol i'r ddau Gwrd, roedd ogla'r bwyd a'r ffrwytha yn hel cyfog arni. Roedd crio Tecwyn wedi troi'n gwynfan blinedig ers meitin.

Fe ddaeth y cyfle'n fuan i stopio. *Lay by* bychan allan yn y wlad oedd o, a hwnnw'n wag. Roedd yn uwch o ryw lathen na lefel y ffordd bresennol, fel eu bod yn edrych i lawr ar bob dim oedd yn pasio. Uwchben, taflai hen dderwen ei chysgod ar y car; ei blagur yn torri'n ddail ifanc drosti. Trwy'i briga doedd dim ond awyr las yn y golwg.

O'r bagia papur gwyn tynnodd Karel Begh ddwy bastai a'u gosod ar silff y *dash* o flaen Zahedi. Rhoddodd iddo ddewis hefyd rhwng can o ddiod oren neu un lemwn.

'Mi fasa'n well imi neud yn siŵr eu bod nhw'n iawn,' meddai, gan gyfeirio'n amlwg at Rhian a'r plentyn yn y cefn. 'Mi fydd yn iawn imi roi diod i'r ddau, debyg?'

Gwnaeth Zahedi sŵn chwyrnu ysgafn yn ei wddw fel petai'n cytuno yn groes i'w ewyllys. 'Gofala nad ydyn nhw'n cael eu gweld! A gofala roi'r tâp yn ôl ar eu cega nhw wedyn.'

Wrth agor caead y gist, teimlodd y gŵr ifanc ryddhad o weld breichia'r fam yn rhydd ac yn cydio am ei phlentyn, a bod y tâp wedi'i dynnu oddi ar gegau'r ddau. Dychrynodd, serch hynny. Roedd ei gwyneb yn waed yr ael! Yna sylweddolodd mai ei hymdrech i'w rhyddhau ei hun oedd wedi achosi hwnnw. Sylwodd hefyd ar yr arswyd yn ei llygada wrth iddi ddisgwyl y gwaetha. Roedd y bychan yn ei chôl yn gneud sŵn cwyno distaw ac yn cau ei lygada'n dynn yng ngolau annisgwyl yr haul tanbaid.

Gwnaeth arwydd ar y wraig i beidio deud dim ac i gadw'r plentyn hefyd yn dawel, yna agorodd gan o ddiod oren a'i gynnig iddi. Gwyliodd hi'n codi'n boenus o ara ar un penelin ac wedi rhoi tipyn o foethau i'w bachgen, yn glychu'i geg o i ddechra cyn cymryd dim ei hun.

'Lle ydan ni? Lle dach chi'n mynd â ni?'

Cododd fys eto i'w rhybuddio. 'Llundain,' meddai siâp ei geg wrthi.

'Be fydd yn digwydd wedyn?'

Cododd ei ysgwydda y mymryn lleia i awgrymu nad oedd yn gwybod yr ateb, yna tynnodd y grawnwin a'r ddau afal o'i bocedi a'u rhoi yn ei dwylo. Yr eiliad nesa roedd y tywyllwch poeth wedi cau amdanyn nhw'n unwaith yn rhagor.

* * *

Gydol yr amser y bu Rhian yn brwydro efo'i rhwyma, roedd Sam wedi bod mewn rhyfel cartre efo fo'i hun. Methai'n lân â ffrwyno'i anniddigrwydd a'i dymer wrth deimlo'r stafell yn troi'n gaets amdano. Roedd arno angen gneud rhywbeth. Ond be? Fwy nag unwaith fe gafodd ei gynddaredd y gora arno; ei lid yn codi'n sydyn i'r gwynab, fel llefrith berwedig dros ymyl sosban. Ar un o'r achlysuron hynny, rhoddodd ei ddwrn yn syth trwy banel tena talcen y wardrob. Melltithiodd bawb yn eu tro – Caroline Court, yr ast! Syr Leslie Garstang, y diawl dandin! Julian Carson, y bastad! Fe gâi hwnnw, o bawb, dalu. Doedd dim byd sicrach. Yn enwedig os oedd rhyw niwed wedi'i neud i Rhian a Tecwyn. Ac fe gâi Zahedi dalu! A hynny yn y modd mwya uffernol! Gwnaeth yr addewid hwnnw fwy nag unwaith iddo'i hun. Ond y sawl a gâi ei felltithio fwya ganddo oedd Samuel Tecwyn Turner. 'Arna *i* y mae'r bai mwya. Mi ges i ddigon o gyfla i gael gwarad â'r diawl bach hyll llynadd yn Aserbaijân. Mi ddylwn i fod wedi gyrru'r uffar i lawr i waelod y Caspian bryd hynny, efo'i fêt.' Cofiodd eto wyneb Zahedi yn syllu i fyny'n ddialgar arno oddi ar fwrdd y Baku-Batumi. Cofiodd eto'r tancer yn crynu dan effaith y ffrwydron a osodwyd arni gan Marcus Grossman, cyn iddi lithro o dan wyneb y dŵr, gan fynd â chorff Viktor Semko efo hi. Cofiodd feddwl ar y pryd bod Zahedi hefyd wedi mynd i'r un bedd dyfrllyd. 'Cymryd gormod yn ganiataol wnes i, siŵr dduw! Mi ddylwn i fod wedi gneud yn berffaith siŵr fod y cythral bach wedi mynd am byth.' Daeth iddo'r darlun unwaith eto o nifer o griw'r llong yn nofio tuag at gwch achub gorlawn. ''Swn i ond wedi sylweddoli mai Zahedi oedd un ohonyn nhw! Mi rois i'r diawl gael byw!' Gwelodd ei hun unwaith eto'n ufuddhau i arwydd Grossman ac yn troi ei hofrennydd ei hun i ddilyn Lynx yr Iddew yn ôl am adre, heb sylweddoli bod y Cwrd yn dengyd yn groeniach yn y môr odditano. Cofiodd hunanfodlonrwydd Grossman ac ynta ar y pryd. A rŵan, lai na blwyddyn yn ddiweddarach, dyma hunlle arall wedi ei chreu. 'Dy fai di, Sam! Dy fai di!'

Aeth awr neu ragor heibio cyn iddo fedru dechra rhesymu'n glir. Fe ddylai fod allan yn gneud rhywbeth! Ond be? Fe ddylai fod ar y ffordd adre i Hen Sgubor i weld petha drosto'i hun! Ond i be? Os oedd Ken Harris yn iawn yn credu bod Zahedi ar ei ffordd yn ôl i Lundain, efo Rhian a Tecwyn yn wystlon yn y car, yna yn Llundain yr oedd ei le ynta.

O'r diwedd fe benderfynodd ffonio Marcus Grossman i drafod y sefyllfa efo hwnnw.

'Mi ddo i draw y munud 'ma!'

'Nage. Waeth iti heb, Marcus! Mae gen i betha i'w gneud.'

'Wel ffonia fi pan gei di ragor o wybodaeth. Rwyt ti'n gwybod y medri di ddibynnu ar help Josef a finna.'

Ofn gormod o ymyrraeth gan yr Iddewon oedd ar feddwl Sam. Doedd o ddim isio'u tynnu nhw i mewn yn rhy fuan, ddim nes cael gwybod be oedd bwriada Zahedi. Triodd ffonio Caroline Court wedyn, droeon; i ddechra yn ei fflat yn Knightsbridge ac yna, o fethu cael ateb yn fan'no, ei swyddfa yn Whitehall. Recordiad o lais Wendy Parkes, ei hysgrifenyddes, yn rhoi cyfle i bobol adael neges. 'Dwêd hyn wrth Caroline Court,' meddai'n chwerw. 'Mae'n siŵr ei bod hi'n gwbod yn iawn bellach be sydd wedi digwydd yng Ngogledd Cymru – mi fydd y sinach Carson 'na wedi riportio iddi. Dim ond rhybudd sydd gen i iddi! Os y daw 'na niwed i naill ai fy ngwraig neu fy mhlentyn i yn ystod yr oria nesa 'ma, yna wna i ddim meddwl ddwywaith cyn ei gollwng hi a'i mêts yn y cachu. A mae hi'n gwbod pwy ydi rheini! A mae hi'n gwbod yn iawn hefyd be dwi'n ei fygwth! Waeth iddyn nhw heb â bygwth yr *Official Secrets Act* arna i wedyn. Fydd o ddiawl o bwys gen i am honno pan fydda i'n cysylltu efo'r cyfrynga ac yn gollwng y gath o'r cwd.'

Clywodd glic fechan o ben arall y lein ac yna lais byw Wendy Parkes, 'O lle 'dach chi'n ffonio, Mr Turner?'

'Ha! Mi ydach chi yna, felly!' Fe wyddai i sicrwydd

rŵan fod Caroline Court yn sefyll wrth ysgwydd ei hysgrifenyddes ac yn gwrando ar y sgwrs. 'Ond pam wyt ti'n gofyn o ble dwi'n ffonio? Er mwyn i Scotland Yard neu MI5 wbod lle i ddod i chwilio amdana i? Ydi dy fòs di'n meddwl mai efo'r gawod ddwytha y dois i, dywad?'

'Rhif ffôn 'ta?' Roedd yn amlwg eu bod nhw ofn iddo roi terfyn ar y sgwrs.

'Deud wrthi am ddisgwyl clywad oddi wrtha i. Trwy alwad ffôn gobeithio neu, os y daw hi i'r gwaetha, trwy dudalenna'r *Daily Mail* . . . a'r *Sun* . . . a'r *Express* . . . a'r *News of the World* . . . ' Yna, cyn pwyso'r botwm ar y mudol, gwaeddodd, 'Wyt ti'n clywad, Caroline Court? Y *bits!*'

Fe ddylai hyn'na gynhyrfu chydig ar y dyfroedd, meddyliodd.

Edrychodd ar ei wats. Roedd yn ugain munud wedi tri. Eisteddodd a gorfodi ei hun i feddwl yn gliriach nag a wnaeth hyd yma. Os oedd Zahedi'n dod â Rhian a Tecwyn yr holl ffordd i lawr i Lundain – ac roedd Sam yn gweddïo ei fod o – yna doedd dim isio llawer o ddychymyg i weld pam. Roedd o am eu defnyddio nhw'n wystlon. 'Mae o'n gwbod y gwnei di unrhyw beth i'w cael nhw'n rhydd, Sam. Mae o'n gwbod y byddi di'n fwy na pharod i roi dy fywyd dy hun drostyn nhw. Ond rwyt ti'n nabod Zahedi yn rhy dda. Tric fydd y cwbwl. Chaiff Rhian a'r bychan mo'u gollwng yn rhydd, siŵr dduw! Fydd Zahedi ddim yn fodlon i'r un ohonoch chi gael byw.'

Caeodd ei lygaid i geisio rhesymu sut y byddai'r Cwrd yn debygol o weithredu. 'Mae ganddo fo un os nad dau yn ei helpu fo. Rywsut neu'i gilydd, mae o'n mynd i gysylltu efo fi a chynnig telera. Mi fydd o isio trefnu cwarfod ond fydd o ddim yn fy nhrystio fi. Felly mi fydd yn anfon rhywun arall i'm nôl i, ac mi fydd o'n chwara'i gardia'n ofalus iawn iawn. Ond os bydda i'n cytuno'n ddigwestiwn i'w gynllun o, yna mi fydd pob dim ar ben.

Mi ga i, ac wedyn Rhian a Tecwyn, ein lladd mewn gwaed oer.'

Mwya'n y byd y meddyliai am y peth, sicra'n y byd yr oedd mai dyna fyddai'n digwydd. Felly, rhywsut neu'i gilydd, byddai'n rhaid taflu llwch i lygada Zahedi. Sut oedd gneud peth felly? Oedd yna ffordd o gael y gora arno fo? Gwasgodd Semtecs ei lygaid yn dynn er mwyn medru canolbwyntio'n llwyr ar ei broblem.

* * *

'Roedd o o ddifri, Julian.' Roedd hi wedi ei ffonio yn ei gartre.

'Twt! Be fedar o ddeud? Fydda gan y wasg fawr o ddiddordab yn ei stori fo. Fedar o brofi dim.'

'Fasa'r Ysgrifennydd Gwladol ddim yn cytuno efo ti. Na Syr Leslie chwaith! Meddylia pe bai'r wasg yn cael clywed mai'r Swyddfa Dramor ac MI6, rhyngddyn nhw, a anfonodd Semtecs – cyn-aelod o'r SAS cofia! – i Iran ac i Aserbaijân . . . a'i fod o yn Tehran llynedd pan ffrwydrodd y bom tu allan i Gysegr Sanctaidd Khomeini . . . a'i fod o ar fwrdd y tancer 'na, y *Baku-Batumi*, pan suddwyd honno . . . ac mai fo ddinistriodd yr holl awyrenna 'na ar dir Aserbaijân. Meddylia'r embaras i'r Swyddfa Dramor! Yn waeth fyth, meddylia be fasa'n digwydd yn y Dwyrain Canol pe bai'r papura'n cyhoeddi stori bod MI6 a'r SAS wedi bod yn cydweithio efo'r Mossad i neud y petha yna i gyd.'

Gallai Julian Carson, Dirprwy Gomisiynydd Scotland Yard, glywed y tyndra'n magu yn ei llais.

'Feiddien nhw ddim cyhoeddi.'

'Blydi hel, Julian! Paid â bod mor uffernol o naïf! Wyt ti'n meddwl y medrwn ni gymryd y risg?'

'Rhaid inni 'i ffeindio fo cyn iddo fo gael cyfle i gysylltu efo nhw, felly.'

'Haws deud na gneud! Jyst gobeithia na fydd Zahedi

wedi lladd ei wraig a'i blentyn o yn y cyfamser. Mae gen i biti dros y boi! Ni a neb arall sydd wedi creu'r llanast yma a dwi'n flin uffernol ynglŷn â'r peth.'

'Ni? Sut fedri di ddeud hynny?' Roedd sŵn ymosodol wedi magu yn llais y gŵr o Scotland Yard hefyd erbyn rŵan. 'Mi naethon ni bob dim o fewn ein gallu.'

'Fydd Semtecs ddim yn cytuno efo ti.' Cofiai Caroline Court agwedd hunanhyderus Julian yn eu cyfarfod ola efo Sam.

'Dyna'r peth ola dwi'n mynd i boeni amdano fo, Caroline. Cofia fy mod i wedi colli un o fy nynion gora wrth drio gwarchod y Semtecs 'ma a'i deulu.'

'Wel rhyngot ti a dy betha 'ta! Ond cofia hefyd mai dy benderfyniad di a neb arall oedd gadael dim ond dau i warchod y tŷ yng ngogledd Cymru.'

Roedd clec y ffôn yn ei grud yn cyhoeddi bod y ddau wedi cael eu ffrae fach gynta. Ei cham nesa fyddai trio cysylltu efo Gerald Fairbank, ei bòs yn y Swyddfa Dramor, a Syr Leslie Garstang, Dirprwy Gyfarwyddwr MI6, fel bod rheini hefyd yn llwyr gyfarwydd â'r sefyllfa ddiweddara. Byseddodd drwy'i ffeiloffacs am eu rhifa preifat hwytha.

* * *

Rhaid bod Rhian wedi slwmbran rhywfaint, er gwaetha'i hystum anghyfforddus. Ar ôl i'r dyn ifanc gau caead y gist, roedd Tecwyn wedi ailddechra snwffian crio ym mreichia'i fam ac yna'n fuan wedi syrthio i gwsg anesmwyth unwaith eto yn sŵn hymian cyson yr injan a swishan y teiars ar wyneb y ffordd. Daeth syrthni dros y fam hefyd ymhen amser, a hwnnw'n fendithiol, ac yn ddihangfa yn ei ffordd ei hun. Er na allodd hi gysgu'n drwm, eto i gyd fe fedrodd yrru ei hofn a'i pherygl i gefn ei meddwl, dros dro. Yn y cyfnoda effro, chwaraeai gêm â hi ei hun. Roedd sŵn gwahanol i draffig tre nag i drafnidiaeth y ffordd agored, felly hira'n y byd yr oedd y sŵn hwnnw'n para, yna mwya'n y byd oedd y dre yr oedden nhw'n mynd trwyddi ar y pryd. Y gêm oedd ceisio dychmygu pa dre neu ddinas oedd honno. Birmingham? Rugby? Lle, tybed? Ond doedd ei daearyddiaeth ddim mor dda â hynny a buan y blinodd ar y chwarae. Gêm arall oedd gwrando am y pontydd yn pasio uwch eu penna, a chadw cyfri ohonyn nhw. Roedd hynny'n fwy diflas na chyfri defaid, ond yn fwy effeithiol serch hynny, a buan y daeth cwsg eto.

Roedd yn slwmbran pan arafodd y car am y tro ola. Deffrodd i glywed y brêc yn cael ei godi, sŵn y gyrrwr yn dringo allan ac yna'r rhygnu trwm wrth i ddrws gael ei lusgo'n agored. Sylweddolodd eu bod wedi cyrraedd pen y daith a chydiodd yr arswyd ynddi o'r newydd gan beri iddi'n reddfol wasgu'i phlentyn yn dynnach ati yn y tywyllwch.

Gwrandawodd ar y gyrrwr yn dychwelyd i'r car, ei yrru ymlaen ryw chydig, tawelu'r injan, dringo allan eilwaith ac yna mynd trwy'r broses o lusgo'r drws ynghau o'u hôl. Am y canfed tro ers i Zahedi ddod i'w bywyd, sibrydodd Rhian weddi daer.

* * *

Rywle rhwng Lichfield a Sutton Coldfield, todd bynnag, ac oria o daith eto o'i flaen, yr oedd yr Astra gwyrdd pan ddaeth Sam allan o'r siop trin gwallt. Gynted ag iddo benderfynu ar gynllun, fe fu wrthi fel lladd nadroedd. Yn gynta, aeth ati, yn ei stafell yn y gwesty, i roi lliw i'w wallt, i'w aelia ac i'w egin barf, i'w gneud nhw'n dywyllach. Fe gymerodd hynny lai na hanner awr iddo; doedd hi ddim yn job dda, meddai wrtho'i hun, ond fe wnâi'r tro. Yn y cyfamser, wrth aros i'r lliw neud ei waith, bu'n gneud ymholiada a dau apwyntiad dros y ffôn, cyn iddi fynd yn rhy hwyr yn y dydd. A hitha'n bnawn Sul, fu hi ddim yn hawdd nac yn rhad iddo drefnu'r hyn a geisiai, ond dyma fo rŵan yn dod o'i apwyntiad cynta.

Safodd eiliad i edrych ar ei lun mewn ffenest siop, i roi barn unwaith eto ar gam cynta'r gweddnewidiad. Trodd ei ben yn ôl a blaen, i studio'r cynffona hir Rastafferaidd oedd yn ymestyniad o'i wallt go iawn. Yna, wedi mwmblan yn fodlon, holodd warden traffig ynglŷn â'r ffordd i Houndsditch, lle'r oedd wedi trefnu ei apwyntiad nesa. Pum munud i bump! Byddai'n rhaid iddo frysio.

Cyrhaeddodd o fewn chwe munud. *Expert Tattooing and Piercing* meddai'r arwydd yn y ffenest a cherddodd ynta i mewn i stafell ag ogla sigâr rad yn drwch drwyddi.

'Styd ar un ochor a modrwy yn y ffroen arall; modrwy uwchben y llygad chwith hefyd, a thair modrwy go fawr ym mhob clust.'

Eisteddai mewn cadair a lledar ei breichia wedi'i wisgo'n dwll. Ar y wal o'i flaen roedd drych go fawr, fel ag mewn siop barbwr, ac i'r chwith o hwnnw, siart o'r math o lunia tatŵ y gellid eu cael yn y fan a'r lle. Ar y dde i'r drych, dwsina o ffotograffa o ddynion a merched noeth bron, i gyd yn arddangos cyrff oedd yn gowdal o bob math o batryma hyllach na'i gilydd.

'Mae'n amlwg dy fod ti am newid dy ímej, mêt. Be am datŵ hefyd?'

Daeth rhes o ddannedd melynfrown i'r golwg yn y drych wrth i berchennog y siop wenu'n obeithiol. Syllodd Sam yn ddiddiddordeb ar y gwyneb tena efo'r aelia duon a'r mwstás main. Roedd hynny o wallt oedd ar ôl yn glynu'n seimllyd ddu uwchben y clustia ac yn rhimyn cul o'r talcen i'r corun, trwy foelni gwyn y pen. Ar y foch dde, tyfai nifer o flew caled allan o ddafaden go anghynnes yr olwg.

'Na. Rywbryd eto, wàs! Jyst gwna'r job ar y trwyn a'r clustia!

'Fel lici di! *The customer always knows best*. Dyna ddeuda i.' Ond ffals oedd y wên.

Dyna pryd y canodd y ffôn yn ei boced. Rhuthrodd ynta i'w ateb, ond cael ei siomi yn y llais o ben arall y lein. 'Grossman? Chdi sy 'na?'

'Ia. Jyst meddwl os oeddet ti wedi cael unrhyw neges wedyn.'

'Naddo. Dim byd.'

'Lle wyt ti rŵan 'ta? Yn y gwesty?'

'Nage. Allan yn siopa.'

'O! Pryd fyddi di'n ôl?'

'Hannar awr ar y mwya. Pam wyt ti'n gofyn?'

'Dim rheswm arbennig. Fe ffonia i eto yn nes ymlaen.'

'Galwad ryfadd!' meddyliodd Sam a rhoi'r ffôn yn ôl i'w gadw.

* * *

Ers derbyn yr alwad oddi wrth Semtecs dros ddwyawr ynghynt, roedd Grossman wedi bod yn gneud ei baratoada 'i hun.

'Dwi'n nabod Sam Turner yn o lew bellach, Josef. Wneith o ddim cysylltu eto nes y bydd pob dim drosodd.'

Eisteddai'r ddau mewn caffi, heb fod ymhell o'u gwesty ar Calvin Street, yn cael tamaid i'w fwyta.

'Be? Wyt ti'n meddwl ei fod o'n ddigon mentrus i fynd ar ôl Zahedi ar ei ben ei hun?'

'Ydw.'

'Be?' Daeth sŵn anghrediniol i lais Josef. 'I drio taro bargan efo fo i gael ei wraig a'i blentyn yn rhydd?'

Drachtiodd Grossman weddill ei goffi a thywallt paned arall allan o'r pot arian o'u blaen. 'Na. Dydi Sam ddim mor ddiniwed â hynny. Mae o'n gwybod y sgôr gystal â neb.'

'Ydi hi'n bosib y ceith o help o gyfeiriad arall 'ta? Scotland Yard, er enghraifft? . . . MI5?'

'Dyro dy hun yn ei le fo, Josef. Os ydi'i wraig a'i blentyn o yn dal yn fyw – ac mae hwnna'n "os" go fawr, fel y gwyddost ti! – ac *os* y bydd Zahedi'n cysylltu efo fo i drefnu cyfarfod, yna be neith o? Be fasat ti'n neud? Mi fydd o'n gwybod o'r gora mai bwled fydd yn ei ddisgwyl o. Mi fydd o'n gwybod hefyd mai dyna ddigwyddith i'w wraig a'i blentyn. Dydi Sam ddim mor naïf â chredu y bydd rheini'n cael eu gollwng yn rhydd. Ond mi fydd o hefyd yn gwybod mor uffernol o drwyadl ydi Zahedi ac y bydd hi'n anodd ar y diawl cael y gora ar hwnnw. Na. Mwya'n y byd dwi'n meddwl am y peth, sicra'n y byd ydw i fod gan Sam ei agenda 'i hun. Neith o ddim mentro gofyn am help neb – ni na Scotland Yard – rhag ofn i Zahedi ddod i wybod. Mi fyddai pob dim ar ben wedyn. Na. Mi fydd Sam Turner yn rhoi ei ffydd i gyd yn ei allu ei hun i setlo'r broblem. Dyna faswn inna'n neud hefyd, pe bawn i yn ei le fo.'

Daeth cwestiwn go fawr i gymylu gwyneb Josef. 'Lle mae hynny'n ein gadael ni 'ta, Marcus? Lle mae hynny'n gadael Ymgyrch Omega?'

Oedodd Grossman cyn ateb, er mwyn cael amser i bwyso a mesur ei eiria. 'Dydi'r ffaith fod gan Semtecs ei agenda 'i hun ddim yn golygu bod yn rhaid i *ni* gadw ati. Mae gen i bob cydymdeimlad efo fo, mi wyddost ti hynny, ond Omega ydi'n blaenoriaeth ni. Mae Zahedi yn ormod o fygythiad i heddwch y Dwyrain Canol. Semtecs neu beidio, fedrwn ni ddim fforddio gadael i'r Cwrd ddengyd o'n gafael ni eto fyth, fel tywod yr anialwch drwy'n bysedd.'

'Cadw llygad ar y Semtecs 'ma, felly? Ei ddilyn o?'

'Ia, ond yn ofalus iawn iawn. Dydw i ddim isio difetha 'i gynllunia fo, ac yn reit siŵr dydw i ddim isio 'i waed o na gwaed ei deulu ar fy nwylo.'

'Mae'n mynd i fod yn anodd.'

'Ydi. Bydd raid cael insiwrans . . . '

Arhosodd Josef yn amyneddgar i'w bartner egluro.

' . . . Mae Semtecs wedi dod i lawr i Lundain ar feic. Beic go nerthol, fel dwi'n deall. Beth bynnag ddigwyddith yn ystod yr oria nesa, yna mi faswn i'n disgwyl i'r beic hwnnw fod yn rhan o'i gynllunia fo. Wedi'r cyfan, mae rhwbath felly'n llawer mwy defnyddiol na char mewn traffig trwm.'

'Gosod trosglwyddydd arno fo ti'n feddwl?'

'Ia. Fel y medrwn ni ei ddilyn o o hirbell. Dwi am iti bicio'n ôl i'r gwesty, Josef, i nôl un o'r bag. A chofia'r derbynnydd hefyd.'

Chwarter awr yn ddiweddarach, am ddeng munud wedi pump, roedd y Peugeot 506 du yn parcio o fewn golwg i westy'r Ealing ar Bishopsgate, a Grossman yn deialu rhif Sam, yn benna i gael gwybod ymhle'r oedd y Cymro.

'Wel?' Roedd Josef wedi aros yn amyneddgar i'r sgwrs ddod i ben.

'Mae o allan ar hyn o bryd, yn siopa medda fo. Fedrwn i ddim gofyn os mai ar droed oedd o 'ta be. Felly picia i weld os oes 'na feic go bwerus wedi'i barcio rywle yng nghyffinia'r gwesty.'

Ymhen chydig funuda roedd Josef yn ei ôl. 'Dim byd. Does gan y gwesty ddim maes parcio ond mae 'na rigol yn mynd heibio talcen yr adeilad i iard fechan yn y cefn. Mae honno'n wag ar hyn o bryd.'

'Mi arhoswn ni 'ta.'

* * *

Am bum munud i chwech, rhoddodd Marcus Grossman bwniad cynhyrfus i'w bartner. 'Sbia!'

Hanner canllath i ffwrdd roedd Kawasaki gwyrdd yn troi o Bishopsgate ac yn diflannu i'r rhigol gul wrth dalcen yr Ealing.

'Nid Semtecs ydi hwnna, rioed?'

Chwarddodd Grossman wrth glywed y sŵn anghrediniol yn llais Josef. 'Mi fetia i bob *shekel* sy gen i, Josef, mai fo oedd o. Mi arhosa i ddeng munud go dda cyn ei ffonio fo eto. Wedyn, tra dwi'n ei gadw fo'n brysur mi gei ditha fynd i osod y trosglwyddydd ar y beic.'

* * *

Sleifiodd Sam yn ôl i'w stafell heb i neb yng ngwesty'r Ealing ei weld. Roedd wedi galw mewn siop fferyllydd, ac ambell siop arall ar y ffordd, ac wedi prynu hylif antiseptig i'w roi ar lid y briwia. Yna, wedi tynnu'i grys denim a'i jîns, aeth i'w fag colur i orffen y gweddnewidiad. Gwasgodd bâst llwyd allan o diwb a'i rwbio'n hir ac yn ofalus dros ei wyneb a'i wddw. Roedd yr effaith i'w weld ar ei union. Diflannodd y croen glân, gwledig ac yn ei le doedd dim ond gwelwedd afiach. Chydig o ddu rŵan, yn gymysg â'r llwyd, i greu cleisia duon o gwmpas y llygada, ac i beri i'r rheini ymddangos yn ddwfn yn eu socedi. Yna camodd yn ôl i edrych arno'i hun. Roedd yr 'ímej', chwedl dyn y siop, bron â bod yn gyflawn.

Dyna pryd y canodd y ffôn. 'Helô?' A'r siom i ddilyn, eto fyth. 'Grossman! Chdi sy 'na eto! Yli, fedra i ddim siarad. Dwi'n awyddus i gadw'r lein yn glir, rhag i'r anifail 'na drio fy ffonio i.'

'Dyna pam 'mod i yn dy ffonio di, Sam. Dwi wedi derbyn dau adroddiad yn ystod yr hanner awr dwytha 'ma. Roedd y cynta'n deud bod Zahedi wedi cael ei weld yn Lambeth rhyw dri chwartar awr yn ôl; y llall yn honni 'i fod o'n sefyll tu allan i'r National Gallery, rhyw bum munud yn ddiweddarach. Does bosib i'r ddau adroddiad fod yn gywir, dwi'n gwybod, ond does dim mwg heb dân.'

'Falla.'

Chydig iawn o frwdfrydedd oedd i'w glywed yn y llais ac ofnai'r Iddew fod y Cymro wedi gweld drwy'r twyll.

'Sut bynnag, mae'r gymdeithas Iddewig sydd yma yn

Llundain – ac mae 'na rai miloedd ohonyn nhw, Sam – yn cadw llygad agored am Zahedi. Mae'n anochel, wrth gwrs, y bydd mwy nag un camgymeriad yn cael ei neud, ond o leia mae pobol yn trio.'

'Diolch iti am y wybodaeth, Grossman.' Yr un llais sych, llawn amheuaeth. 'Dwi'n gobeithio y byddi di'n medru helpu. Dwi'n gobeithio mai dyna lle mae dy flaenoriaeth di.'

'Wrth gwrs! Lle arall?'

Fe ddaeth yr ateb i'r cwestiwn ymhen tair neu bedair eiliad, a hynny mewn llais pwyllog ac arwyddocaol. 'Dwi'n gwbod am Omega, Marcus!' Cyn aros am ymateb gŵr y Mossad, pwysodd y botwm i derfynu'r sgwrs.

Safodd yn hir yn syllu'n wag i'r drych o'i flaen, yn ceisio dychmygu be oedd gan yr Iddew o dan ei het. Ond gan nad oedd ateb amlwg yn cynnig ei hun, fe ddychwelodd Sam at ei waith paratoi.

Y cam nesa fu dewis, o'i 'fag tricia', pa lensys i'w defnyddio i newid lliw ei lygada. Dim amheuaeth nad y rhai llwydfrown pŵl fyddai'n gweddu ora. Dim ond un peth, felly, oedd ar ôl i'w neud. Ond fe gâi hwnnw aros, oherwydd fe wyddai'n barod fod y dillad ail-law, a brynodd oddi ar y stondin ar Houndsditch, yn siŵr o'i ffitio. Aeth i eistedd ac i weddïo y deuai'r alwad ffôn.

* * *

Yn Wapping, gwyliodd Reza Kemal yr Astra gwyrdd yn cael ei lywio i mewn i warws yr Hilliards Shipping Co. Teimlai'n ddig ei fod yma o gwbwl, ei fod wedi ufuddhau i orchymyn Zahedi ddoe. Fel darpar arweinydd y PKK, y peth ola roedd Kemal isio 'i neud oedd bod yn gi bach i Zahedi. 'Ond nid ufuddhau i fygythiad wnes i,' meddai wrtho'i hun, gan drio gwarchod ei hunanfalchder. 'Gen i oedd y goriad ac mi faswn i'n anghyfrifol i beidio bod yma i'w derbyn.' Edrychodd ar ei wats. Chwarter wedi saith! Roedd wedi bod yn aros ers dau o'r gloch y pnawn, ar ôl bod yn treulio rhan o'r bore yng nghwmni'r gell fechan o fyfyrwyr – pedwar i gyd – oedd wedi cael eu dewis i dargedu'r Iddewon yn Llundain! Nid oedd eto'n siŵr a oedd wedi gneud y peth iawn yn gohirio'r ymgyrch ai peidio; fe gâi hynny ei amlygu gydag amser. Amser hefyd fyddai'n dangos doethineb rhoi ei ffydd i gyd yn y Sais dylanwadol. Roedd addewidion a chynllun hwnnw'n cynnig mwy o obaith i'w bobol nag oedd yr ymgyrch fomio. Cynllun beiddgar mae'n wir, a pheryglus, ond roedd y Sais wedi amlinellu'n ddeniadol iawn y manteision a fyddai'n deillio ohono. Roedd hefyd wedi gaddo y byddai gwledydd eraill Gorllewin Ewrop, heb sôn am yr Unol Daleithia, yn dangos pob cefnogaeth i'r Cwrdiaid, gynted ag y byddai cam cynta'r cynllun yn llwyddo. Ei le fo, Reza Kamel, trwy law Allah, oedd sicrhau'r llwyddiant cychwynnol hwnnw. A'i waith o hefyd fyddai trio darbwyllo Zahedi ynglŷn â manteision y cynllun, a'i gael i helpu. Fel y dywedodd y Sais, roedd yn amser i Zahedi sylweddoli nad Rwsia oedd y dylanwad gwleidyddol mawr yn Ewrop mwyach. Ac roedd gweddill yr hyn a ddywedodd yn wir hefyd, sef bod y Gorllewin wedi bod yn fwy o gyfaill i wledydd Islam nag a fu'r blòc comiwnyddol erioed. Onid oedd record waedlyd Rwsia yn Affganistan ac yng ngwledydd y Balcan, ac yn fwy diweddar yn Tchechnya, yn profi hynny? Ac onid gwledydd y Gorllewin oedd wedi agor eu drysa a'u calonna dros y blynyddoedd i ffoaduriaid gwledydd Islam? A mwya'n y byd y meddyliai am y peth rŵan, mwya'n y byd y cytunai efo'r Sais mai gelyn mwya'r Cwrd oedd yr Arab ei hun. Pwy oedd wedi sathru ar ei bobol ef dros y canrifoedd? Pwy oedd wedi eu herlid ac wedi gwarafun iddynt wlad gydnabyddedig yn gartre? Ai'r Gorllewin? Nage, ond yn hytrach unigolion ffals oedd yn honni'n rhagrithiol eu bod yn ddilynwyr i Allah; dynion oedd â'u bryd ar fawrygu eu henwa'u hunain yn fwy na hyrwyddo lles eu pobol. Onid Moslemiad oedd Ataturk? Onid Moslemiad oedd Saddam Hussein? Onid Moslemiad oedd Ruhollah Khomeini? Ond faint o gariad brawdol oedden nhw wedi'i ddangos erioed tuag at y Cwrdiaid o fewn ffinia'u gwledydd? Faint o ewyllys da a ddangoswyd erioed gan y Shiiaid tuag at y Swnni? A Swnni oedd pob Cwrd gwerth ei halen! 'Na,' meddai darpar arweinydd y PKK wrtho'i hun, 'efo grym a dylanwad a chyfoeth Gorllewin Ewrop ac America i'n cefnogi ni yn ein brwydyr, yna cynllun y Sais ydi'r un sy'n cynnig y gobaith gora inni i'r dyfodol. Ond sut mae cael Zahedi i sylweddoli hynny?'

'Ddaru Allah wenu arnoch?' O edrych ar wyneb milain Zahedi, bron nad oedd Kemal yn gobeithio mai 'Na' fyddai'r ateb. Gwyliodd ef yn mynd at gefn y car ac yn agor y bŵt. Gwelodd eiliad o rywbeth tebyg i syndod yn ymddangos yn y llygaid oer ac yna'n diflannu yr un mor sydyn. Beth bynnag a'i synnodd – os cafodd ei synnu o gwbwl – yna doedd o ddim am ddangos ei fod wedi cael ei gynhyrfu. Wedi'r cyfan, dyn i guddio'i deimlada oedd Zahedi, oni bai bod rheini'n deimlada o atgasedd ac o ddial.

Fel roedd yn plygu dros gist y car brysiodd Karel Begh at ei ochor. 'Gad iddyn nhw i mi,' meddai, mewn goslef oedd yn awgrymu ei fod am arbed gwaith trwm i Zahedi, a chan ei wthio'n ysgafn o'r neilltu yr un pryd.

'Y gweiryn bach llipa!' meddyliodd Kemal wrth ei weld mor ymgreiniol. 'Tywod llac yr anialwch sydd am dy wreiddia di!' Yna agorodd ei lygaid led y pen wrth weld y plentyn yn cael ei godi allan o'r car ac yn cael ei gario draw at un o'r matresi. Gwelodd y tâp am y ffera bach a gwelodd hefyd yr ofn a'r dryswch yn y llygaid wrth i'r bachgen ei wasgu'i hun yn belen yn erbyn y wal.

Yn ei or-awydd i helpu, roedd Karel Begh wedi brysio'n ôl at y car. Câi fwy o drafferth y tro yma. Gwyliodd Kemal y gwallt melyn hir yn dod i'r golwg, yna'r gwyneb gwaedlyd, ac yn olaf, y corff ifanc siapus oedd wedi hir gyffio ac wedi colli'i ystwythder. Gwelodd hi'n troi'i phen yn wyllt i chwilio am ei phlentyn ac yna'n hanner bodloni wrth ei ganfod.

Daliodd Zahedi y cwestiwn mud yn llygad Reza Kemal ond, yn hytrach na chynnig eglurhad, fe drodd a mynd trwodd i'r stafell fach i biso'n swnllyd yn nŵr y pan. Pan ddaeth yn ei ôl, roedd ei lygada'n loyw ac yn llawn pwrpas. Gwthiodd y ffôn mudol i law'r myfyriwr.

'Deud wrthi am ei ffonio fo.'

'Rŵan? Fasa ddim yn well i'r ddau . . . a ninna wrth gwrs! . . . gael chydig o orffwys gynta?'

Os oedd o wedi magu rhywfaint o ryfyg yn ystod y dydd, os oedd o wedi dechra teimlo'n fwy hy ar Zahedi, yna buan y diflannodd hynny yn yr eiliada nesa wrth i'r gwallgofrwydd danio tymer y Cwrd hŷn. Fflachiodd llafn cyllell yng ngwyll yr adeilad a daeth y blaen miniog i bigo o dan ên y myfyriwr. 'Sut wyt ti'n mynd i weddïo ar Allah byth eto heb dafod yn dy geg ffals? . . . Wyt ti'n meddwl y medri di daflu tywod yr anialwch i lygaid Zahedi? Y sgorpion bach twyllodrus! Fe roist gysur i'r ddau inffidel acw yn ystod y daith! Fe est ti'n groes i orchymyn Zahedi ac i gynllunia Allah!'

Ar y fatres wrth y wal, gwasgodd Rhian ei phlentyn yn dynnach ati, ond doedd cryndod ei chorff yn gneud dim i leddfu ofn a dryswch y bychan. Beth bynnag oedd achos y ffrae, ni allai hi weld unrhyw les yn deillio ohoni. Yna, daliodd ei hanadl mewn dychryn wrth i ddiferion gwaed ddechra rhedeg dros lwnc y gŵr ifanc a chafodd ddarlun eto o gorff gwaedlyd y plismon hwnnw ar lawr y cyntedd yn Hen Sgubor. A chofiodd am y Chloë drafferthus, bymtheg oed, a'i chwaer iau. Byddai'n rhaid i'r fam ddelio efo holl broblema eu magu o hyn ymlaen.

Teimlodd Rhian y gronyn ola o obaith yn llifo ohoni.

'Mae o'n gofyn iti ffonio dy ŵr . . . '

Heb yn wybod iddi, roedd wedi dod i sefyll uwch ei

phen, a'r ffrwd fechan o dan ei ên fel pe wedi disbyddu pob diferyn o waed o'i wyneb. Daliai'r mudol o dan ei thrwyn.

'. . . Plîs. Mae o wedi gweld 'mod i wedi'ch helpu chi yn y car. Mae o'n ddig.'

Gwrandawodd Reza Kemal gyda diddordeb ar eiria'r myfyriwr, ond heb gymryd arno ei fod yn dallt. Gwelodd law y wraig ifanc yn codi'n ufudd i gydio yn y ffôn. Gwelodd hi'n dechra deialu.

Pennod 14

Os oedd Caroline Court wedi disgwyl i rybuddion Sam gynhyrfu'r dyfroedd yn Whitehall a Vauxhall Cross, yna fe gafodd ei siomi. Oedd, roedd Gerald Fairbank ei bòs wedi dangos diddordeb ac oedd, mi oedd o wedi cysylltu'n syth efo MI5, fel bod rheini'n barod i fygwth yr *Official Secrets Act* ar unrhyw bapur fyddai'n styried cyhoeddi stori 'ffantasïol' rhyw granc o Gymro, ond dyna'r cyfan a ddigwyddodd, ac erbyn rŵan roedd hi'n teimlo ei bod hitha, falla, wedi gneud môr a mynydd o betha, ac mai Julian oedd yn iawn wedi'r cyfan. Doedd dim gwadu nad oedd y lluoedd diogelwch yn gneud pob dim o fewn eu gallu i ddod o hyd i Zahedi ac i achub teulu Semtecs. Roedd pob plismon trwy'r wlad wedi derbyn rhybudd ynglŷn â'r terfysgwr, ac roedd y camerâu ar yr M1 wedi bod yn monitro pob car wrth iddo nesu am Lundain. Be'n fwy ellid ei neud?

Fe gafodd Syr Leslie Garstang hefyd glywed am fygythiada Sam Turner, ac aeth ynta ati i neud ei drefniada 'i hun.

* * *

'Sam?'

'Rhian? Diolch i Dduw! Ond paid â siarad Cymraeg!' Roedd yn bwysig brysio i roi'r rhybudd hwnnw iddi. 'Wyt ti'n iawn? Ydi Tecwyn bach yn iawn?'

Fe ddaeth yr ateb trwy ddagra ac mewn Saesneg chwithig. 'O, Sam! Mae'n rhaid iti'n helpu ni.'

'Mi wna i bob dim fedra i, 'nghariad i. Ond deud wrtha i eich bod chi'n iawn. Ydi o wedi'ch cam-drin chi?'

'Cha i ddim siarad llawar, Sam. Mae o'n gneud moshiwns yn barod i fynd â'r ffôn oddi arna i.'

'Dyro amball air Cymraeg i mewn yn d'atebion. Sgen ti syniad lle wyt ti? Faint ohonyn nhw sy 'na? Sawl gwn sydd ganddyn nhw?'

Sŵn crio eto, a sŵn ymbil oedd braidd yn eithafol, meddyliodd Sam, o'i nabod hi. 'Rhaid iti'n helpu ni, Sam. *Shed fawr*. Mae Tecwyn bach *Sŵn cychod* isio'i dad. *Tri*. Gwna fel maen nhw'n gofyn iti, plîs. *Dau o leia*.'

'Da'r hogan!' *Shed fawr* rywle o fewn clyw i *gychod* y Tafwys. *Tri* – tri dyn yn fwy na thebyg – ac o leia *ddau* o ynnau. Fe wyddai Sam nad oedd gan Zahedi ddim Saesneg, felly rhaid bod cyfieithydd wrth law. Siawns bod ambell air o Gymraeg fel'na wedi'i dwyllo fynta.

Ac roedd hynny'n wir. Gan ei fod mor bryderus ei hun, chydig iawn o sylw y medrodd Karel Begh ei roi i eiria Rhian, a sylwodd Reza Kemal nad oedd y myfyriwr ifanc yn cyfieithu cwestiyna Zahedi yn union air am air. Serch hynny, cyfyng ar y gora oedd ei afael ynta ar yr iaith, ac oherwydd hynny ni chafodd unrhyw achos i ddrwgdybio'r ambell air diarth a glywsai.

'Rhian! Gad imi gael deud rwbath wrth Tecwyn.'

Ond roedd Rhian wedi mynd, a llais gŵr ifanc oedd i'w glywed rŵan.

'Rhaid iti wrando ar y cyfarwyddiadau'n ofalus.'

Synhwyrodd Sam yr ansicrwydd yn syth. 'Ydi Zahedi yna?'

Tawelwch eiliad. 'Fo sy'n rhoi'r cyfarwyddiada.'

'Wel cyn iddo fo ddechra gneud hynny, dyro di negas iddo fo oddi wrtha i. Dwi'n barod i neud unrhyw beth fydd o'n ofyn, ond . . . a gofala neud hyn yn gwbwl glir iddo fo! . . . mi fydda i'n disgwyl cael gweld fy ngwraig a 'mhlentyn yn fyw ac yn iach cyn y do' i o fewn canllath iddo fo. Ac mi fydda i'n disgwyl iddyn nhw gael eu gollwng yn rhydd yn syth wedyn. Gofyn iddo fo rŵan, ar y dechra, os ydi o'n dallt hyn'na.'

Clywodd sŵn mwmblan o ben arall y lein a thybiodd hefyd glywed rhywbeth rhwng chwyrnu a chwerthin. Yna daeth ateb.

'Ydi, mae Zahedi'n cytuno.'

'Iawn! Be mae o isio gen i 'ta?'

Eiliada o dawelwch eto, yna, 'Mae o'n gofyn wyt ti'n gwybod lle mae'r Victoria Embankment?'

'Dim syniad! Ond mi fydda i'n siŵr o'i ffeindio fo.' Llawn cystal iddyn nhw feddwl ei fod ar dir diarth, meddyliodd.

Clywodd eto'r cyfarwyddiada'n cael eu rhoi i'r cyfieithydd gan Zahedi a'r rheini wedyn yn cael eu trosglwyddo.

'Rhwng Pont Waterloo a Phont Blackfriars mae 'na ddwy long wrth angor – y *Wellington* a'r *HMS President*. Am naw o'r gloch union rhaid iti fod yn sefyll hanner ffordd rhyngddyn nhw, o dan un o lampa'r stryd. Fe gei di wybod be i neud bryd hynny . . . '

Daeth ffrwd o fytheirio annealladwy yn y cefndir i dorri eto ar draws y llais ifanc ac arhosodd Sam am y cyfieithiad.

' . . . Rhaid iti fod yno ar dy ben dy hun. Unrhyw dwyll a bydd dy gyfle i achub dy deulu wedi mynd am byth. Bydd . . . bydd eu . . . eu gwaed yn . . . yn troi dŵr yr afon Tafwys yn . . . yn goch . . . '

Doedd y cyfieithydd ifanc, yn amlwg, ddim yn mwynhau ailadrodd y bygythiad.

' . . . Dyna y mae Allah wedi'i ddeddfu.'

A rhoed terfyn ar y sgwrs.

Edrychodd Sam ar ei wats. Deng munud i wyth. Byddai'n rhaid brysio. Gwisgodd y dillad a brynodd ar y stondin ail-law – y trowsus lliw khaki ddwy fodfedd yn rhy fyr a'r crys-T brown braidd yn dynn, ond y gôt fawr lwyd-ddu yn llaes ac yn rhy hir ei llewys. 'Rhaid bod cyn-berchennog hon yn gythral o foi tal,' meddyliodd. Am ei draed, gwisgodd y trainers gwyn budur a ddaeth hefyd oddi ar y stondin. Rhoddodd y lensys yn ei lygaid ac edrychodd arno'i hun yn y drych. Fyddai Rhian, hyd yn oed, ddim yn ei nabod! Yna, yn fodlon efo'r hyn a welai, gwnaeth yn siŵr fod pob dim arall ganddo – y pum sigarét dena y bu mor afrosgo yn trio'u rowlio, y leitar rhad, y dorts halogen fechan, bag plastig gwag, y botel wisgi hanner llawn o de melyn oer, a'r gwn a'r bwledi. Sicrhaodd am y canfed tro fod clip llawn yn y *Browning*, cyn gwthio hwnnw wedyn i boced ddofn y gôt. Yna gwasgodd yr helmed yn ofalus dros y gwallt cynffona-llygod.

Roedd y coridor tu allan i'w stafell yn wag. Tynnodd y drws o'i ôl a chamu'n gyflym i gyfeiriad y drws tân ym mhen draw'r landin lle'r oedd grisia metal i'w arwain i lawr i gefn yr adeilad ac at y beic. Unwaith eto, fe deimlodd y gwaed a'r adrenalin yn llifo'n boeth yn ei wythienna. Roedd cael symud a gweithredu yn deffro'i gyneddfa.

Yn ei frys i droi trwyn y Kawasaki i lawr Bishopsgate ac i gyfeiriad yr afon, ni sylwodd ar y Peugeot du wedi'i barcio ganllath o'i ôl.

Wrth wau drwy'r traffig hwyrol ar Threadneedle Street, geiria Sarjant Titch ar y cwrs cymhwyso i'r SAS ers talwm oedd yn chwarae yn ei ben. Adnoda'r *'Always seek . . . '* fel y byddai'r hogia'n arfer cyfeirio'n wamal atyn nhw. Roedden nhw i gyd wedi'u clywed nhw mor amal fel eu bod yn gallu eu hadrodd ar gof. A chlywodd Sam unwaith eto rŵan, yng nghlust ei orffennol, lais Gordon Small yn rhuo ac yn rhestru – *'In any confrontation, One! Always seek the high ground. Two! Always seek to outwit your enemy. Three! Always seek the element of surprise. Four! Always seek an unfair advantage over your adversary. Five! Always seek to press home that advantage. Six! Always seek to think like the enemy, and never ever underestimate him. Seven! Always seek to get your strike in first. Remember this lesson and remember it well – a dead adversary can no longer be a threat.'*

Erbyn i'r Victoria Embankment ddod i'r golwg roedd yr adrenalin yn llosgi'n boeth yn ei wythienna. Rywdro yn ystod y daith, ni wyddai'n iawn ymhle, cawsai gip ar boster anferth oedd yn cyhoeddi bod *As You Like It* yn cael ei pherfformio mewn rhyw theatr neu'i gilydd. Nid bod y peth o unrhyw ddiddordeb iddo o dan yr amgylchiada, ond rhaid bod ei isymwybod wedi nodi'r digwyddiad, serch hynny, oherwydd daeth geiria Jaques yn ddirybudd rŵan i'w feddwl – *'All the world's a stage, and all the men and women merely players'*. Os mai drama oedd bywyd, meddai wrtho'i hun, yna, cyn belled ag yr oedd o a'i deulu yn y cwestiwn, roedd act bwysica'r ddrama honno ar fin cychwyn. 'O Dduw!' meddai'n daer. 'Helpa fi! Gad imi fod yn gneud y peth iawn. Helpa fi!' Roedd yn anodd meddwl am eiria, a'r cwbwl y gallai ei neud oedd ailadrodd yr un weddi drosodd a throsodd yn ei ben. Cofiodd mai fel hyn y bu petha arno fwy nag unwaith o'r blaen, bob tro y câi ei hun mewn cornel gyfyng. Selerydd Beirut! Anialwch De Irac! Pan oedd perygl yn troi'n ofn ac ofn yn troi'n anobaith, dyna pryd y deuai'r angen i weddïo. Fel arall doedd Duw ddim yn bod.

Roedd bron yn ddeng munud wedi wyth arno'n llywio'r beic i fyny ar balmant llydan yr Embankment. Ar wahân i'r ddwy long wrth angor, roedd yno hefyd gwch bleser gweddol fawr a hwnnw wedi'i addasu'n fwyty safonol, efo goleuada lliwgar i ddal llygad ac i ddenu cwsmeriaid. Anelodd y beic i gyfeiriad hwnnw a'i barcio heb fod yn bell oddi wrth y rhodfa oedd yn bont o'r lan i'r dec.

Gallai weld bod nifer o bobol yn crwydro'r Embankment; ambell un yn cerdded yn bendant ac yn bwrpasol ond y mwyafrif yn dwristiaid, yn mwynhau rhamant min nos y brifddinas. Yn araf ac yn bwyllog, edrychodd Sam o'i gwmpas; ei lygaid profiadol yn gwybod am be i chwilio. Doedd o ddim mor naïf â chredu mai am naw ar ei ben y byddai dynion Zahedi'n cyrraedd. Mi fydden nhw'n siŵr o ddod yn ddigon buan ymlaen llaw, er mwyn cael gwylio o hirbell i neud yn sicir nad oedd neb arall yn aros amdanynt. Doedd o ddim mor naïf chwaith â meddwl y byddai Zahedi ei hun yn dod i'w gyfarfod. Fydda fo byth yn cymryd y risg honno.

O'r diwedd, ar ôl llwyr fodloni'i hun nad oedd neb yn gwylio, crwydrodd yn hamddenol am ddau ganllath a mwy ar hyd yr Embankment nes bron cyrraedd Pont Waterloo. Gwyddai ei fod yn edrych yn od yn ei helmed, ei fenig lledar a'i gôt laes, a gwyddai fod mwy nag un o'r twristiaid yn troi i syllu'n chwilfrydig ar ei ôl. Yna, pan deimlodd ei fod yn ddigon pell oddi wrth y beic, trodd ei gefn ar y cerddwyr a phwyso'n hamddenol yn erbyn y wal, i syllu dros ddŵr yr afon. Yn araf ac yn ddidaro, llithrodd yr helmed oddi ar ei ben a'i rhoi, efo'r menig, yn y bag plastig gwag. Oedodd yn ddigon hir i bob chwilfrydedd ynddo gilio, yna tynnodd sigarét dena o'i boced a'i rhoi yn ei geg. Cyn ei thanio, estynnodd hefyd am y botel hanner llawn o de oer, dadsgriwio'r caead a thaflu hwnnw'n ddifater i'r dŵr. ' . . . *all the men and women merely players.*' Roedd yr act ola eisoes wedi dechra. Mwya sydyn, roedd Sam Turner wedi camu oddi ar lwyfan bywyd, gan adael meddwyn ac adict cyffuria i gymryd ei le.

Cododd fflam fechan cyn i'r baco ddechra llosgi. Smaliodd ddrachio o'r botel cyn cychwyn symud yn simsan yn ôl i gyfeiriad Pont Blackfriars. Stopiai'n amal i gyfarch cerddwyr gan beri i rheini gymryd hanner cylch llydan i'w osgoi cyn troi'n feirniadol wedyn i'w wylio'n gneud niwsans ohono'i hun cfo rhywun aiall. Ond drwy'r cyfan, doedd llygaid Sam yn colli dim. Fe wyddai am be i chwilio.

Doedd traffig y stryd lydan, er yn gyson, ddim mor drwm yr adeg yma o'r nos. Tu draw i'r ffordd, prin bod lle i neb guddio ynddo. Roedd cyffinia gorsaf *Underground* Temple yn un lle posib, ond methodd weld unrhyw beth yn fan'no i beri amheuon. Yna roedd yn nesu at lawntia agored y Middle a'r Inner Temple. 'Go brin bod terfysgwyr peryglus yn llechu yng nghysgodion y swyddfeydd hynafol acw,' meddai wrtho'i hun efo gwên ddihiwmor. 'Er, mae'n siŵr y byddai rhai pobol yn dadla mai lladron diegwyddor ydi'r bargyfreithwyr sy'n gweithio ynddyn nhw.'

Pwysodd yn feddw yn erbyn cefn un o'r meincia ar yr Embankment a gwnaeth sioe unwaith eto o danio'r rhimyn sigarét oedd wedi hen ddiffodd. Ugain munud i naw, meddai gwyneb gola Big Ben wrtho drwy'r gwyll. Jòch arall allan o'r botel a chychwyn eto ar ei daith ansicir i unlle.

O'r diwedd, fe welodd rywbeth i ennyn ei chwilfrydedd. Roedd un car, ar y lôn bella oddi wrtho, yn symud yn arafach nag oedd raid iddo ac yn creu mwy o fwlch nag oedd angen rhyngddo a'r lorri o'i flaen. Ond yr hyn a hoeliodd sylw Sam oedd y ffaith mai dim ond un gola brêc oedd yn gweithio arno. 'Mae hwn'na wedi pasio unwaith o'r blaen, lai na deng munud yn ôl,' meddai wrtho'i hun, gan neud nodyn meddyliol mai Vauxhall Astra oedd y car ac mai gwyrdd oedd ei liw. Roedd yn rhy bell iddo fedru gweld y rhif.

Draw, yn union gyferbyn â lle'r oedd yr *HMS President* yn gorwedd wrth angor, roedd ffordd yn troi i fyny tua'r chwith a gwyliodd Sam yr Astra, ar ôl wincio'n felyn, yn gadael llif y traffig yn fan'no. Gwelodd eto'r un gola coch yn ymddangos cyn i'r car ddiflannu heibio'r tro.

* * *

Roedd Reza Kemal yn ddig. Yn ddig oherwydd bod Zahedi wedi gneud gwas bach ohono unwaith yn rhagor.

'Fedra i ddim anfon hwn ar ei ben ei hun!' Fe ddylsai fflach y llygada duon a'r croen tyn o gwmpas y graith ym mhob boch fod wedi bod yn ddigon o rybudd, ond bu Kemal eto'n ara i weld y peryg.

'Dydi dy ddial personol di yn ddim byd i'w neud efo fi, Zahedi. Mae gen i ddyletswydda amgenach i'w cyflawni na bod yn gi bach i ti.'

Cyn iddo gael gorffen siarad, roedd baril pistol otomatig *US Ingram* yn gwasgu yn erbyn ei arlais, a Zahedi yn hisian trwy'i ddannedd, 'Feiddi di groesi cleddyfa efo fi? Ti, y pry a gododd oddi ar gachu? A feiddi di herio ewyllys Allah?'

Am yr eildro, fe welodd darpar arweinydd y PKK pa mor beryglus o afresymol y gallai ei gyd-derfysgwr fod. Doedd ganddo ddim dewis wedyn ond cydsynio i fynd yn gwmni i Karel Begh, i gyfarfod y dyn a elwid yn Semtecs, ac i ddod â hwnnw'n ôl i'r warws er mwyn i Zahedi gael gwireddu hen ddial arno ef ac ar ei deulu. Ond cyn hynny, rhaid oedd gneud yn siŵr nad oedd gan y gŵr o Gymru unrhyw un arall i'w helpu. A dyna pam y cyrhaeddodd yr Astra gwyrdd y Victoria Embankment bron hanner awr cyn yr amser cyfarfod.

'Does gen i ddim gobaith o gael parcio yn unlle ar y ffordd yma. Llinella melyn dwbwl ym mhob man.'

'Parcio? I be? . . . Dyna'r peth ola 'dan ni isio'i neud, y ffŵl!' A barnu oddi wrth y sŵn pigog yn ei lais, roedd gwaed Reza Kemal yn dal i ferwi yn effaith trahauster Zahedi gynna. 'Rhaid inni ddal i symud neu mi fyddwn ni wedi tynnu sylw aton ein hunain. Cadw di lygad ar y ffordd ac mi chwilia inna am y Semtecs 'ma, ac am unrhyw arwyddion fod ganddo fo ffrindia'n aros amdanon ni.'

Erbyn naw o'r gloch roedden nhw wedi teithio hyd yr Embankment bedair gwaith i gyd, dwywaith bob ffordd, ond gan adael bwlch o bum munud o leia rhwng pob un. Doedd dim sôn bod neb arall yn gwylio, yn unlle. Ond y drwg oedd, doedd Semtecs ei hun ddim yno chwaith! Ac eithrio'r chydig gerddwyr, pob un yn mynd i'w hynt a'i helynt erbyn hyn, doedd ond dau oedd yn sefydlog yn yr olygfa. Eidalwr ifanc oedd un ohonyn nhw, mewn siwt ddu a chrys gwyn efo tei bô. Safai hwnnw wrth y fynedfa i'r bwyty ar y cwch. Ei waith oedd perswadio cwsmeriaid i droi i mewn am bryd hwyrol. Alci go iawn oedd y llall, yn gneud niwsans ohono'i hun trwy hel cardod.

Edrychodd Reza Kemal ar ei wats. 'Naw ar ei ben! A dydi o byth wedi cyrraedd! Mi rown ni un tro arall o gwmpas . . . '

Ar yr union adeg honno roedd y meddwyn yn brysur mewn dadl efo'r Eidalwr yn y siwt ddu, am fod hwnnw'n gwrthwynebu i'w gwsmeriaid gael eu plagio am gardod wrth iddyn nhw adael y cwch.

' . . . Os na fydd o wedi cyrraedd erbyn hynny, yna mi awn ni i adrodd yn ôl i Zahedi.'

Cadw'n dawel wnaeth Karel Begh. Gwyddai, pe baen nhw'n mynd nôl yn waglaw, y byddai peryg i Zahedi, yn ei dymer, ddial ar y wraig ifanc ddel ac ar ei phlentyn.

* * *

O ganol ei helynt, gwelodd Sam yr Astra yn dod unwaith yn rhagor. Mae'n bosib mai dyma'r tro ola, meddyliodd, gan daflu cip sydyn ar ei wats. Mae'r amsar wedi dod. 'Sori mêt, ond rhaid imi d'adael di!'

Un funud roedd yr Eidalwr yng nghanol ei helynt efo meddwyn digwilydd, y funud nesa roedd hwnnw'n ymddiheuro'n gwrtais iddo, mewn llais clir, ac yn rhuthro tuag at feic modur pwerus oedd wedi'i barcio ar y palmant llydan gerllaw. Yn gegrwth, gwyliodd yr helmed a'r menig yn ymddangos o'r bag plastig, clywodd injan y beic yn ffrwydro'n nerthol a gwelodd y Kawasaki'n llamu 'mlaen fel ceffyl rasio heb ffrwyn.

* * *

'Mae o'n symud o'r diwedd, Marcus!' Gwrandawai Josef ar y sŵn bipian yn cyflymu ar y derbynnydd. 'A dod am yma y mae o!'

'Cadw dy ben i lawr 'ta pan ddaw o i'r golwg.'

Roedd y Peugeot yn sefyll wrth giât maes parcio Future Insurance, ar un pen i Bont Blackfriars, efo'i gefn at y ffordd brysur.

'Mi fydd raid iddo fo ddod reit heibio inni ffor'ma.'

Ar ôl dilyn Semtecs o Westy'r Ealing ar Bishopsgate, a deall mewn pryd fod y beic wedi stopio ar y Victoria Embankment, roedd Grossman wedi gadael ei ffrind yng ngofal y car ac wedi crwydro'n wyliadwrus, sbel o ffordd, i weld drosto'i hun be oedd Sam Turner yn ei neud. Cyrhaeddodd mewn pryd i weld y beic wedi'i barcio, a chefn y ffigwr tal mewn côt hir laes a helmed ar ei ben yn cychwyn cerdded i gyfeiriad Pont Waterloo yn y pellter. Ar y pryd, roedd yr Iddew wedi bod yn ddiolchgar am y lampa trydan a daflai eu gola ar yr het ddisglair aflonydd wrth i honno gilio i wyll y pellter. Ofnai golli golwg arno a meddyliodd am ei ddilyn, ond yna gwelodd ef yn aros i bwyso yn erbyn y wal uwchben yr afon. Gwelodd hefyd, ymhen sbel, yr helmed yn cael ei thynnu a'i rhoi i'w chadw'n barchus mewn bag. Ac yna fe welodd, ac fe ryfeddodd at y gweddnewidiad.

Ar ôl hynny, wrth weld Semtecs yn dod at yn ôl, roedd Grossman wedi troi ar ei sawdl ac anelu'i gama am Bont Blackfriars. O ben honno, medrodd wylio ac edmygu dawn actio'r Cymro, a gwenu'n llydan wrth weld unigolion a chyplau yn camu'n frysiog o'r neilltu i osgoi'r cawr blêr oedd yn gofyn mor ddigywilydd am gardod. Ond roedd yr Iddew wedi ofni oedi'n rhy hir ar y bont rhag tynnu sylw pwy bynnag fyddai'n dod i gyfarfod Semtecs. Gwyddai gystal â neb mor hawdd y gallasai cynllunia gael eu drysu trwy ddiofalwch. Roedd felly wedi ailymuno efo Josef yn y car ac wedi dibynnu ar dechnoleg y trosglwyddydd i gadw'r cysylltiad drostyn nhw.

'Dyma fo!' Roedd y Kawasaki yn llenwi'r drych wrth i Josef ei weld yn dod. Doedd dim modd camgymryd y reidar trawiadol, efo'r gôt laes yn codi fel dwy adain dywyll bob ochor iddo.

'Paid â gneud dim i godi'i amheuon o! Mae o'n dilyn rhyw gar neu'i gilydd mae'n siŵr gen i.'

Syrthiodd tawelwch rhyngddyn nhw wedyn, heb ddim i dorri arno ond sŵn llif y traffig tu allan a sŵn bipian cyson y derbynnydd y tu mewn.

* * *

Wrth iddo gadw cysylltiad o hirbell efo'r brecio unllygeidiog, llanwyd meddwl Sam unwaith eto gan amheuon. Oedd o'n gneud y peth iawn? Be fyddai adwaith Zahedi wrth i'r ddau acw fynd 'nôl ato'n waglaw, a deud wrtho nad oedd Semtecs wedi ymddangos o gwbwl? Fydda fo'n colli'i limpyn ac yn dial ar Rhian ac ar Tecwyn bach yn y fan a'r lle? Ynte fydda fo'n trio cysylltu eto dros y ffôn i wybod pam nad oedd Sam wedi ymddangos yn unol â'r trefniant?

'Ydw i wedi gneud y peth iawn yn mentro? Neith o ffonio eto, 'ta be? Oedd gen i hawl i gymryd gambl mor ofnadwy efo bywyda Rhian a'r bychan?'

Doedd y cwestiyna ddim yn newydd iddo, ac fel pob tro arall fe aeth y plwc o ansicrwydd ac ofn heibio. 'Rwyt ti wedi pwyso a mesur hyn ganwaith yn barod, Sam. Pe bait ti yn yr Astra gwyrdd acw rŵan, ar dy ffordd i gwarfod Zahedi, yna mi fyddet ti a Rhian a Tecwyn yn farw gelain cyn nos. Does dim byd sy'n sicrach. Dy unig obaith ydi darganfod lle mae Rhian a'r bychan yn cael eu cadw, a gweddïo y bydd y Cwrd gwallgo 'na yn cadw'i ben yn ddigon hir i drefnu cwarfod arall.'

Aeth y daith â fo'n gynta ar gylch eang. Cyrraedd pen gogleddol Pont Blackfriars, troi i'r chwith – heb sylwi ar y Peugeot du yn fan'no! – nes cyrraedd croesffordd Fleet Street a Ludgate Hill a chadw i'r chwith yn fan'no wedyn nes dod i'r Strand.

'Ha!' meddai Sam wrtho'i hun. 'Maen nhw'n gneud

un cylch arall.'

A dyna oedd yn digwydd. Chwith eto wrth Big Ben a chwith arall yn ôl i'r Victoria Embankment. Wrth i'r gylchdaith ddod yn gyflawn, sylwodd fod yr Astra wedi arafu eto, gan ddal llif y traffig yn ôl. Gwelodd hefyd fod ei ffrind yr Eidalwr wedi anobeithio am ragor o gwsmeriaid ac wedi cilio o olwg y byd. Gwenodd yn oer wrth feddwl nad oedd dim sôn am y meddwyn chwaith.

Wedi cyrraedd Blackfriars am yr eildro, dechreuodd cwrs y daith neud rhywfaint o synnwyr iddo, o gofio be ddeudodd Rhian am swn cychod. Drwy'r amser rŵan roedd y Tafwys i'w gweld ar y dde, weithia'n agos, dro arall hwyrach ganllath i ffwrdd. Upper Thames Street, Lower Thames Street, yna Byward Street. Roedd yr Astra rŵan yn troi cefn ar yr afon ac yn dringo Tower Hill gan ymuno â thrafnidiaeth drom unwaith yn rhagor. Daeth glaw mân i bigo sgrin wynt y beic a feisor ei helmed.

Wedi hanner gylchu'r Tŵr, ac wrth i drwyn y car anelu am yr afon unwaith eto, synhwyrodd Sam nad oedd ffordd bell i fynd. Nid croesi Pont y Tŵr oedd y bwriad beth bynnag, ond cadw ar ochor ogleddol yr afon. Cyn hir, daeth dociau Wapping i'r golwg, rhes ohonynt, ac yna roedd yr Astra'n brecio'n unllygeidiog unwaith yn rhagor cyn troi i un o'r nifer strydoedd oedd yn ymuno o'r chwith efo Wapping High Street.

Diolchodd am y glaw oedd wedi tynnu niwl i lawr eto fo erbyn hyn, gan ei gneud hi'n anodd i unrhyw un yn y car sylwi ar ola egwan beic modur yn dilyn o hirbell.

Cyflymodd at y tro er mwyn cadw'r Astra mewn golwg, a dyna pryd y bu bron iddo neud cawlach o betha. Wedi troi'r gornel, cynhyrfodd wrth weld stryd eitha llydan ond hollol wag o'i flaen, a dychrynodd ddigon i roi sbardun egar i'r beic er mwyn dod i olwg y car unwaith eto. Rhwng hynny a'r glaw oedd yn mynnu ei ddallu, bu ond y dim iddo beidio sylwi ar y cwrt concrid eang rhwng dwy sièd fawr ar y chwith iddo. Byddai wedi gwibio heibio oni bai iddo weld, ar yr eiliad ola, yr un llygad coch lle'r oedd yr Astra wedi stopio o flaen drws llydan rhyw warws. Arafodd ddigon i weld, yng ngola'r car, yr enw mewn llythrenna bras, 'HILLIARDS SHIPPING Co.', yna gyrrodd yn ddigon pell cyn troi yn ei ôl.

* * *

'*Shit!* Mae o'n dod 'nôl, Marcus! Mae o'n dod i'n gwyneba ni!'

Gwyrodd Grossman mewn pryd i guddio'i ben a'i wyneb wrth i olau tanbaid y beic fygwth eu dallu. Ond doedd dim rhaid iddo fo na Josef bryderu, oherwydd roedd gan y Cymro ormod o lawer ar ei feddwl i boeni bod rhywun yn ei ddilyn.

* * *

Pan ddaeth i olwg y drws unwaith eto, roedd yr Astra wedi diflannu.

Wedi tynnu ei faneg chwith, gwnaeth yn siŵr bod y ffôn ymlaen ganddo. Gweddïodd ei fod wedi darllen y sefyllfa'n gywir. Ei hunlle mwya rŵan fyddai clywed sŵn ergydion gwn o gyfeiriad y sièd. Yn reddfol, aeth i chwilio am gysur dialgar y *Browning* yn y boced ddofn.

Pe bai ei bryder wedi bod yn llai, pe bai wedi bod mor graff ag yr arferai Semtecs fod, yna byddai wedi sylwi ar symudiad bychan yn nhalcen tywyll y sièd, draw ar y dde. Ond roedd ei feddwl yn rhy gynhyrfus iddo fod yn chwilio am yr annisgwyl.

Edrychodd yn frysiog ar y stad ddiwydiannol o'i gwmpas. Siedia stôr oedd y rhan fwya o'r adeilada, ond roedd yno hefyd dir diffaith yn cael ei ddefnyddio at wahanol bwrpasau. Heb fod yn rhy bell i ffwrdd, roedd fflyd o lorïa a pheirianna wedi eu parcio dros nos. 'Potter

& Sons, Hauliers and Plant Hire' meddai'r hysbyseb goch ar ochor felyn pob peiriant. Roedd y safle wedi ei goleuo fel dydd, a sylwodd Sam fod yno gwt gofalwr, efo gola ynddo. Yn nes ato, a bron gyferbyn â sièd fawr Hilliards, roedd rhes ar res o gistia nwydda yn ymestyn ymhell yn ôl oddi wrth y ffordd, yn aros i gael eu llwytho naill ar lorïa i bob rhan o'r wlad neu i'w hallforio ar longa i lawr y Tafwys i wahanol rannau o Ewrop. *CONTAINER TRAFFIC DEPOT* meddai'r arwydd wrth y bwlch llydan i'r safle. Ond doedd gan Sam ddim gronyn o ddiddordeb yn y ffaith mai dyma'r math o fasnach oedd wedi rhoi anadl einioes i'r rhan hon o Lundain yn ystod y blynyddoedd diwetha.

Llywiodd y beic yn ddistaw rhwng rhai o'r cistia mawrion a gweddïo ar i'r ffôn ganu. O'i guddfan gallai edrych dros y ffordd a thros yr iard goncrid at ddrws caeëdig Hilliards. Un cysur oedd gwybod ei fod o leia'n agos rŵan at ei deulu.

Dyma cyn belled ag yr oedd wedi gobeithio. Dyma, felly, cyn belled ag yr oedd wedi cynllunio. Y cwestiwn i'w ateb rŵan oedd 'Be dwi'n mynd i neud os canith y ffôn?' Daeth rhai o adnoda Sarjant Titch i'w feddwl eto. *Always seek the element of surprise.* 'Mae'r fantais honno gen i!' *Always seek to outwit your adversary.* 'Mi wna i hynny hefyd, os ca i gyfla.' *Always seek to think like the enemy, and never ever underestimate him.* 'Dyna un peth na wna i byth, efo Zahedi!' *Always be the first to strike. Remember! A dead adversary can no longer be a threat.* 'Fe all peidio gweithredu'r adnod yna gostio'n ddrud iawn imi. Dydw i ddim yn bwriadu talu'r fath bris. Chdi neu fi, Zahedi! Chdi neu fi!'

Llusgodd yr eiliada a'r munuda heibio, gan beri iddo fynd i ama'r gwaetha. Nid oedd yn teimlo'r gwlybaniaeth yn oeri croen ei ben ac yn treiddio trwy'i ddillad rhad. Nid oedd yn ymwybodol chwaith o'r diferion dŵr oedd yn casglu'n gyson i flaena'r plethiada ffug o wallt cyn gollwng eu gafael wedyn a syrthio ar ei ysgwydda ac i lawr ei war. Ugain munud i ddeg! Os na ddigwyddai rhywbeth o fewn y deng munud nesa, yna byddai'n rhaid iddo gymryd y cam cynta ei hun. Daliai i wisgo'r faneg am ei law dde, er mwyn cadw cnesrwydd a theimlad yn honno at ddefnyddio'r gwn.

Er ei fod yn disgwyl galwad, eto i gyd fe neidiodd pan ganodd y ffôn o'r diwedd. Melltithiodd ei nerfa tyn. 'Helô?'

'Sam? Ti sy 'na?' Bob Gwilym! Tad Rhian! 'Be sy'n digwydd, Sam? Mae Nan a finna jyst â drysu yn fa'ma.'

'Ga i'ch ffonio chi'n ôl mewn hannar awr, Taid? Dwi'n gobeithio y bydd gen i newyddion da ichi erbyn hynny. Mae'n bwysig 'mod i'n cadw'r lein 'ma'n glir rŵan.' A rhoddodd derfyn ar y sgwrs cyn i Bob Gwilym gael deud rhagor.

Prin bod geiria ola Sam wedi marw mewn adlais nad oedd y teclyn yn canu am yr eildro.

'Helô.'

Daeth chwyrniad o ben arall y lein ac yna lais gwahanol y cyfieithydd. 'Pam oeddet ti ddim yno? Rwyt ti wedi dedfrydu dy deulu i farwolaeth.'

'Na! Paid â mynd! Mi fethais i â chyrraedd mewn pryd. Bai Zahedi a neb arall oedd hynny.'

Clywodd y cyfieithu'n mynd ymlaen yn y cefndir, yna'r cwestiwn a ddisgwyliai. 'Be wyt ti'n feddwl?'

'Ydach chi ddim wedi bod yn gwylio'r newyddion?' Go brin bod ganddyn nhw set deledu yn y warws, meddai wrtho'i hun, felly dyma gyfle i borthi chydig ar falchder y Cwrd. 'Mae 'na ranna o Lundain ar stop am fod plismyn yn gwylio'r traffig sy'n dod i mewn i'r ddinas. Chwilio am Zahedi, wrth gwrs. *City-wide alert!* Fe fu'n rhaid imi aros am hydoedd mewn ciw. Rŵan deud wrtho fo nad fy mai i oedd hynny!'

Daeth sŵn y cyfieithu eto i'w glyw. Yna, 'Lle wyt ti rŵan?'

'Ar y Victoria Embankment siŵr dduw, lle dwi i fod.
Dwi yma ers dros hannar awr. Ro'n i'n cyrraedd jyst cyn
chwartar wedi naw ond doedd 'na uffar o neb o gwmpas
erbyn hynny. Pam ddiawl na fasa rhywun wedi aros
amdana i?' Roedd tôn ei lais yn awgrymu cymysgedd o
ddicter cyfiawn ac o bryder gwirioneddol.

Rhagor o aros. Yna, 'Aros lle'r wyt ti ac mi ddown ni i
dy nôl di rŵan. Ond mae Zahedi'n rhybuddio, os wyt ti'n
cario gwn, neu os gwelwn ni rywun yn trio'n dilyn ni,
yna mi fydd o'n saethu'r ddynas a'r hogyn.'

'Sut uffar ydw i i wbod nad ydi o wedi gneud hynny'n
barod? Dwi isio gair sydyn efo 'ngwraig.'

Rhaid bod Zahedi wedi cytuno.

'Sam?'

'Rhian! Ydach chi'ch dau yn iawn?'

'Ydan. Be sy'n digwydd?'

Rhag ofn bod clust y cyfieithydd yn agos at y ffôn,
trodd i Gymraeg i roi cyfarwyddiada. 'Pan ddaw'r car yn
ei ôl y tro nesa, chwiliwch am le saff i guddio, eich dau.
Mi fydd 'na saethu.'

Mwya sydyn, roedd Semtecs yn gweld petha'n
gliriach unwaith eto.

* * *

O'r tu ôl iddo, a heb yn wybod i Sam, roedd dau yn
clustfeinio ar ei sgwrs. Daliai un o'r rhain radio gyswllt
yn ei law, ac roedd y ddau ohonyn nhw'n cario gwn.
Daeth dryswch llwyr i'w gwyneba wrth wrando ar yr
iaith ddiarth.

* * *

Gwyliodd Sam y drws llydan yn llithro ar agor. Tu mewn,
roedd y warws yn gymharol dywyll. O bellter ei guddfan,
ni allai weld ond un gola bach fflworesaidd yn uchel yn

nho'r adeilad. Cadw yn y cysgodion. Dyna fu dewis Zahedi erioed!

Daeth gola ar ben ôl yr Astra wrth i hwnnw gael ei daro mewn gêr i ddod â fo allan i'r glaw unwaith eto. Tybiodd Sam weld siâp dyn yn symud yn y cefndir, ond methodd gael cip o'i wraig na'i blentyn. Gwthiodd yr helmed yn frysiog dros ei ben ac aeth i eistedd unwaith eto ar sedd wlyb y beic.

* * *

'Be wna i, Marcus? Ei ddilyn o?'

Roedd gola'r beic newydd ddiflannu rownd y tro ar ôl y car.

Dim ond eiliad neu ddwy a gymerodd i Grossman bwyso a mesur y sefyllfa. 'Ia. Mae Zahedi'n dal ar ôl yn fan'cw, dwi'n ama . . . ' Arwyddodd i gyfeiriad y warws. ' . . . ond mae Semtecs yn gwybod hynny! Felly, mae'n rhaid fod ganddo fo ryw bwrpas mewn dilyn y car, ac nid fi sy'n mynd i ddrysu'i gynllunia fo. Na, fe geith Omega aros am ryw chydig eto, Josef.'

* * *

'Roedden ni'n sefyll o fewn teirllath yn gwrando arno fo'n derbyn galwad ffôn, ond dydan ni fawr callach. Anodd deud be sy'n mynd ymlaen. Mi gafodd air efo'i wraig, dwi'n meddwl. Ond mae o wedi gadael eto rŵan. Mae o wedi dilyn y car.'

O gysgod y sièd fawr i'r dde o Hilliards Shipping, gwrandawodd dau arall ar y neges. 'Arhoswch lle'r ydach chi, rhag ofn iddo fo ddod yn ôl. Mae M yn gwybod be 'di'r sefyllfa ac mae o am inni ddal ein dŵr am ryw hyd eto.'

'Mi aeth 'na gar du – Peugeot – heibio yn fuan wedi i'r beic adael. Wyt ti'n meddwl bod cysylltiad?'

'Be? Bod Semtecs yn dilyn yr Astra a bod rhywun arall yn ei ddilyn o?'

'Ia.'

'Go brin, ac eto mae'n bosib. Ond pwy?' Cwestiwn heb ateb oedd o. 'Reit! Pawb yn ôl i'w le. *Radio silence* o hyn allan!'

* * *

Wrth ddilyn y car, fe wyddai Sam yn union be i'w ddisgwyl, ond bu'n rhaid iddo fo aros yn hir am ei gyfle. Roedd pob gola traffig, wrth i'r Astra nesáu, fel pe baen nhw'n mynnu troi'n wyrdd. Ond ar y chweched un fe welodd Sam y melyn yn ymddangos yn lle'r gwyrdd a'r Astra'n brecio wrth gwt tri char arall. Trwy roi sbardun cyflym i'r beic, caeodd y bwlch rhyngddynt a chodi'r Kawasaki trwm ar ei bedal ar ymyl y pafin. Yna, camodd yn gyflym drwy'r glaw i ochor y dreifar, efo'i fysedd yn gwasgu am garn y *Browning* yn ei boced.

Wyddai Karel Begh, y gyrrwr, ddim be oedd yn digwydd. Fe'i syfrdanwyd gan y drws yn agor yn ddirybudd a gwn yn cael ei wthio yn erbyn ei arlais. Dychrynwyd ef yn fwy gan y pen gwalltog a'r gwyneb modrwyog a wthiodd ei hun o fewn modfeddi iddo.

'Paid titha â symud chwaith!' meddai'r cyfarthiad mewn Arabeg wrth Reza Kemal yn ei ochor. 'Ddim os wyt ti'n parchu dy iechyd.'

O'r ddau, y terfysgwr ddaeth ato'i hun gynta. 'Os mai isio pres wyt ti . . . '

'Cau dy geg! Oes gen ti wn?'

'Nagoes.' Roedd sŵn surbwchaidd wedi magu yn llais Kemal wrth iddo sylweddoli nad lleidar cyffredin oedd yr ymosodwr od. Yna, yn fwy graddol eto, fe gofiodd ei fod wedi gweld y cymeriad rhyfedd yma o'r blaen, lai nag awr yn ôl.

'Wyt ti'n meddwl mai ffŵl ydw i, Kemal? Rŵan, os

wyt ti'n parchu Allah ac yn parchu dy fywyd bach dinod dy hun, estyn y gwn a'i daflu ar y sedd gefn. Ac os gwela i dy fys di rwla yn ymyl y trigar, yna mi fydd hi'n nos barhaol arnat ti.'

Gwelodd y fflach o banig yn llygad y terfysgwr wrth iddo gael ei fygwth wrth ei enw. Yn yr eiliad honno, teimlodd Sam fod llygada duon y Cwrd fel ffenest ar ei feddylia. Gwelodd yr opsiynau yn gwibio trwy'i ben, a chafodd argraff o lygoden fawr yn chwilio am ffordd i ddengyd, ond yna daeth yr edrychiad oedd yn arwydd o ildio. Plygodd Kemal ymlaen ac, wedi crafangu eiliad o gwmpas ei draed, cododd y gwn gerfydd ei faril a'i drosglwyddo'n ufudd i gefn y car.

'Da iawn. Rŵan! Be amdanat ti? Oes gen ti wn?'

Doedd dim rhaid i'r Cwrd ifanc ddeud dim. Roedd ei lygaid mawr yn ateb drosto. 'Na . . . nagoes,' meddai o'r diwedd.

Daeth sŵn corn diamynedd o'u hôl, ond ni chymerodd Sam unrhyw sylw ohono. Roedd y gola ar wyrdd unwaith yn rhagor a ffordd glir o'u blaen, ond doedd yr Astra'n symud dim. Canwyd y corn eto, yn hirach y tro yma, ac yna blinodd y gyrrwr swnllyd ar aros. Wrth dynnu allan i'w pasio, gwaeddodd drwy'r ffenest agored a heibio trwyn blin ei wraig oedd yn eistedd wrth ei ymyl, 'Symud dy ffycin . . . !' Ond rhaid ei fod wedyn wedi cael cip ar y gwn yn llaw Sam oherwydd fe gaeodd ei geg yn dynn a rhoi ei droed ar y sbardun mewn panig.

'Rŵan! Dyro dy ddwy law i bwyso ar y *dash*, a'u cadw nhw yno.'

Ufuddhaodd Kemal yn ddigwestiwn, ond ddim heb grechwen herfeiddiol.

'A chadwa ditha dy ddwylo ar yr olwyn!'

Gwyddai nad oedd angen ailadrodd y rhybudd wrth hwnnw. Roedd ei wyneb bachgennaidd yn llawn ofn.

Mewn un symudiad cyflym agorodd Sam ddrws cefn

yr Astra a llithro i mewn i gysgod y car, eto i sŵn cyrn modurwyr blin oedd am ddatgan eu barn am rywun oedd yn ddigon gwirion i stopio yng nghanol y ffordd ac o fewn chydig lathenni i olau traffig.

Daeth baril y *Browning* i fyny i gyffwrdd clust dde Reza Kemal. 'Rŵan, gyfeillion! Ewch â fi'n ôl i Wapping, i'r Hilliards Shipping Co.' A gwelodd syndod unwaith eto yng nghhornel llygad y Cwrd. Yna trodd at y dreifar, 'Os dwi'n cofio'n iawn, mae 'na ynys draw yn fan'cw iti fedru troi'n ôl . . . Rŵan, disgrifiwch y warws 'ma imi.'

Gwelodd nad oedd gwybodaeth yn mynd i ddod yn hawdd. Yn y pellter o'u blaen sylwodd fod y ffordd yn cydredeg efo wal hir rhyw ffatri neu'i gilydd a bod y lle mewn tywyllwch. 'Fe ofynna i un waith eto. Be sydd tu mewn i warws Hilliards Shipping?'

Yr un tawelwch styfnig. Yna, wrth i'r car fynd heibio'r wal hir, anelodd Sam mor agos ag y mentrai at ben Reza Kemal a thynnodd y trigar. Mewn fflach a ffrwydrad chwalodd y ffenest ochor yn deilchion a phlannodd y fwled yn ddiogel i wal y ffatri tu allan. Roedd yr effaith yn syfrdanol. Neidiodd Kemal ymlaen efo gwaedd ac efo'i ddwylo am ei ben. Rhoddodd y dreifar sgrech o ddychryn a cholli rheolaeth ar y gyrru nes i ddrych ochor yr Astra grafu yn erbyn car oedd yn dod o'r cyfeiriad arall.

'Dos yn dy flaen! Paid â stopio!' Roedd y gwn yn ôl wrth glust Kemal a sylwodd Sam fod fflach yr ergyd wedi llosgi rhywfaint ar ei wallt seimllyd du. 'Hwyrach y byddwch chi rŵan yn barotach i gydweithredu. Mi wyddoch chi pwy ydw i erbyn hyn, siawns? Ac mi wyddoch chi felly mai fy unig ddiddordab i ydi cael fy ngwraig a 'mhlentyn yn rhydd. Mi fasa'n well gen i neud hynny heb orfod tywallt gwaed, wrth gwrs, ond coeliwch chi fi, dydi fy mywyd i fy hun, heb sôn am eich bywyda bach diffaith chi, ddim yn bwysig o gwbwl imi ar hyn o bryd. Felly, os na cha i atebion buan, dim ond un ohonoch chi fydd yn fyw i fynd â fi i gwarfod Zahedi.'

Gallai weld fod brwydyr go fawr yn mynd ymlaen ym mhen Reza Kemal, ond dim ond y Cwrd ei hun a wyddai be oedd natur y cyfyng-gyngor hwnnw. Pam ddyla fo deimlo unrhyw deyrngarwch tuag at Zahedi, pan oedd hwnnw wedi gneud dim byd ond taflu gwawd a sen ato fo? A pham ddyla fo aberthu'i fywyd jyst er mwyn i Zahedi gael cyflawni rhyw ddial pitw personol? Onid oedd ganddo fo, Reza Kemal, darpar arweinydd y PKK ac olynydd naturiol yr arwr Abdullah Ocalan, waith pwysicach i'w gyflawni dros ei bobol? Ond, ar y llaw arall, nid oedd am ei fychanu ei hun yng ngŵydd y myfyriwr ifanc oedd yn gyrru'r car. Nid oedd am i hwnnw feddwl fod arno fo, Reza Kemal, ofn marw yn enw Allah.

'Dwi'n cyfri tri ac yna mi fydd gwaed ac ymennydd dy fêt yn chwalu drosot ti ym mhob man.' Roedd Sam wedi sylweddoli ers meitin lle'r oedd y gwendid.

'Paid . . . paid â'i saethu fo. Mi ddeuda i wrtha ti.'

Gyda gwên, gwthiodd flaen baril y *Browning* i mewn i glust Kemal. 'On'd wyt ti'n ddiawl bach lwcus o dy ffrindia?'

'Mae'r adeilad yn wag ond am rywfaint o haearn sgrap.'

'Lle mae hwnnw?'

'Ar yr ochor chwith i'r drws.'

'A be am fy ngwraig i, a'm mab? Lle maen nhw'n cael eu cadw?'

'Wrth y wal ar yr ochor dde . . . wedi'u clymu ar fatresi.'

'A Zahedi? Lle fydd hwnnw pan gyrhaeddwn ni?'

'Yn sefyll wrth y wal bella, mae'n siŵr, yn aros . . . '

'Efo gwn yn barod yn ei law, fwy na thebyg . . . '

Synnodd Sam a Karel Begh glywed cyfraniad gan Kemal. Synnodd y gŵr ifanc fwy fyth wrth ei glywed yn siarad Saesneg. Pam oedd o wedi cadw'r gyfrinach honno cyhyd, tybed?

' . . . Dyna lle'r oedd o pan gyrhaeddson ni y tro dwytha, beth bynnag. Mae Zahedi yn un drwgdybus . . . a gofalus hefyd.'

Edrychodd Sam ar y gyrrwr. 'Ydi o'n deud y gwir?' A gwelodd y llanc yn nodio'i ben yn ofnus.

'Iawn. Be arall sydd yn yr adeilad?'

'Dim byd ond stafell fach efo toiled a lle i molchi.'

'A dim byd arall? Wyt ti'n deud y gwir?' Daeth â'r gwn i gyffwrdd â gwar y gŵr ifanc.

'Ar fy llw, yn enw'r Proffwyd!'

Doedd ond rhyw hanner milltir cyn y bydden nhw'n cyrraedd Hilliards Shipping Co.

'Reit! Rŵan deudwch be fydd yn digwydd wedi inni gyrraedd y warws. Pwy fydd yn agor y drws? Zahedi?'

'Nage, fi, mae'n siŵr,' atebodd Karel Begh mewn llais bychan. 'Fi sydd wedi gorfod gneud bob tro hyd yma, beth bynnag.'

'A sut fyddi di'n gneud peth felly? Mae o'n ddrws mawr, trwm.'

'Mae 'na ddrws bach yng nghanol y drws mawr. Ar ôl mynd allan o'r car mi fydda i'n mynd i mewn trwy hwnnw ac wedyn yn cydio mewn handlen i dynnu'r drws mawr i'r ochor. Mae o'n rhedeg ar olwynion ac yn symud yn citha rhwydd.'

'A! Mi fyddi di'n diflannu o 'ngolwg i felly? Ac yn prepian wrth Zahedi!'

'Ar fy llw gerbron Allah, wna i ddim . . . dydw i ddim isio iti ladd fy ffrind. Mae gen i fwy o deyrngarwch iddo fo nag i Zahedi.'

'Ac mae ganddo fo reswm arall hefyd.' Kemal oedd yn siarad.

'A be fasa hwnnw?'

'Dy wraig di a'r hogyn bach. Mae ganddo fo dipyn i'w ddeud wrthyn nhw.'

'Be mae hwn yn feddwl?'

Gwingodd Karel Begh wrth i'r gwn gael ei wthio'n giaidd i'w war, ond swiliodd rhag ateb.

'Pwy wyt ti'n feddwl ddaru edrych ar eu hola nhw yr holl ffordd yn ôl i Lundain?' Siaradai Reza Kemal trwy grechwen. 'Pwy wyt ti'n feddwl ddaru agor y clyma ar eu dwylo nhw? Pwy ddaru dynnu'r tâp oddi ar eu cega nhw? Pwy ddaru roi bwyd iddyn nhw? . . . Pwy fasat *ti* feddwl, Semtecs? Zahedi? 'Ta hwn?'

Os oedd y Cwrd wedi disgwyl gweld Sam yn synnu wrth glywed ei enw'n cael ei ddefnyddio, yna fe gafodd ei siomi.

'Ydi hyn yn wir? Roeddat ti efo Zahedi yng ngogledd Cymru?' Gwelodd ef yn nodio'r mymryn lleia yn ei swildod a'i ddiniweidrwydd. 'Deud i mi, sut uffar gest ti dy dynnu i mewn efo rhyw ddiawliaid gwaedlyd fel Zahedi . . . a hwn?'

Ond dewis peidio ymateb wnaeth y ddau.

'Felly, rwyt ti'n barod i fynd ar dy lw gerbron Allah na wnei di ddim rhybuddio Zahedi tra wyt ti'n agor y drws?'

'Ydw.'

Mae'r amser wedi dod imi benderfynu, meddyliodd Semtecs. Hyd y gwela i, does gen i ddim dewis ond trystio'r llanc. 'Reit!' meddai. 'Dwi am dy gymryd di ar dy air, ond os wyt ti'n siarad efo tafod celwyddog yna boed i holl felltithion Allah syrthio ar dy ben. Hynny ydi, os na fydda i wedi cael y cyfla cynta arnat ti!' Ac atgoffodd ef eto o'r gwn wrth ei war. 'Ac os wyt ti'n chwara efo'r syniad o 'mradychu fi, yna mi fasa'n well iti ffarwelio efo dy ffrind rŵan.'

'Gerbron Allah! Wna i ddim!' Roedd llais y gyrrwr ifanc wedi magu hyder yn ogystal â phenderfyniad.

Wrth i ddrws Hilliards Shipping Co. ddod i'w golwg drwy'r niwl a'r glaw mân, rhoddodd Sam orchymyn i Kemal eistedd yn ôl yn ei sedd a chadw'i ddwylo tu ôl i'w war. 'Unrhyw nonsens ac mi fydd 'na fwled yn dod trwy gefn dy sedd di. Mae gan rywun o dy brofiad di syniad go lew, dwi'n meddwl, o be mae bwled yn medru 'i neud i asgwrn cefn rhywun. A chditha,' cyfarthodd wrth y llall, 'dyro holl oleuada'r car ymlaen. Dwi isio gweld Zahedi yn ei holl ogoniant.'

Wedi tyngu rhagor o lwon di-ri yn enw Allah, aeth y myfyriwr allan i agor y drws. Agorodd Sam y ffenest ôl led y pen cyn gwyro o'r golwg tu ôl i sedd y gyrrwr. Daeth cyfarth Sarjant Titch unwaith eto i'w atgoffa . . . *never ever underestimate the enemy . . . Always seek the element of surprise . . . be the first to strike. Remember! A dead adversary can no longer be a threat.*

'Dallt hyn!' Wrth Kemal eto. 'Unrhyw symudiad gen ti rŵan a fydd dim rhybudd arall. Chdi neu fy nheulu. Dyna'r dewis fydd gen i.'

'Dwi'n dallt! Chei di ddim trafferth gen i.'

Swniai'n gwbwl hunanfeddiannol a rhyfeddodd Sam at y nodyn didwyll yn ei lais. Doedd Zahedi ddim yn ffefryn gan yr un ohonyn nhw, yn amlwg, a doedd hi ddim yn anodd gan hwn chwaith ddewis y lleia o ddau ddrwg. Serch hynny, penderfynodd roi iddo un cymhelliad ychwanegol dros gadw at ei air.

'Unwaith y ca i warad â Zahedi a chael fy ngwraig a 'mhlentyn yn ôl, yna fydd gen i ddim diddordeb ynot ti. Fe gei lonydd i fynd i ble y mynni di wedyn.'

Er na ddaeth unrhyw ymateb oddi wrth y Cwrd, eto i gyd fe synhwyrai Sam fod yr addewid wedi ei blesio.

Heibio cornel ucha sedd y gyrrwr gwyliodd y drws yn llithro'n agored. Diolchodd nid yn unig am ola cry'r car ond hefyd am y sychwyr i glirio'r glaw wrth i hwnnw syrthio ar y gwydyr. Gwelodd y pentyrra o haearn sgrap y cyfeiriodd y dreifar ifanc atyn nhw. Gwelodd hefyd wacter gweddill y warws. Ac yna, wrth i'r drws lithro i'w bellter eitha, gwelodd wyneba dychrynedig Rhian a Tecwyn bach fel dwy gwningen wedi'u dal mewn gola ar ffordd y nos.

Cymerodd Sam ei wynt i mewn yn swnllyd. Uwch penna'r ddau, ac yn pwyntio gwn atynt, safai Zahedi, yn barod i gyflawni rhan gynta'i ddial, gynted ag y byddai Semtecs yn cyrraedd i fod yn dyst. Clywodd y Cymro ef yn gweiddi'n ffyrnig ar Karel Begh.

'Be mae o'n ddeud?'

'Cega ar y dreifar am adael y gola ymlaen mae o. Deud ei fod o'n cael ei ddallu.'

Daeth y myfyriwr yn ôl i sedd y gyrrwr. 'Mae o am imi roi'r gola mawr allan,' meddai.

'Iawn. Gwna hynny. Ddaru o holi yn fy nghylch i?'

'Do. Dwi wedi deud wrtho fo dy fod ti wedi cael dy glymu ar y sedd gefn.'

Gwenodd Sam er ei waetha. Roedd petha'n gweithio'n well na'r disgwyl.

'Da iawn. Rŵan, dreifia i mewn, a phan fydda i'n deud wrthat ti, dyro dy ola llawn ymlaen eto. Jyst gofala fod Zahedi'n cael ei ddallu.'

* * *

'Be ddiawl sydd wedi digwydd? Lle mae o wedi mynd?'

Eisteddai Marcus a Josef yn syllu ar y Kawasaki yng ngola'r car. Wedi i bipian y derbynnydd eu rhybuddio fod y beic wedi stopio rywle ar y ffordd o'u blaen, ac wedi iddyn nhw benderfynu bod y daliad hwnnw'n fwy na daliad gola traffig, fe benderfynodd Grossman fynd yn nes er mwyn gweld be oedd yn bod. Ar wahân i nifer o siopa tywyll a thafarn go fawr ar gornel isa'r stryd, doedd dim byd arall i'w weld yno. Roedd y peth yn ddirgelwch.

'Wyt ti'n meddwl ei fod o wedi mynd i'r dafarn 'cw, Marcus? Fasa'n well imi fynd i gael golwg?'

'Ia. Iawn, ond bydd yn ofalus. A brysia.'

Tra bu Josef i ffwrdd, ac er gwaetha'r hwtian cyrn diamynedd tu ôl iddo, aeth Grossman allan o'r Peugeot er mwyn cael golwg fanylach ar y beic. 'Rhyfedd iawn,' meddai wrtho'i hun. 'Mae'r goriad yn dal ynddo fo!'

Daeth Marcus yn ei ôl ar drot. 'Dydi o ddim yno, Marcus. Be rŵan?'

'Dim byd amdani, Josef, ond mynd 'nôl at y warws yn Wapping ac aros i weld be ddigwyddith.'

Pennod 15

'Mae 'na rwbath yn mynd ymlaen. Byddwch yn barod!'

Wedi gweld yr Astra gwyrdd yn cael ei lywio mor annisgwyl o fuan yn ôl at y warws, a chlywed gweiddi gwyllt Zahedi ar Karel Begh, daeth cynnwrf i lais yr un oedd rŵan yn cyfarth i mewn i'w radio gyswllt.

Yn llechwraidd, ond yn gyflym ac yn eu cwman, rhedodd y ddau, a fu gynna'n clustfeinio ar sgwrs ffôn Sam, o'u cuddfan ymysg y cistia anlwytho ac ymuno efo'r sawl oedd yn gweiddi gorchmynion. Roedd gwn parod yn llaw pob un.

Ar yr un eiliad, ymddangosodd dau arall o gysgodion y sièd gyferbyn.

* * *

Always seek the element of surprise . . . to be the first to strike. Remember! A dead adversary is no longer a threat.

'Rŵan!' sibrydodd Sam yn ffyrnig wrth y gyrrwr a pharatoi yr un pryd i wthio'i ben a'i ysgwydda allan drwy'r ffenest agored. Nid oedd yn ymwybodol o'r bywiogrwydd sydyn yng nghysgodion yr iard goncrid tu ôl iddo.

Yn ôl y disgwyl, fe daflwyd Zahedi oddi ar ei echel gan y gola tanbaid a chan sydynrwydd y digwyddiad. Gwelodd Sam ef yn cymryd dau gam bygythiol ymlaen a baril yr Ingram yn codi'n reddfol wrth i'w berchennog ama cynllwyn. Roedd ei law arall yn cysgodi'i lygaid, rhag cael ei ddallu, a'i wyneb yn llawn cwestiwn a drwgdybiaeth.

Diolchodd Semtecs wrth weld bwlch yn agor rhwng Zahedi a'i wystlon, ac yn yr un eiliad gwelodd Rhian yn taflu'i chorff dros ei phlentyn, i'w warchod.

Gynted ag y dechreuodd y car symud, a heb y cyfle na'r amser i anelu'n fanwl, dechreuodd Sam danio a gweiddi'n orffwyll. *'Shooting from the hip!'* Rywle'n ddwfn yn ei isymwybod, daeth geiria gwawdlyd Julian Carson yn ôl i'w gyhuddo. Tair . . . pedair . . . pump . . . chwe bwled . . . y naill yn wyllt ar gwt y llall.

Gwyddai'n syth fod rhai ohonyn nhw'n taro'r nod oherwydd fel ateb clywodd fwledi Zahedi yn rybowndian rywle yn y to uwchben ac yna gwelodd ef yn syrthio'n ôl ar y concrid, a'i wn, yr *US Ingram*, yn hedfan mewn hanner cylch o'i law ac yn clindarddach yn ddifudd ar lawr, lathenni oddi wrth ei berchennog. Eiliada o sŵn yn marw'n gyflym mewn atsain yn nghorneli gwag yr adeilad, yna roedd pob dim drosodd.

Gan ofalu mynd â gwn Kemal hefyd efo fo, neidiodd Sam o'r car gyda gwên galed o ryddhad a chamu tuag at ei wraig a'i blentyn. Roedden nhw'n un sypyn diymadferth ar y fatres ac yn crio'n ddilywodraeth ym mreichia'i gilydd. Wrth godi'i phen i edrych arno'n plygu ati, llifodd arswyd yn ôl i wyneb Rhian a gwelodd Sam hi'n gwthio'i chefn yn erbyn y wal a thynnu'i phlentyn i'w breichia, i'w warchod. Daeth dychryn yn fawr i lygada Tecwyn hefyd a chladdodd ei wyneb rhwng dwyfron ei fam.

'Pawb i sefyll lle mae o!' Roedd y llais Seisnig yn diasbedain wrth i'r llu o ddieithriad redeg i mewn trwy'r drws agored. 'Chdi! Dyro'r gynna 'na i lawr!'

Heb brin droi i edrych, a heb fawr o ddiddordeb, gollyngodd Sam y gynna wrth ei draed. Fe wyddai'n reddfol nad oedd y dieithriaid yn fygythiad iddo fo na'i deulu. Fe'u hanwybyddodd wedyn. 'Rhian! Wyt ti'n iawn? A Tecwyn? Sut wyt ti 'machgan i?'

'Sam?' Roedd ei llais yn gwbwl anghrediniol. 'Sam? Chdi sy 'na?'

Cofiodd ynta am yr olwg wahanol oedd arno a gwenu. Yna roedd ar ei linia ar lawr yn gwasgu'r ddau, a Rhian yn sibrwd rhwng chwerthin a chrio, 'Mae'n olreit, Tecwyn, 'nghariad i! Dad ydi o 'sti! Wedi dod i'n nôl ni, i fynd â ni adra.' Yna fe'i llethwyd gan ei theimlada a doedd dim modd wedyn i Sam dawelu'r igian crio oedd yn sgrytian ei chorff. Ac wrth glywed ei fam yn crio, fe ailddechreuodd y plentyn hefyd.

Tu ôl iddo roedd Sam yn ymwybodol o brysurdeb a gweiddi cyfarwyddiada. Os mai plismyn oedd y dieithriaid – a doedd fawr o bwys ganddo, bellach, pwy oedden nhw – yna roedd Reza Kemal a'r llanc ifanc yn cael eu cymryd i'r ddalfa. Clywodd alw hefyd am ambiwlans ac roedd hynny fel cael bysedd o rew yn cyffwrdd yn ei galon. Doedd bosib bod Zahedi'n dal yn fyw? Trodd ei ben i edrych ar gorff y Cwrd milain yn gorwedd mewn pwll o'i waed ei hun. Roedd dau o'r dynion yn sefyll drosto ac yn trafod yn gynhyrfus. Gwelodd un arall mewn sgwrs ddifrifol dros y ffôn.

'Mae'n rhaid imi gael gwybod,' meddyliodd. 'Dydw i ddim yn mynd i fyw mewn ofn, byth eto, o be all hwn'na ei neud i mi ac i 'nheulu.' Yn ara ac mor dyner ag oedd bosib, medrodd gael Rhian i lacio'i gafael ynddo ac aeth draw i gael golwg.

'Ydi o'n dal yn fyw?'

'Wrth linyn tena iawn, diolch i ti!'

Aeth y geiria, a'r ffordd y dywedwyd nhw, â'r gwynt o hwylia Sam. Roedd y tyndra, yn gymysg â'r pryder a'r rhyddhad, yn dal yn ei gorff, a theimlodd ei waed yn dechra berwi. 'Be uffar wyt ti'n drio'i ddeud?'

'Biti dy fod ti wedi busnesu, dyna i gyd.'

Aeth y mwnci'n syth i ben y crats. Yr eiliad nesa roedd y Sais, er yn ddwylath cyhyrog ei hun, yn cael ei wthio gerfydd coler ei grys ar draws y llawr concrid nes ei fod yn clecian wysg ei gefn yn erbyn wal yr adeilad.

'Gwranda'r cwd! Oni bai fy mod i wedi busnesu, be fasa hanas fy ngwraig a fy mhlentyn i erbyn rŵan, o ddibynnu arnat ti a dy debyg? Pwy uffar wyt ti, beth bynnag? Un o weision bach Carson? *Special Branch?* Os felly, deud ti wrtha i be sydd mor blydi sbeshial amdanat ti, y còc oen?' Roedd gwyneb gwelw Sam, yn ei holl ogoniant modrwyog, a'r dicter yn fflachio'n annaearol bron trwy lensys llwyd y llygaid, yn cael ei wthio o fewn modfedd neu ddwy i drwyn y Sais. At hynny, chwifiai'r cynffonna *dreadlock* yn ôl a blaen yn effaith y dicter. ''Ta un o'r bastards 'na o Vauxhall Cross wyt ti? Un o griw bach dan-din Leslie Garstang! Sut uffar ddaethoch chi i wbod am y lle 'ma beth bynnag? Pwy ddeudoch wrthach chi fod Zahedi yma o gwbwl?' Ac efo un hergwd arall gyrrodd Sam ef i sgrialu wysg ei gefn eto ar draws y llawr.

'Pwyll, gyfaill.' Daeth dau arall i geisio'i ddarbwyllo a'i dawelu, ond gan gadw hyd braich serch hynny. Roedden nhw'n siŵr o fod yn sylweddoli'r straen y bu'r Cymro'n ei deimlo'n ddiweddar. 'Mae pob dim drosodd. Mae dy wraig a dy blentyn yn saff. Dydyn nhw ddim wedi cael unrhyw niwed.'

Edrychodd Sam yn oer ac yn wawdlyd arno. Roedd Rhian a Tecwyn yn dal i grio ac i wasgu'i gilydd yn dynn. 'Ddim wedi cael unrhyw niwed ddeudist ti?' Yna, heb air pellach, trodd i syllu'n ddideimlad unwaith eto ar gorff llonydd Zahedi. Gwelodd y pwll yn ceulo'n barod ar oerni'r concrid, a'r gwaed yn ddugoch ar ystlys y crys. Deuai'r ffrwd fwya, fodd bynnag, allan o'r clwyf yn y fraich, lle'r oedd un o fwledi'r *Browning* wedi chwalu'r wythïen fawr yn fan'no. Ofer, a barnu oddi wrth gyflwr di-liw y crocn a'r diffyg ar yr anadl, ocdd y *tourniquet* uwchben y penelin, lle'r oedd rhywun wedi defnyddio'i dei yn gwlwm tyn a brysiog i geisio atal llif y gwaed. Roedd bywyd, yn araf ond yn sicir, yn llifo o gorff y Cwrd, fel dŵr allan o botel ddŵr poeth, gan adael y llestr ei hun yn oer ac yn ddiwerth. Roedd Zahedi yn marw fel ag yr oedd wedi byw: mewn gwastraff diangen.

Syllodd Sam yn ddideimlad ar y gwyneb llwyd, a'r croen o gwmpas y graith ymhob boch wedi llyfnhau wrth i'r tyndra gilio ohono. Roedd rhywfaint o fywyd i'w weld o hyd yn y llygaid hanner cau ond doedd dim casineb yno mwyach, dim ond llonyddwch pŵl. Roedd cryndod ysgafn y gwefusa dulas yn arwydd fod y corff yn colli'r olaf o'i wres.

Cyrhaeddodd yr ambiwlans a gwelodd Sam y ddau baramedig yn ysgwyd eu penna'n anobeithiol. Yna, heb deimlo'r un gronyn o gydymdeimlad nac edifarhad, trodd yn ôl at Rhian ac at ei blentyn unwaith yn rhagor.

'Mi fydda i isio datganiad gan bawb sy'n bresennol.' O rywle, roedd plismon wedi cyrraedd yn ei gar ac yn gneud ei ora rŵan i weithredu yn ôl gofynion y gyfraith. Ond doedd neb yn gwrando, neb yn cymryd unrhyw sylw ohono. 'Oes 'na rywun wedi gweld y gwn gafodd ei ddefnyddio?'

Wrth glywed y cwestiwn, gwenodd Sam yn chwerw. 'Rhy hwyr, 'machgan i!' meddyliodd. 'Mi fydd pob peth felly wedi ei hen gasglu a'i glirio erbyn rŵan.' Ond roedd y plismon yn daer ac yn mynnu atebion, nes i rywun fynd draw ato o'r diwedd i gael gair ac i ddangos ei gerdyn adnabod iddo. Daeth y newid agwedd yn syth wedyn, wrth i gymysgedd o barch a rhyddhad ddod i wyneb yr heddwas. Amlwg nad oedd y cradur ond yn rhy falch i gael rhywun arall i ysgwyddo'r gofal a'r cyfrifoldeb.

Tu allan, ar yr iard goncrid o flaen adeilad Hilliards Shipping Co., roedd twr bychan o bobol o bob oed wedi ymgasglu yn y glaw, a gola glas yr ambiwlans ac un arall car yr heddlu yn golchi'n ysbeidiol drostyn nhw gan ddwysáu'r dychryn a'r chwilfrydedd oedd i'w weld ar eu gwyneba gwlyb. Yn eu plith, safai dau ŵr gwalltddu, un ohonyn nhw'n dal a golygus, a'r llall yn fyrrach ond yn fwy sgwâr ei ysgwydda. Gwylient y corff llonydd yn cael ei gludo allan i'r ambiwlans, a'r drws mawr yn cael ei dynnu'n araf ynghau. Eiliada wedyn ac roedd nadu'r seiren yn marw yn y pellter a'r dyrfa'n troi am adre fesul dau a thri. Edrychodd y lleia i fyny ar ei bartner mewn cwestiwn mud. 'Be rŵan?' oedd i'w weld yn ei lygada

218

tywyll. Gwasgodd y llall ei wefusa at ei gilydd mewn ystum o ymostwng i'w ffawd. 'Mae Semtecs wedi gneud ein gwaith droston ni, Josef. Mae'n edrych yn debyg bod y ffeil ar Ymgyrch Omega wedi'i chau.'

Pennod 16

'Mae 'na gais ichi aros am chydig funuda eto, syr. Fydd o ddim yn hir.'

Safai Sam efo un fraich yn gwasgu'i wraig ato a'r fraich arall yn cynnal ei fab. Roedd y rhyddhad i'w weld o hyd yn llygaid llaith y tri.

'Deng munud ar y mwya, neu 'dan ni'n mynd.'

Erbyn rŵan roedd wedi cael cyfle i dynnu'r holl addurn o'i groen a'r cynffonna o'i wallt. Gallodd hefyd olchi'r rhan fwya o'r llwydni afiach oddi ar ei wyneb a thynnu'r lensys o'i lygaid. Gorweddai'r gôt laes yn sypyn ar lawr. A braf iddo fu gweld adnabyddiaeth a gwên, er mor drist oedd honno, yn dod 'nôl i wyneb y bychan.

Nid Rhian a Tecwyn oedd yr unig rai i ryfeddu at y gweddnewidiad ac i'w groesawu. Edrychai rhai o ddynion Syr Leslie Garstang hefyd yn anghrediniol arno, ac nid heb rywfaint o edmygedd.

Pryder mwya'r Cymro oedd cyflwr ei fab. Er bod yr igian crio wedi peidio ac er bod y cryndod yn y corff bach yn graddol ostegu, eto i gyd doedd y bychan, hyd yma, ddim wedi deud gair wrth ei dad, nac wrth neb arall chwaith. Roedd yr ofn yn dal i lenwi'i lygaid a phryderai Sam y byddai'r profiada erchyll a gafodd yn ystod yr oria diwetha yn gadael craith barhaol ar ei feddwl ifanc.

'Dyro ganiad i dy rieni. Mi fyddan nhw bron â drysu erbyn rŵan.'

Wrth weld Rhian yn paratoi i ffonio, daeth yr un dyn draw eto. 'Mae'n ddrwg gen i, ond fedra i ddim caniatáu ichi ffonio neb ar y funud.'

Edrychodd hitha arno'n ddi-ddallt. 'Be dach chi'n feddwl? Rhaid imi adael i'm rhieni wbod ein bod ni'n iawn.'

'Mae'n wir ddrwg gen i, ond mi fasa'n well gen i pe baech chi'n peidio.'

'Tyrd â'r blydi ffôn 'na i mi, Rhian! Mi ffonia i nhw.'

Roedd y Sais ar fin protestio rhagor pan gerddodd Syr Leslie Garstang i mewn. Dalltodd hwnnw'r broblem yn syth, ac efo'i lygaid rhoddodd ganiatâd mud i'r alwad gael ei gneud. Eto i gyd, wrth wylio Rhian yn cilio i ran dawel o'r adeilad, ac yn mynd â'r bychan efo hi er mwyn iddo gael clywed lleisia'i daid a'i nain, galwodd ar ei hôl, 'Yr unig beth dwi'n ofyn ydi ichi beidio rhoi gormod o fanylion, ac i beidio cyfeirio at neb wrth ei enw, os gwelwch yn dda . . . ' Gwenodd ac ychwanegu, 'Heblaw'ch enwa chi, fel teulu, wrth gwrs! . . . Mi fedrwch ddeud wrthyn nhw hefyd y byddwch chi'n aros yng Ngwesty'r Mount Royal ar Oxford Street heno.' Trodd at Sam. 'Dwi wedi gneud y trefniada. Mi fydd 'na gar yma mewn munud, i fynd â chi yno.' Synhwyrodd Dirprwy Gomisiynydd MI6 ymateb sychlyd y Cymro. 'Dwi'n falch fod pob dim wedi syrthio i'w le yn y diwedd, Sam.'

'Syrthio i'w le, Syr Leslie? Be uffar dach chi'n feddwl? Ac ers pryd mae'ch dynion chi'n cadw golwg ar y lle yma, beth bynnag?'

'Ers tua phump o'r gloch bnawn ddoe.'

'Ddoe?' Swniai Sam yn anghrediniol. 'Roeddach chi'n *gwbod* lle'r oedd o, ac eto i gyd mi gafodd rwydd hynt gynnoch chi i fynd yr holl ffordd i ogledd Cymru ac i neud be wnaeth o!'

'Wydden ni ddim lle'r oedd Zahedi bryd hynny, Sam. Nid fo oedden ni'n ddilyn.'

'Pwy 'ta?' Ac yna fe syrthiodd y geiniog. 'Kemal! Dilyn Kemal oeddach chi, siŵr dduw!' Syllodd yn graff ac yn oeraidd i lygaid Syr Leslie. 'Ond os oeddach chi'n cadw golwg ar y lle, yna mi wyddech chi o'r gora bod Zahedi wedi cyrraedd yma efo Rhian a'r hogyn.'

'Wrth gwrs. Ond doedden ni ddim am ruthro, rhag ofn . . . '

'Rhag ofn be, os gwn i, Syr Leslie? Rhag ofn ichi golli'ch dyn? Rhag ofn iddo fo lithro drwy'ch dwylo chi? Hynny'n bwysicach, mae'n siŵr, na bywyda fy nheulu i.

Be 'di'ch hoff air chi yn y petha yma? *Dispensable?'* A chyn aros am ateb, aeth ymlaen yn yr un dôn chwerw, 'Mae fy ngwraig a 'mhlentyn i wedi bod trwy brofiada sy'n mynd i adael craith arnyn nhw am byth. Does yr un o'r ddau, na finna chwaith o ran hynny, yn mynd i anghofio be sydd wedi digwydd yn fa'ma heddiw. Dach chi'n sylweddoli nad ydi Tecwyn, yr hogyn bach, ddim wedi deud gair wrtha i eto?'

'Mae o mewn sioc, Sam. Mi ddaw dros y profiad, gei di weld. Mi drefna i iddo gael gweld arbenigwr seiciatryddol – y gora yn y maes.'

Gwylltiwyd Sam gan agwedd hunan-feddiannol y Sais. Dyma ddyn oedd wedi arfer cael pobol eraill i ddelio efo'i holl broblema. Dyma ddyn oedd yn medru cefnu yn ôl y galw ar egwyddor ac ar gydwybod. Ar hyd y beit, roedd Semtecs wedi ei ddisgyblu'i hun i barchu awdurdod; awdurdod y fyddin ac awdurdod pobol fel Syr Leslie Garstang. Wrth syllu rŵan i lygad hunansicir y gŵr o Vauxhall Cross, fe deimlodd y parch hwnnw'n cilio fel môr ar drai.

'Dyna'ch atab chi i bob problem mae'n siŵr, Syr Leslie, sef gadael i rywun arall ddelio efo hi! A lle mae'r arbenigwr seiciatryddol 'ma?'

Anwybyddodd y Sais y feirniadaeth. 'Harley Street, Sam. Fel ro'n i'n deud, y gora yn y maes.'

'Da iawn. Ac mae o'n medru siarad Cymraeg, dwi'n cymryd?'

Gwelodd dalcen Syr Leslie'n crychu mewn cwestiwn ac mewn dryswch.

' . . . Oherwydd dydi'r hogyn ddim yn medru siarad Saesneg.' Bu bron iddo ychwanegu 'Ddim eto beth bynnag', ond meddyliodd wedyn pam bod rhaid esgusodi unieithrwydd y bychan.

'Wel . . . ym . . . do'n i ddim wedi sylweddoli. Ond mater bach fydd dod dros y broblem yna hefyd, Sam. Oes 'na seiciatryddion Cymraeg ar gael?'

'Mwy na digon, mae'n siŵr, ond mi ddeuda i gymaint
â hyn wrthach chi, Syr Leslie – fyddwn ni, fel teulu, ddim
angan 'run seiciatrydd. Y therapi gora i ni fydd cael mynd
adra i dawelwch gwâr gogledd Cymru.' Yna, heb boeni o
gwbwl am anghwrteisi'r weithred, trodd Sam ei gefn
arno ac aeth draw i rannu sgwrs Rhian efo'i rhieni.

* * *

'Dwi'n deud hyn! Dydw i ddim yn mynd 'nôl i Hen
Sgubor i fyw.'
    Roedd hi bron yn hanner awr wedi hanner nos.
Gorweddai Rhian yn ei gwely yn y Mount Royal, tra
eisteddai Sam ar yr unig gadair gyfforddus oedd yn y
stafell ac yn gwynebu'i wraig. Yn y gwely sengl ger y wal,
cysgai Tecwyn yn drwm, ond bod ambell atgo neu
hunlle'n dod i'w ddychryn bob hyn a hyn gan beri iddo
neidio neu grio'n ysgafn yn ei gwsg.
    Gwelodd Sam y penderfyniad yn fflach herfeiddiol ei
llygad, ond doedd ganddo mo'r awydd na'r bwriad i
anghytuno efo hi. Pan ddychwelent fel teulu i ogledd
Cymru, meddai wrtho'i hun, mi fyddai llawer iawn o
betha wedi newid. Yn un peth, byddai Rhian yn cofio hyd
byth bod ei gŵr yn llofrudd. Ac er mor ddiolchgar oedd
hi ar hyn o bryd iddo am eu hachub, pwy fedrai ddeud
na fyddai hi, rywbryd yn y dyfodol, yn dod i'w ffieiddio
am yr hyn roedd o wedi'i neud; am yr hyn yr oedd hi a'r
plentyn wedi gorfod bod yn dystion ohono. A phwy
fedrai ddeud pa ddarlun o'i dad oedd yn mynd i aros ym
meddwl ac yng nghof Tecwyn bach ei hun?
    Yn ei ymateb i Syr Leslie Garstang y dechreuodd Sam
sylweddoli'r newid oedd yn digwydd yn ei fywyd ac
ynddo fo'i hun fel person. Roedd gweld rhagrith ac oerni
agwedd y gŵr o Vauxhall Cross wedi ei ddadrithio'n
llwyr ac wedi peri i flynyddoedd o ufudd-dod gwasaidd
i awdurdod lithro oddi ar ei ysgwydda. Wrth feddwl am

y peth rŵan, fe gofiodd eto'r gwir reswm pam ei fod wedi gadael y fyddin a mynd i chwilio am fywyd symlach a mwy gonest yng ngwlad enedigol ei fam. Cofiodd hefyd y daith, rhyw awr yn ôl, o Wapping yma i westy'r Mount Royal. Er mor hwyr y nos oedd hi, cofiodd fel roedd o wedi mynnu i yrrwr y car fynd â fo cyn belled â gwesty'r Ealing ar Bishopsgate, er mwyn iddo gael gwisgo'i ddillad ei hun unwaith eto. Ei unig eiddo arall yn y stafell, heblaw'r siwt ledar, oedd y bag colur – y 'bag tricia'. Ni fu'n rhaid meddwl ddwywaith ynglŷn â hwnnw. Fe aeth yn syth i'r bin sbwriel!

'Wyt ti'n clywad be dwi'n ddeud, Sam? Dydi Tecwyn a finna ddim yn mynd 'nôl i Hen Sgubor i fyw. Fedrwn ni byth fod yn hapus yno eto, ddim ar ôl be sy wedi digwydd.'

'Dwi'n cytuno, 'nghariad i. Fe fydd raid inni ddechra meddwl am gartra newydd.'

'Ac yn y cyfamsar?'

'Yn y cyfamsar, mi awn ni i dŷ ar rent yn Abercymer neu lle bynnag.'

'Neu allan o'r ardal yn gyfan gwbwl.'

'Os mai dyna fyddi di isio, ia.'

'Mi gawn ni weld, felly.'

Gwelodd hi'n cau ei llygaid a sylwodd eto gyda phryder ar gochni gwaedlyd ei boch. Roedd hi a'r bychan wedi cael profiad a hanner, meddai wrtho'i hun. Yna, wrth iddo ei gwylio, gwelodd wên yn chwara ar ei gwefus.

'A Sam . . . '

'Ia?'

'Diolch iti am dy ofal. Diolch iti am bob dim wnest ti. Diolch iti am achub Semtecs Bach! . . . A rŵan, tyrd i'r gwely, imi gael diolch yn iawn iti.'

Bu'n effro'n hir i'r nos, yn ail-fyw ei ddiwrnod drosodd a throsodd ac yn gorffen bob tro efo'r darlun o gorff gwaedlyd Zahedi'n cael ei gludo i'r ambiwlans.

Roedd Rhian wedi hen gysgu, a'r griddfan hunllefus yn anadlu Tecwyn wedi cilio ers meitin.

Yr hyn a'i synnai fwya oedd ei ddifaterwch ei hun ynglŷn â'r beic. Do, bu'n sioc iddo ddarganfod, pan aeth yn ôl i chwilio amdano, bod rhywun wedi ei ddwyn, ond gallodd fod yn hollol athronyddol ynglŷn â'r golled. Fel y dywedodd wrth Rhian ar y pryd, 'Twt! Doedd o ddim yn dad nac yn fam i neb!' 'Nac yn fab chwaith,' meddai hitha. Ac roedd y geiria hynny wedi gosod pob dim arall mewn perspectif cwbl glir. Go brin y câi weld y Kawasaki byth eto, ond hwyrach mai peth da oedd hynny hefyd.

* * *

Oni bai am Tecwyn, byddai'r ddau wedi cysgu'n hwyr drannoeth. Roedd yn ddigon hwyr ar y bychan yn deffro, ond gynted ag yr agorodd ei lygaid a gweld bod ei rieni yn y gwely nesa ato, fe neidiodd dros y bwlch gyda gwich o bleser a dechra bownsio ar fol ei dad. Fu dim dau erioed mor hapus o gael eu deffro yn y fath fodd.

'Wyt ti'n meddwl ei fod o wedi anghofio'n barod, Sam?'

'Dwn i ddim be am anghofio, ond mae'n bosib ei fod o wedi gallu cau'r peth allan o'i feddwl.'

'Ydi hynny'n beth da 'ta drwg wyt ti'n meddwl?'

'Da, gobeithio. Rhaid iti gofio bod plant yn cael hunllefa'n amal ac yn dysgu 'u derbyn nhw. Mae'n bwysig ei fod o'n meddwl mai hunlla afreal oedd ddoe iddo fo hefyd. A dyna pam dwi'n cytuno gant y cant efo ti . . . fedrwn ni ddim mynd â fo'n ôl i Hen Sgubor eto. Fe allai hynny neud mwy o niwed na dim.' Trodd a chodi'r ffôn ger y gwely.

'Be wyt ti'n neud rŵan?'

Daeth cysgod gwên i'w wyneb. 'Wel, gan mai'r Wlad sy'n talu, mi gymrwn ni frecwast yn ein gwlâu!'

* * *

Ar ôl bwyta, a thra oedd Rhian yn y gawod a Tecwyn yn ymddiddori mewn cartŵn ar y teledu, fe gododd Sam y ffôn unwaith eto a gofyn am rif swyddfa'r pensaer Berwyn Davies yn Abercymer.

'Sam? Ti sy 'na? Arglwydd mawr! Dach chi'n iawn? Lle mae Rhian a Tecwyn? Ydyn nhw'n saff? Be gythral sydd wedi digwydd, Sam? Mae 'na bob math o straeon yn dew drwy'r pentra . . . !'

'Pwyll, Berwyn! Pwyll!' Chwarddodd gan drio gneud yn fach o be oedd wedi digwydd. Gwyddai mai gwir bryder oedd tu ôl i'r rhibidirês o gwestiyna'i ffrind. 'Ydan. 'Dan ni i gyd yn iawn. Fe gei di'r hanas pan ddown ni'n ôl. Isio ffafr ydw i a deud y gwir.'

'Rwbath, Sam! Rwbath fedra i neud!'

'Mae'n amlwg dy fod ti wedi clywad am be ddigwyddodd yn Hen Sgubor bora ddoe . . . '

'Do. Dyna oedd . . . '

'Ia, dwi'n gwbod. Wel, dydi Rhian, na finna chwaith o ran hynny, ddim isio mynd â'r bychan yn ôl yno. Mi fedri di ddallt pam . . . '

'Uffar dân, medraf! Wyt ti'm yn cofio sut y medris i brynu Llwyn Celyn gan Pat?"

'Yn hollol.' Roedd Pat Lessing wedi methu mynd 'nôl i Lwyn Celyn i fyw ar ôl i Andrew, ei gŵr hi, gael ei lofruddio yno. 'A deud y gwir wrthat ti Berwyn, dwn i ddim pa mor barod fydd Rhian i ddod yn ôl i Riwogo o gwbwl, nac i Abercymer chwaith o ran hynny. Falla y bydd raid imi ofyn am dransffyr.'

'Fedri di ddim gneud hynny, Sam.' Roedd ei siom i'w glywed ymhob gair. 'Be dwi'n drio'i ddeud ydi, y basa hi'n gythral o siom i Lis a finna tasach chi'n mynd. Ac nid ni'n unig, fel y gwyddost ti'n iawn.'

'Dyna pam dwi'n dy ffonio di, Berwyn. Dwi isio trio'i darbwyllo hi. Dwi'n gwbod ei bod hi wedi bod yn hapus yn yr ardal, a 'dan ni'n dau am weld Tecwyn yn cael ei fagu mewn pentra Cymreig fel Rhiwogo a chael mynd i ysgol Gymraeg pan ddaw hi'n amsar . . . '

'Be ydi'r ffafr, Sam? Be fedra i neud?'

'Yn gynta, oes gen ti hanas tŷ ar rent inni, dros dro? Dwi'm isio creu traffarth iti, wrth reswm, ond os byddi di'n . . . '

'Gad betha fel'na i mi, Sam! Mae'r atab gen i'n barod. Rwbath arall?'

'Wel oes. Meddwl o'n i y basat ti'n medru cadw dy lygad yn agorad am blot, imi gael codi tŷ newydd arno fo. Nid cweit mor bell o'r pentra â Hen Sgubor, ac nid mewn gormod o goed chwaith, ond rwla ar y cyrion serch hynny. Ac mi fasa'n braf cael rhyw dair neu bedair acar o dir i fynd efo fo, pe bai hynny'n bosib.'

Aeth petha'n dawel ym mhen arall y lein.

'Berwyn? Wyt ti yna?'

'Ydw. Meddwl o'n i! . . . Deud i mi, Sam. Fasa deuddag acar yn ormod gen ti?'

'Mae'n dibynnu sut dir . . . ac ymhle.'

'Wyt ti'n gyfarwydd â'r cae 'dan ni'n ei alw'n Gae Eban? Hwn'na sy'n rhedag efo'r afon, gyferbyn â'r ysgol?'

'Ydw. Mae o'n perthyn i ffarm Dolydd Gwynion, ydi o ddim?'

'Dyna ti! Wel, mae Dafydd Dolydd Gwynion yn ymddeol o waith ffarm ac mae o wedi rhoi ei dir i gyd ar werth ers echdoe. Dwi wedi bod yn styried trio'i berswadio fo i werthu Cae Eban i mi.'

'Wel?'

'Y drwg ydi, na chawn i byth ganiatâd cynllunio arno fo, ti'n dallt. Ddim ar dir amaethyddol mor dda. Dyna ddeudwyd wrtha i bora ddoe, beth bynnag, gan yr Adran Gynllunio. A hyd yn oed pe *bai* posib adeiladu arno fo, chawswn i byth hawl i godi stad o bymthag o dai fel ro'n i wedi'i fwriadu. Hynny'n llawar gormod, medden nhw, gan nad oes cymaint â hynny o alw am dai yn Rhiwogo, beth bynnag. A rhaid imi gytuno efo nhw, mae'n debyg, oherwydd fe allai cymaint â hyn'na o dai newydd ac o deuluoedd diarth ddifetha bywyd y pentra 'ma, a faswn i ddim isio peth felly ar fy nghydwybod. Sut bynnag, dydi'r cwestiwn ddim yn codi rŵan.'

Clywodd Sam ddŵr y gawod yn stopio. 'Eiliada sy gen i Berwyn, cyn i Rhian ddod yn ôl. Pam oeddat ti'n crybwyll Cae Eban o gwbwl?'

'Am fod 'na hen furddun ar y tir, ac mae'n fwy na phosib, felly, y gellid cael caniatâd i godi un tŷ ar safla hwnnw. Mae o mewn lle braf, Sam, ar ryw chydig o godiad tir, os cofi di. Ac mae o yn llygad yr haul o fora tan nos.'

'Os ydi Dafydd Dolydd Gwynion yn barod i werthu, yna pryna fo imi, Berwyn. Pryna'r cae i gyd os bydd raid.'

'Rwyt ti'n barod i gymryd y risg?'

'Risg? Pa risg?'

'Wel, y risg o fethu cael caniatâd cynllunio, neu'r risg na fydd Rhian ddim yn rhy hoff o'r lle.'

'Gad betha felly i mi, Berwyn. Os methu wna i, wel dyna fo. Mae 'na betha llawar iawn gwaeth allai ddigwydd, coelia di fi. Sut bynnag, rhaid imi roi'r ffôn i lawr rŵan. Diolch iti . . . A hwyl!'

* * *

'Be? Rydych yn gadael, syr? Ond mae'r stafell wedi'i llogi ichi tan ddiwedd yr wythnos!'

Hael iawn, Syr Leslie! meddyliodd Sam. Ffordd o dawelu dy gydwybod, falla. 'Mi fasa'n well ichi gael gair efo'r sawl wnaeth y trefniant, felly. Ond mi'r ydw i am ddal fy ngafael ar y stafell tan un o'r gloch, fel y medrwn ni gael molchi a newid a falla gorffwys chydig cyn cychwyn am adra. Mae gynnon ni docynna allan o Euston am ddau o'r gloch pnawn 'ma ac . . . ' Tawelodd ar ganol brawddeg. Ar ddesg y derbynnydd o'i flaen roedd pentwr o bapur y *Times*, at ddefnydd cwsmeriaid y gwesty. *'Gangland Killing in Wapping'* meddai un o'r mân benawdau ar ymyl y ddalen. *'Full story Page 16.'* Y dudalen ôl oedd honno. Cydiodd mewn copi a mynd i'w boced i dalu amdano.

'Am ddim i'n cwsmeriaid ni, syr.'

Taflodd gip sydyn dros y stori a rhoi'r papur i'w gadw wedyn yn ei fag. Fe gâi well cyfle ar y trên. 'Reit 'ta!' meddai gan droi at y plentyn yn llaw ei fam. 'Pwy sydd isio presant mawr mawr yn Llundain?'

Neidiodd y bychan yn syth ac yn annwyl i freichia'i dad gan dynnu dagra o lawenydd ac o ddiolch i lygaid hwnnw ac i lygada'i fam. 'Diolch, Dduw!' meddai Sam yn ddistaw ac yn daer wrth wasgu'r corffyn eiddil ato, a chan ei gystwyo'i hun yn feddyliol yr un pryd am fod mor esgeulus ei ddiolch tan rŵan.

Am dros awr a hanner, fe gafodd Rhian rwydd hynt yn y siopa dillad a'r siopa sgidia. Cafodd Tecwyn ynta fodd i fyw yn Hamleys yn gwirioni efo'r holl degana lliwgar ac yn cael ei ddifetha'n rhacs gan ei rieni. Cyn dod o'no fe wnaeth Sam esgus i'w gadael am sbel, a phan ddaeth yn ôl roedd ganddo focs anferth wedi'i lapio o dan ei gesail. 'Mae Dad wedi cael presant mawr mawr hefyd, yli!'

* * *

Yn ôl yn y gwesty, roedd neges iddo wrth y ddesg, yn llawysgrifen y derbynnydd. 'Syr Leslie Garstang wedi ffonio, yn gofyn i Mr Turner ffonio'r rhif canlynol gynted ag y mae'n hwylus.'

Edrychodd Sam yn hir ar y nodyn ac ar y rhif; edrychodd wedyn ar ei wraig a'i blentyn. Yna'n araf, fel pe bai wedi dod i benderfyniad anodd, cydiodd yn y papur rhwng bys a bawd ac yna, efo'r llaw arall, gneud sioe o'i rwygo'n ddarna mân. Gollyngodd rheini i soser lwch ar un o'r byrdda coffi wrth ymyl. Gwelodd ei wraig yn edrych yn graff arno. Gwenodd arni. Gwenodd hitha'n ôl.

Yn y lifft, ar eu ffordd i fyny i'w hystafell am y tro ola, roedd Sam yn ddistaw, a'i feddwl ymhell. Yna, fel roedden nhw'n cyrraedd y trydydd llawr, meddai'n sydyn, 'Wyddost ti be 'dan ni'n mynd i neud yn syth ar ôl cyrraedd adra?'

'Na wn i. Be?'

'Pacio.'

'Pacio?'

Gwelodd y syndod ar ei gwyneb. 'Ia. Pacio. Dwyt ti ddim yn cofio? Dydan ni ddim wedi cael ein mis mêl eto.'

'Sam! Os wyt ti'n meddwl fy mod i'n mynd i . . . '

Chwarddodd a chodi'i fab i'w freichia. 'Hwn wyt ti'n feddwl?' Gwasgodd y bychan ato. 'Mi fydd Semtecs Bach yn dod efo ni, siŵr dduw! Paid â meddwl am funud fy mod i'n mynd i'w adael *o* ar ôl! Mae'i enw fo ar dy basport di, yn dydi?'

Chwarddodd Rhian hefyd. 'Ond mae o braidd yn ifanc i fynd i sgïo, dwyt ti ddim yn meddwl?'

'Sgïo o ddiawl! Mae 'na betha amgenach dwi isio'u gneud, ac isio'u gweld.'

'O? Dim ond chdi sy'n bwysig, ia?' Trawodd ef yn chwareus yn ei stumog. 'A lle wyt ti am fynd â ni, felly, er mwyn i *ti* gael mwynhau dy hun?'

'Disneyland, Califfornia! Lle arall?'

Synhwyrodd y plentyn iwfforia ei rieni a dechreuodd ynta chwerthin dros y lle.

* * *

'Be am ddangos i Tecwyn a finna be brynist ti'n bresant i ti dy hun yn Hamleys?'

Ers cychwyn o Euston, roedd Sam wedi bod yn pori

yn y papura a brynodd yn siop Smiths yn yr orsaf, ond ohonyn nhw i gyd, dim ond y *Times* oedd yn cario'r stori am y *'Gangland Killings in Wapping'*. Roedd wrthi'n darllen yr erthygl am y trydydd tro:

Last night, in the docks area of Wapping, a notorious international Kurd terrorist and a younger colleague called Karel Begh were shot dead in what police believe to be a gangland killing. One of the victims, known only as Zahedi, is thought to have been in Britain on a mission to buy arms for the PKK, the Kurdistan Workers' Party, a terrorist organization in Eastern Turkey that is fighting for the establishment of an independent Kurdish state. Two years ago, Abdullah Ocalan, the then leader of the PKK, was arrested in Kenya on charges of international terrorism. Ocalan claimed to have gone to Africa to seek political asylum, but his name was linked at the time with the Islamic bomb attacks on US Embassy buildings in Nairobi as well as those in Dar es Salaam in neighbouring Tanzania. Ironically, Dar es Salaam is Arabic for 'Haven of Peace'! It was generally believed at the time that his arrest was brought about with the help and collusion of the Israeli and Greek authorities. He remains incarcerated in a Turkish gaol . . .

Roedd dau baragraff hir yn dilyn, allan o hen ffeilia'r *Times* mae'n siŵr, yn manylu ar y ddedfryd ar Ocalan ac ar frwydyr y Cwrdiaid am gartre parhaol yn y Dwyrain Canol:

Swift action by the security services resulted in an arrest being made last night and it is understood that a man is being held for questioning in connection with the killings. A local traffic constable, whose prompt and heroic action led to the arrest, has been commended for bravery . . .

Chwarddodd Sam yn chwerw. 'Rwyt ti'n ddiawl cyfrwys, Syr Leslie!' meddai o dan ei wynt. Un peth oedd yn ddryswch iddo o hyd, fodd bynnag, ac a fu'n destun gofid i Rhian pan ddalltodd hi, oedd y cyfeiriad at farwolaeth y gŵr ifanc oedd wedi bod mor garedig tuag ati hi a Tecwyn yn ystod y daith o ogledd Cymru. Rhaid mai un o fwledi crwydr Zahedi a'i lladdodd o, meddyliodd Sam.

'Wel? Wyt ti am ddangos inni? . . . Sam!'

'Y? Sori! Be sy?'

'O! Rwyt ti'n byw yn dy fyd bach dy hun! Mae'r boi bach 'ma'n fwy o gwmni o lawar na chdi. Gofyn oeddan ni'n dau . . . ' Gwnaeth bâr o lygada awgrymog i gyfeiriad y plentyn. ' . . . be ydi'r presant mawr ddaru Dad brynu iddo fo'i hun yn Hamleys.'

'O, isio gweld hwnnw dach chi? Wel, olreit 'ta!' Gwenodd a chodi i estyn y bocs oddi ar y silff uwch eu penna.

Yn ei eiddgarwch, roedd Tecwyn erbyn hyn yn sefyll ar y sedd wrth ochor ei fam, ac yn gwylio'r papur yn cael ei rwygo'n boenus o ara oddi ar y bocs.

'Wel rŵan,' meddai Sam yn gellweirus, cyn datgelu'r cynnwys, 'pan awn ni adra, mi fydd raid imi gael help rhywun i chwara efo'r presant sbeshal yma. Pwy sy'n mynd i helpu Dad, os gwn i?'

'Tecwyn! Tecwyn!' gwichiodd y bychan wrth weld llun trên letrig yn dod i'r golwg.

'Wel y babi mawr, Sam!' chwarddodd Rhian. 'Paid ti â meiddio gneud esgus o'r hogyn! Rwyt ti wedi prynu hon'na er mwyn i ti dy hun gael chwara efo hi.'

Cododd sawl teithiwr ei ben yn sŵn y storm o chwerthin.

Epilog

Gwthiodd Rhian ei braich trwy fraich ei gŵr a'i gwasgu er mwyn dangos ei bodlonrwydd. 'Pa mor hir eto, Sam? Fyddwn ni i mewn yma erbyn dechra mis Mawrth, wyt ti'n meddwl?'

'Wela i ddim pam lai. Dim ond rhyw chydig o waith tu mewn sydd ar ôl rŵan.'

'Mi fasa'n braf cael dathlu pen-blwydd cynta'n priodas trwy symud i mewn ar Ddydd Gŵyl Ddewi.'

Safai'r ddau ar drothwy eu cartre newydd, yn gwylio dau ddyn yn paentio'r plastar newydd ar walia'r cyntedd. Ar y ddôl oddi tanyn nhw roedd Tecwyn, o dan lygad gwarcheidiol ei Nain a Taid Pwllheli, ac er mawr hwyl i'r rheini, yn herio dafad oedd yn gyndyn i gymryd ei bygwth. Deuai eu chwerthin heintus, yn gymysg â sŵn plant yn chwarae, i fyny'r llechwedd ar yr awel.

Uwchben, roedd yr awyr yn las – glas oer mis Chwefror – yn dilyn dyddia o wynt a glaw.

'Diolch iti, Sam!' Roedd hi wedi troi ac yn edrych i lawr dros yr afon ar y plant yn rhedeg ac yn chwerthin ar fuarth yr ysgol.

'Am be 'lly?'

'Am brynu'r lle bendigedig yma. Am y tŷ.'

'Nid i mi y dylet ti ddiolch, ond i Berwyn. Fo sydd wedi gneud pob dim, yn ogystal â rhoi cartra inni dros y misoedd dwytha 'ma.'

Mi fu'r pensaer cystal â'i air i Sam bron flwyddyn yn ôl, a chaniatáu iddynt dŷ ar rent ar stad newydd yn Abercymer. Ar ran Sam, fe lwyddodd hefyd, yn eitha didrafferth, i brynu Cae Eban gan Dafydd Dolydd Gwynion. Ond fu'r caniatâd cynllunio ddim mor rhwydd yn dod, gwaetha'r modd, a golygodd hynny orfod oedi tan ganol mis Medi cyn dechra ar y gwaith o godi'r tŷ. Taflwyd petha hefyd gan lawer o dywydd gwlyb yn ystod Tachwedd a Chwefror, yn ogystal â chyfnod byr o rew yn Ionawr. Ond rŵan roedd dydd y mudo yn nesáu, a Rhian yn gwirioni yn ei chynllunia'i hun.

'Mi fydd Semtecs Bach wrth ei fodd yma. Yli fel mae o'n edrych mor hiraethus ar y plant 'cw'n chwara. Mi fydd o wrth ei fodd pan geith o ddechra mynd i fan'cw.' Nodiodd i gyfeiriad yr ysgol ar ochor bella'r afon. 'A ti'n gwbod be maen nhw'n ddeud am symud i dŷ newydd! Falla bydd ganddo fo frawd bach cyn bo hir.'

Ond doedd ei gŵr ddim yn gwenu. 'Rhian! Cofia be wyt ti wedi'i addo imi.'

Smaliodd hitha, am eiliad, nad oedd yn gwybod at be'r oedd o'n cyfeirio. Yna chwarddodd. 'Yr enw wyt ti'n feddwl? Semtecs Bach?'

'Ia. Dydi Semtecs ei hun ddim yn bod, mwyach. Felly dydi Semtecs Bach ddim chwaith.'

Gwyddai hi ei fod o o ddifri. 'Iawn, bòs! Dwi'n gaddo.'

Dyna pryd y canodd y ffôn ym mhoced Sam. Crwydrodd draw oddi wrthi ac allan o glyw y tŷ. 'Helô?'

'Sam? Sut wyt ti'r hen gyfaill?'

Teimlodd ei galon yn suddo wrth i'w orffennol olchi'n don drosto. 'Sut wyt ti, Marcus? Fedra i ddim deud ei bod hi'n braf clywed dy lais di.'

Daeth chwerthin o ben arall y lein. 'Dallt yn iawn, Sam! Dallt yn iawn! Ond fedrwn ni gwarfod?'

'Cwarfod?'

'Ia. Dydw i ddim mor bell â hynny oddi wrthat ti.'

'Beth bynnag wyt ti'n mynd i'w ofyn imi, Marcus, "Na" fydd yr atab.'

Y chwerthin eto. 'Paid â bod mor ddrwgdybus ohono' i, Sam. Meddwl cael cwarfod i drafod yr hen ddyddia, dyna i gyd.'

'Dim byd personol ti'n dallt, ond trafod yr hen ddyddia ydi'r peth ola dwi isio'i neud.'

'Fe siaradwn ni am y presennol 'ta! Gwranda, Sam! Mae'r wraig a finna ar hyn o bryd yn . . . '

'Y wraig?'

'Ha! Paid â swnio mor syn. Wyt ti'n meddwl 'mod i'n rhy hyll i gael gwraig, 'ta be?'

Roedd Grossman yn tynnu arno eto. 'Na, nid hynny. Ond ddaru ti rioed sôn fod gen ti wraig.'

'A wyst ti pam? Am nad oedd gen i'r un, bryd hynny.'

'Be? Newydd briodi wyt ti?'

'Ia.'

'Paid â deud mai ar eich mis mêl dach chi?'

'Cywir eto! A'i dymuniad hi oedd cael mynd o gwmpas Ynysoedd Prydain. Dechra yn Lloegr – Stratford a Shakespeare ac ati – wedyn yr Alban. Croesi o fan'no i Iwerddon. A rŵan dwi'n dy ffonio di oddi ar y cwch o Dun Laoghaire i Gaergybi. Rhyw feddwl y caen ni'n pedwar fynd allan i swper heno neu nos fory. Fi'n talu, wrth gwrs!'

Ymlaciodd y cyhyra yng nghorff Sam. 'Wrth gwrs! Mi fydd Rhian a finna'n falch o gael ei chwarfod hi. Ac mi gewch aros noson neu ddwy, neu faint liciwch chi, efo ni yn Abercymer. Pryd fyddwch chi'n glanio?'

'Ymhen yr awr. Am bum munud wedi hanner dydd. Pa mor bell ydi Abercymer o Gaergybi?'

'Awr a hannar, falla.'

'Wel, erbyn i'r cwch ddadlwytho, mi fydd yn nes at hanner awr wedi hanner dydd arnon ni'n cael cychwyn allan o'r porthladd. Ac mae'n siŵr y byddwn ni isio stopio yma ac acw ar y ffordd, i weld be fydd gan ogledd Cymru i'w gynnig inni. I fod yn saff, felly, gwell inni beidio trefnu i gwarfod tan bedwar o'r gloch. Fydd hynny'n iawn efo chdi?'

'Ardderchog. Y peth gora fydda iti holi am swyddfa'r heddlu yn Abercymer. Mi fydda i'n aros amdanoch chi yn fan'no am bedwar o'r gloch.'

'Maen nhw'n lwcus iawn i *gael* mis mêl!' meddai Rhian yn sychlyd pan glywodd hi. 'Mis Chwefror! Amsar rhyfadd ar y naw i briodi, wyt ti ddim yn meddwl?'

'Ia,' cytunodd Sam efo gwên ddireidus. 'Mi fasa wedi bod gymaint callach iddyn nhw aros am bythefnos arall, tan Fawrth y cynta!'

Am ei drafferth, derbyniodd ddwrn chwareus i'w stumog. 'Roedd hi'n wahanol i ni, siŵr,' chwarddodd Rhian wrth neud ei hesgus. 'Roedden ni'n dathlu Gŵyl Ddewi.'

'Wrth gwrs!' cytunodd ynta'n wamal. Ac yna'n fwy difrifol, 'Ond rhaid iti gofio nad ydi Marcus ddim yn y math o job lle medar o drefnu gwylia yn rhy bell ymlaen llaw.'

'Jyst gobeithio 'i bod hi'n medru siarad Saesnag, dyna i gyd! Does gen i ddim llawar o ffansi gorfod gwrando arnoch chi'ch dau yn siarad siop drwy'r min nos.'

'Paid â phoeni. Mi ofala i na fyddwn ni'n gneud hynny.'

'Iawn 'ta. Mi fasa'n well imi ofyn i mam a 'nhad, felly, os ceith Semte . . . Tecwyn bach fynd efo nhw heno i gael ei warchod ym Mhwllheli.'

* * *

'Dwi'n licio'ch tŷ chi.'

'Diolch, Golda. Ond tŷ ar rent ydi o. Rydan ni'n codi tŷ newydd mewn pentra rhyw bum milltir o fa'ma.'

Roedden nhw newydd gyrraedd yn ôl o'u pryd yn Bistro'r Abaty. Dewis Rhian fu mynd i fan'no, am mai dyna lle y cafodd hi fynd allan gynta erioed efo Sam, meddai hi. Ac roedd wedi bod yn ddewis da.

A hitha rŵan yn tynnu am hanner awr wedi deg, aeth y dynion drwodd i'r lolfa i fwynhau diferyn o wisgi, tra bod Golda Grossman, tair ar hugain oed a chyn-gynrychiolydd ei gwlad yng nghhystadleuaeth Miss World, wedi dilyn Rhian i'r gegin i'w helpu gyda'r coffi.

'Rydach chi'n ferch brydferth iawn, os ca i ddeud, Golda.'

'Diolch.' Roedd yr ateb yn swil, heb unrhyw arwydd o hunan-falchder. 'Ond mi fedrwn inna ddeud yr un peth amdanoch chitha, Rhian. A deud y gwir wrthoch chi, mi faswn i'n rhoi'r byd am gael gwallt melyn llaes fel sydd gynnoch chi.'

'A mi faswn inna wrth fy modd efo'ch gwallt du chitha!'

A chwarddodd y ddwy.

'A deud y gwir, mi fasa gwallt melyn yn siwtio'ch enw chi.'

'Be? Golda?' Gwenodd yn annwyl. 'Dydw i ddim mor hoff ohono fo mae arna i ofn. Mae'n debyg mai 'nhad fynnodd ei roi o arna i. Yn ôl Mam, roedd ganddo fo feddwl mawr o Golda Meir pan oedd honno'n brif weinidog y glymblaid sosialaidd yn Israel yn ystod y saithdega.'

'Pryd ddaru chi gwarfod Marcus? Mae ynta'n olygus iawn, os ca i ddeud.'

'Mi ddaru mi ei gwarfod o gynta yn ystod fy nghyfnod yn y fyddin.' Pan welodd hi aelia Rhian yn codi, fe aeth ymlaen i egluro. 'Yn Israel, mae pawb sy'n ddeunaw oed yn gorfod treulio cyfnod yn y fyddin; y dynion am dair blynedd a'r merched am flwyddyn a naw mis. Sut bynnag, mi fuodd Marcus ac un neu ddau arall o'r Mossad yn ein hyfforddi ni mewn tactega milwrol am gyfnod byr. Welais i mo'no fo wedyn tan y gystadleuaeth Miss Israel rhyw ddwy flynedd yn ôl. Roedd o a rhai eraill yno i'n gwarchod ni. Doedd o ddim yn fy nghofio fi, ond mi o'n i'n ei gofio fo!'

A chwarddodd y ddwy. 'Dynion ynde!' meddai Rhian, a daeth rhagor o chwerthin.

* * *

'Maen nhw i weld yn cyd-dynnu'n dda iawn, Sam.'

Eisteddai'r ddau mewn cadeiria cyfforddus gyferbyn

â'i gilydd, yn mwytho gwydraid o wisgi.

'Ydyn.'

Roedd Sam yn ymwybodol bod llygada treiddgar yr Iddew yn llawn o rywbeth amgenach na mân siarad, ac wedi bod felly drwy'r min nos.

'Be sy ar dy feddwl di, Marcus? Mae 'na rwbath yn dy boeni di.'

'Ha! Yr un hen Semtecs! Mor graff ag arfer!'

'Sam ydi'r enw, Marcus. Mae Semtecs wedi mynd.'

Yn sydyn, fel pe bai wedi dod i benderfyniad, gwyrodd yr Iddew ymlaen yn ei gadair ac edrych i fyw llygad y Cymro. 'Fe wyddet ti am Ymgyrch Omega?'

'I gael gwared â Zahedi? Gwyddwn.'

'Sut gest ti glywed?'

Doedd dim cyfrinach ynglŷn â'r peth bellach, meddyliodd. 'Yn Whitehall. Pam?'

Gan fod golwg freuddwydiol wedi mynd ar Grossman, mwya sydyn, fe aeth Sam yn ei flaen, 'Ydi o'n dy boeni di mai fi gafodd y gair ola efo Zahedi?'

'Nacdi. Wel . . . ddim yn y ffordd rwyt ti'n feddwl, beth bynnag.'

'O?'

Daeth yr olwg daer yn ôl i'r llygada duon. 'Ga i ofyn iti, Sam? Faint wyddost ti am be ddigwyddodd wedyn yn Llundain?'

'Be? Ar ôl imi saethu Zahedi? Dim, ar wahân i ryw un adroddiad yn y *Times*.'

'Wyt ti'm yn gweld hynny'n beth rhyfadd? Na faset ti wedi cael dy holi gan yr heddlu neu rywun? Na faset ti wedi gorfod sgwennu adroddiad neu rwbath?'

'Be wyt ti'n drio'i ddeud, Marcus? Fod MI6 yn wahanol i'ch gwasanaetha cudd chi mewn materion fel'na?' Roedd gwên chwerw yn chwarae ar wefus y Cymro. 'I atab dy gwestiwn di – na, doedd o ddim yn fy synnu i am mai dyna sut y mae MI6 yn gweithredu. Mae ganddyn nhw 'u rheola'u hunain a'u cyfraith eu hunain.'

'Ond oedd 'na ddim byd ynglŷn â'r busnas ddaru dy daro di'n rhyfedd?'

'Oedd. Amryw o betha, Marcus. Ond y cwbwl o'n i isio'i neud oedd golchi 'nwylo o'r cwbwl. A dyna sut dwi'n dal i deimlo, iti gael dallt.'

'Be'n hollol oedd yn dy synnu di 'ta?'

'Faswn i ddim yn defnyddio'r gair "synnu". Teimlo rhywfaint o rwystredigaeth falla, ond ddim fy synnu.'

'Felly be?'

'Wel, yn un peth, gwybod bod MI6 yn gweithio ar ryw agenda na wyddwn i ddim byd amdani. Er enghraifft, ar ôl yr un adroddiad hwnnw yn y *Times*, drannoeth y digwyddiad, fuodd 'na ddim byd yn yr un o'r papura wedyn. Fuodd 'na ddim sôn chwaith am y dyn oedd wedi cael ei gymryd i mewn i'w holi. Ro'n i'n cymryd mai Reza Kemal oedd hwnnw. Sut bynnag, roedd hynny hefyd yn anfoddhaol ac yn codi amheuon. A dyna iti'r plismon yn cael ei enwi am ei wrhydri. Fe wyddost ti cystal â finna na wnaeth y cradur bach hwnnw ddim byd fasa wedi haeddu panad o de, heb sôn am fedal!

Roedd Grossman yn nodio, ac yn disgwyl i Sam fynd ymlaen.

' . . . Ond twt! Petha bach oedd rheini! Dim gwerth poeni amdanyn nhw. A deud y gwir wrthat ti Marcus, yr unig beth ddaru fy synnu fi o ddifri oedd gweld bod 'na ddau ac nid un wedi cael eu lladd y noson honno. Rhaid mai bwled strae o wn Zahedi ddaru ladd y bachgan ifanc, er mi faswn i'n barod i daeru bron na rois i gyfla iddo fo anelu o gwbwl at y car. Fel ag y mae hi, dwi'n rhyw deimlo'n euog am farwolaeth y bachgan, yn enwedig gan ei fod o wedi helpu rhywfaint ar Rhian a Tecwyn pan oedden nhw yn nwylo'r anifail arall 'na.'

'Ond does dim euogrwydd ynglŷn â Zahedi?'

'Nagoes, dim. Doedd gen i ddim dewis efo *fo*. Nid 'mod i wedi mwynhau ei ladd o, cofia, yn enwedig yng ngŵydd fy ngwraig a'm mab. Ar ôl gadael yr SAS, ro'n i wedi meddwl bod petha fel'na tu ôl imi am byth. Ond dyna fo.'

'Sam! Be sa ti'n ddeud taswn i'n deud wrthat ti na chafodd Karel Begh mo'i ladd o gwbwl, a'i fod o'n fyfyriwr byw ac iach yr eiliad 'ma ym mhrifysgol y Sorbonne ym Mharis?'

Daeth y dryswch i grychu talcen y Cymro. 'Eglura!'

'A be tsawn i'n deud wrthat ti nad Karel Begh oedd ei enw fo chwaith, ond Mustafa Mardin?'

'Fydda *hynny* ddim yn fy synnu i. Ond pwy ydi'r Mustafa Mardin 'ma 'ta? A pam y stori ei fod o wedi'i ladd?'

Gwenodd Marcus Grossman yn y wybodaeth ei fod ar fin creu rhagor o ddryswch i'w ffrind. 'I'w arbed o *rhag* cael ei ladd, falla.'

'Uffar dân, Marcus! Dyro'r gora i falu cachu! Ei arbad o rhag pwy? A pham?'

'Rhag Zahedi falla? Am ei fod o wedi bradychu hwnnw?'

'Zahedi? 'Ta ffrindia Zahedi? Am be uffar wyt ti'n sôn, Marcus?'

Yn anfwriadol, roedd Sam wedi codi'i lais nes tynnu sylw'r merched yn y gegin. Gydag edrychiad arwyddocaol, y naill ar y llall, tawelodd y ddwy a dechra gwrando.

'Reit! Bydd yn barod am sioc. Gad imi ofyn iti'n gynta oeddet ti'n gwybod bod Reza Kemal nid yn unig yn cael ei styried yn olynydd naturiol i Abdullah Ocalan fel arweinydd y PKK, ond ei fod o hefyd yn gneud gwaith i MI6?'

Er i'r syndod ymddangos ar wyneb y Cymro, ei ateb ymhen eiliad neu ddwy oedd, 'Na, wyddwn i ddim, ond dydw i ddim yn rhyfeddu chwaith.'

'Yn ôl y wybodaeth sydd wedi dod inni'n ddiweddar, mae o'n asiant rhan-amser i bobol Vauxhall Cross.'

'A! A dyna sut oedd dynion Syr Leslie Garstang yn

gwbod lle i ddod o hyd iddo fo?'

'A dyna iti un rheswm pam na fu sôn wedyn am y dyn a gafodd ei gymryd i mewn i'w holi ynglŷn â'r llofruddiaeth. A dyna iti pam bod Karel Begh *"wedi cael ei ladd"* ond ar yr un pryd wedi cael mynd yn ôl i'r Sorbonne, fel Mustafa Mardin, i astudio. A dyna iti pam y cafodd y plismon bach 'na ei anrhydeddu.'

'Er mwyn cau'i geg o.'

'Yn hollol!'

'Ond y stiwdant?'

'Dwi'n ama mai trwy Reza Kemal y cafodd hwnnw 'i ryddid. Y fo ydi'r unig gyswllt sydd gan Kemal ar ôl ym Mharis erbyn hyn. Os cofi di, mae'r ddau arall yng ngharchar yn Ffrainc.'

'Ond pam deud o gwbwl ei fod o wedi cael ei ladd?'

'Fel bod Zahedi'n credu hynny. Rhaid iti gofio fod y bachgan wedi dy helpu di ac wedi bradychu Zahedi . . . '

'Marcus! Rwyt ti'n siarad fel tasa Zahedi'n dal yn fyw.'

'Dyna'n union dwi *yn* ei ddeud, Sam Coelia fi, mae Zahedi'n fyw ac yn iach.'

Llyncodd Rhian ei gwynt yn swnllyd a thynnodd hynny sylw Sam at y ffaith ei bod hi a Golda Grossman yn sefyll yn nrws y stafell erbyn rŵan.

'Pam wyt ti yma, felly, Grossman?' Roedd y dôn gyfeillgar wedi mynd o lais y Cymro. 'I ddeud wrtha i y bydd Zahedi'n dod i chwilio amdana i a 'nheulu unwaith eto?'

'Nage, Sam. Dydi hynny ddim yn mynd i ddigwydd.'

'Wel be uffar sy'n *mynd* i ddigwydd 'ta? A be sydd wedi bod yn mynd ymlaen?'

Gwnaeth yr Iddew ei ora i wenu. 'Wyt ti'n meddwl y medra i gael chydig mwy o'r wisgi da 'na cyn imi ddechra egluro?'

Camodd Rhian ymlaen i estyn y botel ac i dywallt ohoni i'r ddau wydryn.

'Mi fu bron i Zahedi golli'r dydd. Mi fuodd o'n

gorwedd rhwng byw a marw am ddyddia, yn cael peint ar ôl peint o waed.'

'Sut wyt ti'n gwbod y petha 'ma i gyd?'

Chwarddodd Grossman chwerthiniad byr, dihiwmor. 'Tyrd o'na, Sam! Does dim rhaid imi ateb y cwestiwn yna, mae'n siŵr gen i. Rwyt ti'n gwbod o'r gora fod gynnon ninna'n dullia a'n ffynonella . . . Sut bynnag, roedd MI6 yn awyddus iawn i'w gadw fo'n fyw . . . Mewn rhyw sbyty bach preifat yn Essex, gyda llaw! O dan yr enw Yunus Kikmet. Mae'n debyg fod ganddo fo basport yn yr enw hwnnw beth bynnag . . . A deud y gwir, doeddet ti ddim wedi gneud rhyw lanast mawr arno fo, wyddost ti. Un fwled wedi mynd trwy'i ochor o, gan fynd â thalp o asgwrn y glun efo hi – Mi fydd o'n gloff am byth, gyda llaw! – ac un arall wedi mynd trwy'i fraich chwith o. Yr ail un wnaeth y llanast, wrth gwrs, am ei bod hi wedi mynd yn syth trwy'r wythïen fawr a pheri iddo fo golli llawer iawn o waed mewn byr amser.'

'A lle mae o rŵan?'

'Yn Iran. Fo a Reza Kemal. Ond fyddet ti ddim yn nabod Zahedi, mae'n beryg.'

'Pam?'

'Am fod dy ffrind Syr Leslie Garstang wedi trefnu iddo fo gael *plastic surgery*.'

'Be?'

'Ia. Ro'n i'n meddwl y baset ti'n synnu.'

'Deud wyt ti fod Kemal *a* Zahedi bellach yn gweithio i MI6?'

'Ia.'

'Yn Iran.'

'Ia.'

'Yn gneud be? A pham?' Sŵn cyndyn-i-gredu oedd i'w glywed yn llais Sam o hyd.

'Fedri di ddim dychmygu? Dau asasin ydyn nhw wedi'r cyfan.'

'A phwy fydd y targed?'

'Wel, fedrwn ni ond dyfalu. Rhywun allweddol fydd o, mae'n siŵr. Aelod neu aeloda amlwg o Gynulliad Cenedlaethol y Majlis, falla.'

'Ond pam fasa Zahedi a Kemal yn cytuno i neud peth felly?' Roedd y sŵn anghrediniol yn ei lais o hyd.

'Am yr un rheswm ag y maen nhw wedi bod yn trio'n tynnu ni, yr Iddewon, i mewn i'r cawl. Creu digon o helynt yn y Dwyrain Canol fel bod y Cenhedloedd Unedig yn *gorfod* gneud rhywbeth yn y diwedd. Creu sefyllfa o ryfel fydd yn arwain at ailosod ffinia gwledydd y Dwyrain Canol. Ac efo tipyn o help a chyfrwystra pobol fel Syr Leslie Garstang ac MI6, synnwn i ddim na fyddan nhw'n llwyddo.'

Chwarddodd Sam yn uchel ac yn chwerw. 'O! Tyrd o'na Marcus! Dwyt ti rioed yn awgrymu fod lluoedd diogelwch y wlad yma yn ymboeni digon i gwffio dros gyfiawndar i'r Cwrd?'

Gwenu'n addfwyn yn ôl wnaeth yr Iddew. 'Na. Dydw i ddim mor ddiniwed â hynny, Sam. Ond mae o'n gyfle i Brydain gael gwared â draenen go fawr o'i hystlys, ac o'n hystlys ninna yn Israel hefyd 'sa hi'n dod i hynny. Dwyt ti ddim yn meddwl? Mae pawb yn gwybod o'r gora pwy sy'n cynhyrfu'r dyfroedd yn y Dwyrain Canol. Yr un rhai ag sydd wedi bod wrthi ers blynyddoedd. Mae pawb yn gwybod o lle mae Hezbollah yn cael eu disychedu. Pe gellid cael gwared â'r ffwndamentalwyr penboeth sydd byth a hefyd yn creu bwgan o'r Gorllewin . . . pe gellid sychu'r ffynnon, os lici di! . . . yna mi fydda 'na obaith o gael sefydlogrwydd yn yr ardal. Waeth inni heb â gwadu, Sam. Mi fyddai Prydain ac America, ac Israel hefyd wrth gwrs, wrth eu boddau yn cael gwared â Chymdeithas y Clerigwyr Milwriaethus yn Iran, o dan eu harweinydd Nareq Nouri. Hwnnw, wedi'r cyfan, ydi'r llais mawr yn y Majlis. Ac ar yr un pryd, mi fydden nhw'n croesawu mwy o ryddid gwleidyddol i olynydd Rafsanjani a'i blaid, gan fod rheini'n barotach i greu deialog efo'r

Gorllewin.'

'Ac mae Zahedi a Kemal yn mynd i neud hynny drostyn nhw, eu hunain bach?'

'Rwyt ti'n swnio'n wamal, Sam, ond rwyt ti'n ddigon hyddysg yng ngwleidyddiaeth y Dwyrain Canol i sylweddoli mor hawdd fasa hi i gynhyrfu'r dyfroedd yno ac i greu anghydfod a gwrthryfel. Mae petha felly'n gallu digwydd dros nos yn yr ardal, fel y gwyddost ti'n iawn. Pe bai Zahedi a Kemal, rhyngddyn nhw, yn llwyddo i ladd dau neu dri o'r Clerigwyr amlyca, dychmyga'r daeargryn fyddai hynny'n ei greu yn y wlad. Mi fyddai dangos gwendid y Clerigwyr yn agor drws i'r werin bobol godi mewn protest yn eu herbyn nhw, ac mi fyddai'n gyfle gwych i lywodraeth Rafsanjani, sy'n fwy cymhedrol ac yn fwy awyddus am heddwch, i gael ei thraed dani. A dyna mae MI6 yn ei sylweddoli o'r diwedd.'

Mwya'n y byd a ddywedai Grossman, mwya'n y byd y cytunai Sam efo'i ddamcaniaeth. Os oedd MI6 am greu gwrthryfel ac ansefydlogrwydd yn y wlad, a hynny heb greu amheuaeth tuag at Brydain a'r Gorllewin, yna'r ffordd ora o neud hynny oedd trwy ddefnyddio'r Cwrdiaid. Wedi'r cyfan, doedd dim ugain mlynedd wedi mynd heibio ers i'r Cwrdiaid godi mewn gwrthryfel yn erbyn y Majlis a llwyddo i greu problema dyrys i'r ffwndamentalwyr. 'Felly, y naill ffordd neu'r llall, dwyt ti ddim yn rhag-weld y bydd Zahedi yn dod yn ôl i'r rhan yma o'r byd?'

'I dy fygwth di? Na. Mi fydd Syr Leslie Garstang wedi gofalu rhag hynny.'

'Hy! Dyna un o'r rhai ola faswn i'n rhoi fy ffydd ynddo fo.'

'Sut bynnag, gyda lwc, ddaw yr un o'r ddau, Kemal na Zahedi, allan o Iran yn fyw. Mi ofalith Garstang am hynny hefyd, gei di weld, unwaith y bydd y ddau wedi peidio â bod yn ddefnyddiol iddo fo.'

Daeth Rhian eto efo'r botel wisgi a gwyliodd Sam a Grossman hi wedyn yn tywallt gwydraid o win iddi hi ei hun ac i Golda. Wedi i'r ddwy ddod i eistedd, cododd Sam ei wydryn mewn llwncdestun. 'I'r pedwar ohonon ni,' meddai.

'Pump!' meddai Rhian yn swta.

Gwenodd Sam yn ymddiheurol. 'Wrth gwrs! I'r pump ohonon ni. Rhaid imi beidio ag anghofio Semtecs Bach.' Oherwydd ei fod wedi troi i syllu'n gellweirus i gyfeiriad yr Iddew, ni sylwodd ar lygada'i wraig yn caledu. 'A sut deimlad ydi bod yn fethiant, Marcus?'

'Be wyt ti'n feddwl, Sam?'

'Wel . . . Ymgyrch Omega! Go brin y cei di gyfla arall ar Zahedi. Fyddi di ddim hyd yn oed yn ei nabod o rŵan. Mi fydd raid i'r Iraniaid, neu MI6, orffan y gwaith drosot ti.'

Daeth rhyw olwg ddioddefus dros wyneb yr Iddew. 'Fe garwn inna gynnig llwncdestun rŵan.' Cododd ei wydryn, a gwnaeth y tri arall yr un peth. 'I lwyddiant Zahedi a Kemal! I lwyddiant ymgyrch MI6.'

Rhwng difri a chwarae, yfodd y tri arall yn ufudd.

'Gyda llaw, Semtecs! Wyddost ti be 'di enw'r ymgyrch newydd 'ma gan MI6?' Oedodd yn arwyddocaol ac yn ddigon hir i weld y cwestiwn yn ffurfio ar wyneba'r lleill. 'Alpha! Ymgyrch Alpha! . . . Y cychwyn, Sam! Y cychwyn! . . . Ond cychwyn ar be?'